Renate Niemann · Der Graumacher

In den Wirren des Zweiten Weltkriegs wird in Oldenburg ein junges Mädchen unter unmenschlichen Bedingungen in einer Nervenklinik gefangen gehalten. Jahrzehnte später stolpert Rita Toski, Volontärin bei einer Tageszeitung, im wahrsten Sinne des Wortes über eine verschollene Inschrift und gerät auf die Spur des Mädchens Mariana und ihres Peinigers. Die angehende Journalistin lässt nicht locker und recherchiert gegen alle Widerstände. Sie entdeckt, dass Mariana nur das erste Opfer war, und gerät auf die Spur des „Graumachers“. Ihn umgibt ein dunkles Geheimnis. Denn keiner scheint den „Graumacher“ zu kennen und niemand hat ihn je zu Gesicht bekommen.

Ein abgründiger Psychothriller, an dem Hitchcock seine helle Freude gehabt hätte.

Renate Niemann wurde in Bremen geboren. Nach Abschluss des Studium der Kulturwissenschaft und Romanistik (spanisch und portugiesisch) freiberufliche Tätigkeit, vor allem an Museen und im Bereich der Planung und Realisierung von Ausstellungen. Autorin sachbezogener Texte, Veröffentlichungen zu verschiedenen kulturwissenschaftlichen Themen.
„Der Graumacher“ ist Renate Niemanns erster Kriminalroman.

Renate Niemann

Der Graumacher

PENDRAGON

Saxa luquuntur

1

Manchmal stolpert man unvermutet über einen Stein, den man vorher nie wahrgenommen hat, obwohl er seit tausend Jahren an der selben Stelle liegt.

Der Stein, über den Rita Toski an diesem Morgen auf ihrem Weg zur Arbeit stolperte, war seinem Aussehen nach ganz und gar Stein, seiner Natur nach ebenfalls völlig steinern, und auch metaphorisch konnte man ihn durchaus als Stein bezeichnen, bezüglich der Dauerhaftigkeit und Unscheinbarkeit, die er dem ersten Blick preisgab.

Seine materielle Beschaffenheit war also eindeutig. Dennoch war dies nur seine Primärnatur, während sein immaterielles Wesen, wie man auf den zweiten Blick erkannte, weit über die Bedeutung einer schmutziggrauen Zusammenballung von Mineralien hinausging. Er war unsichtbar im übertragenen Sinne des Wortes, weil er immer da war und Rita sich seiner Existenz erst an diesem Morgen explizit bewusst wurde. Sie stolperte auch nicht direkt über ihn, sondern entdeckte ihn aufgrund ihres Stolperns. Oder, um die Sache auf den Punkt zu bringen: Rita stolperte über ihre eigenen Füße, um diesen Stein zu finden, dessen Steinsein hinter dem Geheimnis verblasste, das er barg.

Ihr Stolpern freilich war keine Metapher, denn sie war spät dran. Sie hatte nach der kurzen Nacht den Weg aus dem Bett nicht rechtzeitig gefunden und war so sehr in Eile, dass sie hastig die Grafenstraße entlang stöckelte. Der Fußweg war holprig, die hochhackigen Sandalen waren neu und drückten am kleinen Zeh. Sie ärgerte sich, weil sie wusste, dass sie hektische Flecken auf den Wangen haben würde, wenn sie das Büro erreichte, und sie mochte es nicht, wenn ihre Souveränität die Politur verlor.

Gerade an diesem Tag hatte sie viel vor: Die wöchentliche Frühbesprechung, die jeden Montag anstand, würde in acht Minuten beginnen, während allein das Zurücklegen des Weges in normalem Schritttempo zwölf Minuten dauerte und mit diesen vermaledeiten Sandalen mindestens eine Viertelstunde beanspruchen würde. Es war wirklich ärgerlich … *es war zum Mäusemelken!* … denn ausgerechnet heute wurde die neue Aufgabenverteilung festgelegt, und wer nicht rechtzeitig da war, musste das nehmen, was übrig blieb, das, was keiner haben wollte, was für die nächsten drei Monate langweiligen Routinekram bedeutete … Datenauswertungen am PC … oder Staub von alten Akten putzen … oder das Magazin neu sortieren … oder im Archiv versauern … oder Erbsenzählen … oder …

Genau in diesem Moment, bevor die nächste Mutmaßung Zeit hatte, Ritas Gehirn zu entspringen, riss das dünne Riemchen ihrer rechten Sandale. Sie kam ein wenig aus dem Tritt und wollte sich rasch an der Hauswand abstützen. Dies misslang jedoch, weil sie in der einen Hand ihre Tasche und in der anderen den vorsorglichen Regenschirm und abgezähltes Kleingeld für ein noch zu kaufendes Marzipancroissant trug. Sie stolperte einen halben Schritt vorwärts und ging höchst unsanft in die Knie. Mit der einen Handfläche gelang es ihr gerade noch, den Sturz abzufangen, bevor sie den Boden küsste. … *Scheiße, Scheiße, Scheiße!* … Die Hand tat höllisch weh, wenn auch nicht mehr als die Knie, die unter den zerfetzten Seidenstrümpfen ordentlich aufgeschürft waren.

In diesem Moment war ihre wertgeschätzte Souveränität wie weggeblasen. Schrecken und Schmerz jagten ihr heiße Tränen in die Augen, und sie war sich nicht sicher, ob der instinktiv ausgestoßene Fluch ihrem Mund nicht versehentlich laut entschlüpft war.

Aus den Augenwinkeln blickte sie rasch in die Runde. Zum Glück war kein Mensch in der Nähe. Sie rappelte sich auf, begutachtete mit schmerzvollem Blick ihre Blessuren, die zerrissenen Strümpfe und natürlich die verwünschten Schuhe, die an allem Schuld waren. In diesem Zustand brauchte sie gar nicht mehr weitergehen. Es wäre witzlos gewesen, den Dauerlauf wieder aufzunehmen. Die Sandale war unbrauchbar, und ihr blieb nichts übrig, als so rasch wie möglich nach Hause zurückzueilen, sich zu verpflastern und umzuziehen. An kurze Röcke war in den nächsten Wochen nicht zu denken. Außerdem brannten die zerschundenen Knie wie Feuer.

Der Inhalt ihrer Tasche hatte sich über dem Bürgersteig verteilt. Hier und da blinkte eine Münze des Croissantgeldes. Sie rückte die Sandale so gut wie möglich wieder zurecht und machte sich leise ächzend daran, ihre verlorenen Habseligkeiten zusammenzuklauben, verärgert über die unelegante Figur, die sie vermutlich dabei abgab. Auch ihre Kosmetikutensilien hatten großflächig das Weite gesucht. Das Fläschchen mit dem Nagellack war zerbrochen; ein schillernder Fleck in Perlmuttblau schmückte das Fußwegpflaster, wie ein herzförmiges Stückchen Himmel, das in den Schmutz gefallen war. Das war zwar optisch sehr reizvoll, vor allem aber ausgesprochen ärgerlich, denn das Zeug war nicht billig gewesen und sie bekam Luxus nicht geschenkt. Noch verärgerter war sie freilich, als sie bemerkte, dass auch ihr neuer Lippenstift, *Coralle des Isles Pacifiques*, nach dem sie wochenlang alle Parfümerien und Kosmetikabteilungen abgesucht hatte, verschwunden war. Der Tag hatte kaum begonnen und war schon gründlich verdorben!

Wütend stampfte sie auf und ließ die Augen schweifen. Zur Rechten der Rinnstein, durchweichte Papiertaschentücher, Hundekot, eine fettige Hamburgerschachtel … Auf der anderen Seite die Hauswand aus dicken Quadersteinen, das hässlichste Gebäude der Straße, vielleicht auch der ganzen Stadt, grau wie düstere Träume, abweisend und streng. Die unproportional kleinen Fenster waren wie missgünstig zwinkernde Augen, irgendwie schief und natürlich vergittert – wie konnte es anders sein … Als ob jemand Lust gehabt hätte, hier freiwillig einzusteigen … Weiter unten, in engen Nischen, welche mit alten Eisenrosten abgedeckt waren, befanden sich die dämmerschlafenden Kellerfenster, deren obere Kanten noch ein Stückchen unterhalb des Bürgersteigniveaus lagen.

Natürlich! Der blöde Rost! Jetzt war klar, wohin der Lippenstift entschwunden war. Rita ärgerte sich noch mehr, denn der Rost sah massiv und schwer aus, als wäre er seit Jahrzehnten nicht bewegt worden. Er war so dreckig und schmierig, dass schon der Gedanke, ihn anzufassen und hochzuhieven, nur Widerwillen hervorrief. Sie ging in die Hocke und spähte ins Halbdunkel. Tatsächlich, dort unten, einen knappen Meter unter ihren Füßen, lag das vermisste Kleinod im Dreck.

Der Tag war sowieso versaut, und nun kam es auch nicht mehr darauf an, ob sie sich noch weiter mit Schmutz besudelte oder die Nägel abbrach. Sie zwängte ihre gepflegten Finger durch den Rost und zerrte und zog, aber wie vermutet war das ganze Ding wirklich schwer wie Blei und außerdem im Laufe der Jahrhunderte durch Dreck und Oxidation mit dem es umgebenden Stein so gut wie verwachsen. So ging es nicht.

Mit einem Taschentuch säuberte Rita ihre Hände und schaute sich um. Ihr Aufzug war inzwischen wirklich desolat. So sehr sie sich auch bemühte, elegant vor dem Rost zu hocken, ihr Rock rutschte dabei höher als polizeilich erlaubt. Gleichzeitig wurde die Straße belebter. Der Pendlerbus war angekommen und hatte an der Straßenecke Dutzende arbeitseifriger Vorstadtbewohner abgesetzt. Flink erhob sie sich. Wahrscheinlich war es das Klügste, rasch an die schwere Tür zu klopfen, die sich zwanzig Meter weiter über drei breiten Portalstufen erhob. Sie würde darum bitten, von drinnen das Kellerfenster öffnen zu dürfen, um ihren Lippenstift einzusammeln. Vielleicht ließ man sie auch das Badezimmer benutzen, damit sie ihre Hände und die Knie ein wenig säubern konnte … Sie raffte ihre Siebensachen zusammen. Der rechte Knöchel schmerzte beim Auftreten. Schamhaft hielt sie ihre Handtasche so vor die Knie, dass die zerfetze Strumpfhose den Blicken der Vorbeieilenden verborgen blieb.

Die Tür war massiv und dunkel vor Alter – ein Berg, der sich erhob. Und verschlossen wie der Berg Sesam blieb sie auch, düster und schweigend, gleichgültig den Händen gegenüber, die an ihr klopften. Rita fand keinen Zaubertrick, der ihr Einlass verschaffte. Die Klingel funktionierte offensichtlich nicht, und der altmodische Türklopfer, der einen dröhnenden Lärm verursachte, zeigte ebenso wenig Wirkung. Nichts regte sich. Überhaupt schien das ganze Haus schon seit Langem verlassen zu sein, und als sie nun darüber nachdachte, musste sie sich eingestehen, dass sie noch niemals in den ganzen Jahren, die sie es kannte, eine Menschenseele hier hatte ein- und ausgehen sehen. Es war ihr nur nie richtig zu Bewusstsein gekommen, so wie man die selbstverständlichen Dinge im Leben oft zu übersehen pflegt. Wer weiß schon aus dem Stegreif, ob die Zahnbürste, mit der man sich dreimal täglich die Zähne schrubbt, grün oder blau ist? Solche Dinge eben.

Dieses Gebäude war zwar das größte und klobigste des ganzen Straßenzuges, aber durch seine Grauheit auch beinahe unsichtbar, keinen Gedanken wert, still wie ein Grabmal im Herbst, trotz aller Bemühungen der Junisonne an diesem Morgen, es aus seiner Reserve zu locken. In der Hochsommerhitze, wenn die Mittagssonne knallte, war es angenehm, in seinem Schatten zu gehen. Das war alles, was Rita darüber wusste.

Ein letztes Mal betätigte sie mit Kraft und einer reichlichen Portion Überdruss den Türklopfer, obwohl sie schon wusste, dass sie nur Schweigen ernten würde. Es war, als schlüge sie in ein steinernes Gesicht, das sich nicht verzog, hermetisch und lautlos hinter einer dicken Schicht aus grauem Staub, die alles zu dämpfen schien. Nur ihre eigene Hand fühlte die Wucht der Schläge. Missmutig machte sie sich zurück auf den Weg zu ihrer Wohnung, mit etwas gestelzten Schritten, denn sie gab sich Mühe, die defekte Sandale mit den Zehen festzukrallen, um nicht barfuß gehen zu müssen.

Hartnäckigkeit war eine von Ritas gepriesensten Tugenden. Manchmal konnte sie sogar so hartnäckig sein, dass aus der Tugend ein Ärgernis wurde. Sie hätte sich nun rasch umkleiden und doch noch ins Büro eilen können, um zu retten was zu retten war und mit Hilfe der mitleiderweckenden Folgen ihres Sturzes vielleicht noch eine annehmbare Aufgabe für die nächsten Wochen herauszuschlagen. Stattdessen wühlte sie unter ihrem Küchentisch in der Werkzeugkiste auf der Suche nach einem dicken Schraubenzieher, der sich bei Bedarf auch als Hebel oder als kleine Brechstange einsetzen ließ. In Jeans und Turnschuhen fühlte sie sich etwas getröstet, als würden die Wunden schneller heilen, wenn man sie nicht sah. Die

Seidenstrümpfe waren mitsamt den Sandalen auf direktem Wege in der Tonne gelandet.

Als sie gerade im Begriff war, die Wohnungstür wieder hinter sich zuzuschlagen, klingelte das Telefon. Am anderen Ende der Leitung meldete sich Benedikte, die ebenfalls ein Volontariat beim Nordwest-Kurier absolvierte. Die beiden waren wie Feuer und Wasser, und gelegentlich zischte und brodelte es, wenn sie nicht einer Meinung waren.

Als sie sich vor einem guten Jahr zum ersten Mal begegnet waren, hatte jede in der anderen ein notwendiges Übel gesehen, mit dem man sich zwar arrangieren musste, das vor allem aber Konkurrenz bedeutete. Rita hielt Benedikte für eine verwöhnte Göre aus betuchtem Hause, die gewohnt war, alles zu bekommen, wenn sie nur laut genug meckerte. Außerdem hatte Benedikte eine so unsagbar unbekümmerte Art, das *von* in ihrem Nachnamen zu betonen, als müssten alle gewöhnlichen Sterblichen vor ihr in die Knie sinken. Benedikte *von* Barenburg-Rysum, deren Blut bei der richtigen Beleuchtung ein klein wenig bläulich schimmerte …

Benedikte hingegen sah in Rita das typische Produkt einer kleinbürgerlichen Erziehung auf der Basis antiquierter Rollenstereotypen, das sich niemals mit eigenen Zähnen und Krallen durchbiss, das sich schlichtweg weigerte, unangenehmen Dingen die Stirn zu bieten, und das in Notfällen große Kulleraugen machte und die kindliche Unterlippe vorschob, bis sich jemand erbarmte und ihr die ungeliebten Lasten abnahm …

Beide hatten nicht völlig unrecht mit ihren Beurteilungen. Es war schon schlimm genug, dass sie ein winziges Büro miteinander teilen mussten und sich quasi von früh bis spät vor Augen hatten, aber es war eine regelrechte

Strafe gewesen – oder ein gezielter Fußtritt des Schicksals – als sie im letzten Winter gemeinsam in dem engen Fahrstuhl des Pressehauses steckengeblieben waren und dort eine unendlich lange Nacht hatten verbringen müssen. Zuerst hatten sie sich angeschwiegen, sich dann gegenseitig mit verbalem Dreck beworfen und einander schließlich ihre Lebensgeschichten erzählt. Erst einmal angefangen, hatten sie solange geredet, bis um halb sechs in der Frühe der Fahrstuhl einen Ruck gemacht und sich langsam bis ins Erdgeschoss gesenkt hatte, wo ein völlig verblüffter Hausmeister dabei gewesen war, die verkantete Tür mit einer Stange auseinanderzuhebeln … Nach diesem Vorfall und mit ein wenig mehr Ein- und Nachsicht hatten die beiden sich zusammengerauft und seither angenehme wie unangenehme Aufgaben geteilt.

Benediktes Begrüßung war ungehalten und ohne Preluden. „Was ist los mit dir, du Pflaume? Ich hatte in Erinnerung, dass wir uns gemeinsam eintragen wollten!"

„Tut mir echt leid, ich glaube, ich bin heute mit dem falschen Fuß aufgestanden …" Rita sprach langsam und lehnte sich mit dem Rücken einen Moment gegen die kühle Flurwand, um den Knöchel zu entlasten. Übelkeit überkam sie, wie eine prickelnde, kleine Welle, die über ihrem Nacken und ihren Schultern zusammenschlug, und hinterließ einen leicht salzigen Geschmack in ihrem Mund. „Lohnt es sich noch, dass ich vorbeikomme?"

„Dir wird wohl nichts anderes übrigbleiben, oder willst du blau machen? Die Besprechung ist allerdings gelaufen – das dürfte dir ja klar sein. Ging alles ganz fix. Ich bin ab nächster Woche im Außendienst."

Reflexartig schloss Rita die Augen, der Geschmack nach Meerwasser verstärkte sich und für einen Sekundenbruchteil sah sie einen schlingernden dunklen Schatten hinter ihren Lidern, der wie ein lebendiges Wesen in die Ferne zu laufen schien. In ihren Ohren summte es. Dann war es vorbei.

„Hast du mich mit eingetragen?" Der kleine Schimmer Hoffnung in ihrer Stimme wollte nicht recht glänzen.

„Du weißt genau, dass das nicht geht! Jeder muss sich selbst einschreiben und zwar in persönlicher Rücksprache mit der Fluse … – Wir hätten es so schön haben können! Und du versetzt mich einfach und lässt mich blöd dastehen … Und nun habe ich stattdessen Thomsen, diese Lusche, auf der Pelle, und das ist eine echte Strafe!"

„Und ich?" … *bitte nicht Erbsenzählen oder Büroklammerflechten oder Akten abstauben …*

„Archiv!", sagte Benedikte mit einer Spur von Gehässigkeit. „Muss dir doch klar sein! Wer nicht kommt zur rechten Zeit …"

„Erspare mir diese Sprüche …" Rita seufzte, ihre schönen Augen verfinsterten sich. Benedikte konnte eine echte Zicke sein, und wenn sie die beleidigte Leberwurst spielte, war sie unausstehlich. Es war in der Welt anscheinend unvermeidlich, dass die besten Kerne immer von den stacheligsten Schalen umgeben waren …

Einen Moment lang fühlte sich Rita zutiefst deprimiert. Ihre Stirn war wieder kühl, aber kleine Schweißtropfen standen darauf. Der Juni hatte gerade begonnen und war dabei, seine blütenreiche Pracht zu entfalten, und nun konnte sie bis September als bleiche Kellerpflanze im Archiv umherhuschen und sich zu Tode langweilen …

„Mach dir nichts draus", stichelte Benedikte, immer noch nachtragend. „Ich habe gehört, es soll einen schönen Herbst geben!"

„Bist du nachher noch im Büro?"

„Heute nicht mehr. Ich muss gleich los, mit Gerdes … und Thomsen natürlich … Eine Tour über die Dörfer. Einweihung des neuen Schützenvereinsheims in Oldenbrok und zwischendurch Apfelkuchenprüfen im Landgasthof … Übrigens werden wir mit Gerdes' Cabrio fahren. Du weißt schon: Wind in den Haaren, Sonne auf der Nase … Nicht, dass das von Bedeutung wäre, ich wollte es nur erwähnen …"

Rita schwieg verbittert. Der ideale Sommerauftrag! Und sie vermasselte sich selbst die Gelegenheit, weil sie ausgerechnet heute auf hohen Absätzen durch die Gegend hatte stöckeln müssen! Und nun stattdessen das Archiv, Dunkelheit, Enge und Staub … Der Gedanke bedrückte sie mehr, als sie rational nachvollziehen konnte.

„Ja, dann muss ich mich wohl auf den Weg machen …"

Auch ihre Zunge fühlte sich lahm an. Ihre Hand, mit der sie gegen die Tür geschlagen hatte, kribbelte, als würde sie sie in einen Ameisenhaufen halten. Sie betrachtete sie gedankenversunken. Trotz Wasser und Seife schien noch immer ein Grauschleier daran zu haften … Dann riss sie sich abrupt aus der trägflüssigen Benommenheit los, die sie einzulullen versuchte, und schüttelte den Kopf. Was für ein Unsinn! Sie brauchte dringend frische Luft. Der Flur erschien ihr enger als sonst und die Hand pulsierte.

„Was ist los mit dir?", fragte Benedikte. „Bist du überhaupt noch da?"

„Ja …"

„Was hast du? Muss ich mir Sorgen machen?"

„Nicht nötig … Ein kleines Kreislaufproblem, das legt sich gleich wieder …"

„Ist wirklich alles in Ordnung?"

„Ja ja, geht schon …"

„Dann würde ich mich an deiner Stelle beeilen. Die Fluse hat schon gefragt, wo du bleibst. Sie will euch heute noch eine kostenlose Führung durch die Katakomben zuteilwerden lassen, damit ihr morgen gleich richtig loslegen könnt."

„Uns? Wer hat denn noch das große Los gezogen?"

„Delius, der arme Tropf … Und weißt du, was das Beste ist? Er hat sich f r e i w i l l i g gemeldet. Er hat eine Pollenallergie oder Heuschnupfen und hat sich für den Sommer extra was ausgesucht, wo er sich in luftleeren Räumen verkriechen kann."

„Dann bin ich ja wenigstens nicht die Einzige …", sagte Rita düster, wobei sie sich allerdings nicht sicher war, ob in den langen Dunkelstunden des Archivs das Alleinsein nicht der Gesellschaft von Delius vorzuziehen war. Wortkarg beendete sie das Gespräch, denn jede weitere Vertiefung in das Thema hätte nur dazu beigetragen, ihr den Tag vollends zu verleiden. Noch immer flimmerten schwarze Partikel vor ihren Augen. Sie griff nach ihrer Tasche und der Strickjacke und beeilte sich, der klaustrophobischen Umarmung des Flures zu entkommen.

Der Lippenstift blinkte unschuldig golden vor sich hin, eingelullt im Staub der Jahrhunderte. Rita ließ sich auf die Knie nieder und klemmte den Schraubenzieher zwischen das Eisen und den Stein. Der Rost knirschte und bewegte sich nur schwerfällig. Schmierige Erdklumpen lösten sich ab. Mit beiden Händen fasste Rita zu und schob das gelockerte Gitter ein Stückchen zur Seite, gerade weit genug, um den Arm hindurchzustrecken und nach dem Lippenstift angeln zu können. Leider reichte ihre Hand nicht ganz bis zum Boden. Ein paar lächerliche Zentimeter fehlten. Also blieb ihr nichts übrig, als den Rost ganz weg zu schieben und tiefer in das staubige Loch einzutauchen. Schließlich hielt sie den Lippenstift in ihrer Hand, zusammen mit verstaubten Spinnweben. Angeekelt wischte sie sie ab. Als sie das zerknüllte Papiertaschentuch in die Tiefe fallen lassen wollte, bemerkte sie ein weiteres Blinken, etwas fahler, silbrig und unscheinbar. Da sie sowieso schon schmutzig war, ließ sie es sich nicht nehmen, auch nach diesem Objekt zu fischen. Es entpuppte sich als ein altes Zweimarkstück, das vor Jahren hier gelandet sein musste. Kein großer Schatz, aber immerhin.

Ritas Neugier erwachte. Die Straße war menschenleer. Mittagszeit, müde Stunde. Das war gut so. Sie stand auf, denn im Rinnstein hatte sie einen Stock gesehen. Dieses dreckige kleine Loch war ein echtes Zeitfenster, fast so etwas wie ein kleines Tor in die Vergangenheit. Alles, was jemals hineingerollt war, hatte hier sein Grab gefunden, konserviert unter zentimeterdickem Modder, in dem hier und da schon Unkrautpflänzchen sprossen und Käfer krabbelten. Ein eigenes kleines Biotop war entstanden, so abgeschieden und verborgen, dass es sich ohne weiteres auch auf dem Mond hätte befinden können.

Sie summte vor sich hin wie früher beim Spiel im Sandkasten und stocherte in den Ecken herum. Eine Spinne verkroch sich. Sonst nur Schmutz, vergilbte Zigarettenkippen, Schnipsel von altem Silberpapier und ein unscheinbares Metallteil, das sich auf den ersten Blick nicht identifizieren ließ. Mit zwei Fingern hob sie es auf. Es war ein altes Taschenmesser, ziemlich klobig, eindeutig zu groß, um durch die Löcher des Rostes zu passen. Also musste es durch das Kellerfenster in die Nische gelangt sein. Die Scheiben waren so dreckig, dass sie kaum als solche zu erkennen waren. In einem der schmalen Flügel fehlte das Glas, und der Rahmen war mit groben Brettern zugenagelt. Die Gitterstäbe, die das Fenster zusätzlich sicherten, waren stark korrodiert, aber noch sehr solide. Ein Stab fehlte.

Die Sonne stand mittlerweile im Zenit und als die dicke Wolke, die aussah wie ein gelbliches Federbett, sich verzog, leuchtete sie geradewegs in das kleine Verlies hinein. In diesem Moment erkannte Rita, dass die linke Seitenwand der Nische, die aus einem einzigen grauen Block zu bestehen schien, nicht ganz glatt war. Mit der Hand wischte sie über den Stein. Unter einer Schicht von Straßenruß waren Einkerbungen zu erahnen, wie ungelenke Hieroglyphen, von denen einige mit ein bisschen Fantasie sogar Ähnlichkeit mit lateinischen Buchstaben haben mochten. Sie waren von ungeübter Hand mit irgendeinem provisorischen Werkzeug und in offensichtlich mühevoller Arbeit in die Wand geritzt.

Rita nahm nochmals das alte Messer in die Hand und betrachtete es eingehend. Die ausgeklappte Klinge war völlig oxidiert, brüchig vor Rost. Die Spitze war abgebrochen, das ehemals scharfe Metall ganz rund geschabt. Der Griff bestand aus feuchtem Holz, das unter der Dreckkruste Spuren starker Abnutzung zeigte, als habe es ewig lange in der gleichen Hand geruht. War es möglich, mit einem solchen Werkzeug Stein zu gravieren?

Sorgfältig wickelte sie das Messer in ein Papiertuch und steckte es in ihre Hosentasche, wenngleich sie in diesem Moment kaum hätte sagen können, wozu das dienen sollte. Sie hatte glücklicherweise nicht den Tick, ihr eigenes Tun ständig vor sich selbst rechtfertigen zu müssen, was ihr einen gesunden Pragmatismus verlieh, den böse Zungen und beschränkte Lehrer gelegentlich als eine milde Form von Stoizismus bezeichneten. Oftmals handelte sie, bevor sie zu denken begann, in der unausgesprochenen Überzeugung, dass alles, was sie tat, früher oder später schon einen Sinn ergeben würde. Einen Moment lang war sie drauf und dran, sich in die Nische hinunterzulassen, um den Staub aus den Gravuren besser entfernen zu können. Es waren tatsächlich Buchstaben, und an einer Stelle …

In diesem Moment spürte sie eine Hand auf der Schulter. Es war der starke Arm des Gesetzes. Rita errötete, denn der Polizeibeamte war jung und gutaussehend, und sie selbst schmutzig und zerzaust bis unter den Scheitel. Sie öffnete ihre Faust und zeigte ihm den Lippenstift, erläuterte lächelnd ihr Missgeschick mit der Sandale, und der Polizist half ihr, das Gitter wieder über das Loch zu schieben.

Als der Beamte ging, blickte sie mit leisem Unbehagen noch einmal zurück. Die Sonne lag schon wieder hinter einer Wolke, grauer und schwerer als die andere. Trotz der Strickjacke fühlte sie eine Gänsehaut auf den Armen. Ihr Mund war trocken. Nun lag alles wieder im Dunkeln. Der graue Steinblock versteckte sich. Die Schriftzeichen waren unleugbar vorhanden, aber von dieser Warte aus so unsichtbar wie der Staub unter ihren Schuhen.

„Verrückt …“, murmelte Rita gedankenverloren.

Unter dem schiefergrauen Dach des großen, grauen Hauses saß ein dunkelgraues Ding, das sich versteckte, das dann und wann leise lachte, das sich hurtig und geschwind bewegte wie ein Luftzug, und dessen Hand so kalt war wie ein Stein. Die Augen waren leblos, milchig wie ein Opal, sie fürchteten das Tageslicht. Ein Geschöpf der Nacht, mit Fledermausohren, die alles hörten, mit langen, dünnen Fingern, die alles ertasteten, und mit einem großen Herzen, das über alle Maßen liebte. Seine Knochen waren dünn und biegsam wie die einer Katze und seine Seele so grau wie Staub. Nichts erinnerte mehr an den Menschen, der es vor langer Zeit gewesen war.

2

Im Pressehaus herrschte geruhsames Treiben. Der Lockruf der Sonne war an diesem Tag stärker als das Lob der Arbeit. Rita schlüpfte durch die Seitentür hinein und eilte gleich in die Damentoilette, um sich in einen halbwegs präsentablen Zustand zu versetzen. Energisch klopfte sie ihre Jeans aus. Der Dreck unter ihren Fingernägeln war hartnäckiger und bedurfte einer ordentlichen Prozedur mit der Nagelbürste. Dann huschte sie so leichtfüßig wie möglich über den Flur im dritten Stock, um Frau Fluse nicht in die Hände zu fallen. Die Aufgabe der Ausbildungsleiterin der Azubis und Volontäre war nicht immer dankbar und die Fluse ein dementsprechend harter Brocken.

Ganz am Ende des Flures öffnete Rita die Tür zu dem kleinen Kabuff, das ihr und Benedikte als Quasi-Büro diente. Quasi-Büro, weil es Jahrzehnte lang eine Abstellkammer für kaputtes und veraltetes technisches Gerät gewesen war, für Putzeimer, Besen, ausgeschlachtete Staubsauger und allen möglichen Kram. Rita und Benedikte waren zufrieden mit der Lösung, denn der Raum war zwar klein und mit den beiden Schreibtischen und den hohen Regalen ziemlich vollgestopft, aber das große Halbmondfenster hatte etwas sehr Stilvolles, und der Blick fiel direkt auf die Tulpenbeete im Park. Im Sommer war es hier brütend heiß, doch wenn man die

Augen schloss und sich ganz auf die fernen Laute einließ, die von der Straße als unverständliches Gemurmel heraufdrangen, durchsetzt vom Hupen der Autos, hatte das gefühlte Ambiente fast etwas Mediterranes … Und vor allem hatte man seine Ruhe! Kaum jemand klopfte an die Tür, vielleicht, weil die Volontärinnen so uninteressant waren, dass niemand sie zu sehen wünschte oder weil die Kollegen im Hause gar nicht mitbekommen hatten, dass die Rumpelkammer keine Rumpelkammer mehr war.

Rita kippte das Fenster so weit wie möglich auf, um die Mittagssonne und die Vogelstimmen aus dem Park hereinzulassen, und stellte Kaffee auf. Die Kaffeemaschine war neben dem schönen Ausblick der größte Komfort des Quasi-Büros. Ihr Drehstuhl war nur mäßig bequem, abgenutzt von Generationen von Praktikanten, und er lud nicht wirklich dazu ein, lange gemütlich zu verweilen. Auf diese Weise wurde der Müßiggang nie allzu süß, worin vielleicht die Absicht des mangelhaften Ensembles lag.

Bald durchflutete Kaffeeduft den kleinen Raum. Rita schenkte sich eine große Tasse ein, mit viel Milch und Zucker, wie sie es liebte. Sie genoss das Alleinsein. Der Knöchel schmerzte immer noch ein wenig. Sie legte ihre Füße auf die niedrige Fensterbank und lehnte sich zurück. Entspannt und mit halbgeschlossenen Augen begann sie in ihrem Gedächtnis zu kramen, beide Hände fest um die warme Tasse gelegt.

Das Gebäude …

Groß und alt, steingrau und düster schien es seit Ewigkeiten dort zu stehen und ebenso lange verlassen zu sein. Undurchdringlich, nicht nur auf physischer Ebene. Es brauchte kein Leben in sich, es genügte sich selbst. Und wer seine harten Mauern berührte, dem machte es die Hände grau …

Sie kannte es, seit sie nach Oldenburg gezogen war. Aber was hieß schon *kennen*? Sie wusste, dass es dort stand, mehr nicht. Es existierte, so wie ein Kothaufen auf der Straße existiert, den man erst bemerkt, wenn man hineintritt … Wenn man das Haus schließlich bemerkte, war man von seiner erdrückenden Massivität unangenehm berührt und gleichzeitig erstaunt, etwas so Großes und Hässliches übersehen zu haben. Es war schweigend und nichtssagend, reserviert wie eine misstrauische Jungfer, farblos wie das Nichtvorhandensein selbst, die Fassade schlicht und schmucklos, so vollkommen ohne jede Individualität, dass man weder einen konkreten Baustil noch eine Funktion daran ablesen konnte. Eine Gesichtsfläche ohne Augen, Nase und Mund, ein Finger ohne Abdruck …

Rita hatte eine Schatzsuchermentalität. Rätselhafte Dinge lockten sie wie mit hellem Klingeln. Sie wühlte mit Begeisterung im Dreck, im metaphorischen ebenso wie in schwerer Gartenerde, sie fand Überraschungen, gute wie böse, die sie nicht bewertete, sondern mit kindlicher Unvoreingenommenheit zur Kenntnis nahm. Sie hatte das Staunen nicht verlernt. Als sie klein gewesen war, hatte sie gerne im Sand gespielt und sich über jeden bunten Stein und jeden toten Käfer gefreut, der dabei zum Vorschein gekommen war. Eine Zeitlang hatte sie daran gedacht, Archäologin zu werden, bis ihr aufgegangen war, dass es nicht unbedingt nötig war, tonnenweise Erde beiseitezuräumen, um interessante Dinge zu finden, und dass die größten Geheimnisse oftmals von ganz anderem Schutt bedeckt waren.

Die Schriftzeichen gingen ihr nicht aus dem Sinn. Vielleicht war das lächerlich. Aber welche Mühe musste es gekostet haben, sie von Hand in den Stein zu ritzen.

Warum machte das jemand? Aus Langeweile? Beschäftigungstherapie? Simple motorische Dummheit, um sich die Zeit zu vertreiben, so wie viele Leute bei langatmigen Telefongesprächen einfach vor sich hinkritzelten oder so wie die Schultische in den langweiligen Stunden mit allerhand Schmierereien und Kritzeleien versehen wurden, kleinen geschnitzten und geritzten Duftmarken im Sinne von *Ich war hier …*? Aber es blieb doch ein bedeutsamer Unterschied dazwischen, mit einem Taschenmesser ein paar Minuten lang während einer öden Schulstunde auf einem Tisch herumzuschnitzen, oder sich mit demselben Werkzeug über Jahre hinweg an einem ungnädig dicken Steinblock abzuplagen. Die Messerspitze war abgebrochen, die Klinge dünn und stumpf geworden. Wahrscheinlich waren noch weitere Werkzeuge zum Einsatz gekommen, denn die Lebensdauer des Messers war unter diesen Umständen wohl ziemlich begrenzt gewesen. Und das alles, um sich an einer Stelle zu verewigen, die so vollkommen ungeeignet war? Welche Qualität musste eine Botschaft besitzen, die soviel unermüdliche Anstrengung rechtfertigte? Selbst wenn ein Passant zufällig auf dem Rost stehen blieb und hinabschaute, würde er in dem schmutzigen Halbdunkel nichts erkennen.

Die Sonne schien direkt in Ritas Gesicht und machte sie träge. Sie döste ein wenig vor sich hin. Es war überaus behaglich, sich im Büro zu befinden, wenn niemand wusste, dass man da war. Schade, dass der Keksvorrat zu Ende ging. Nur ein paar Krümel befanden sich noch in der Dose. Im Gegenlicht lag der Park wie ein grüner Smaragd, die Blätter rauschten und wogten im Wind. Der schmale Wasserlauf, der sich in Form einer betrunkenen Acht durch die Anlagen zog, glitzerte wie ein Band aus Diamanten. Zwischen den Tulpenbeeten wandelte die Fluse auf und ab, als würde sie auf jemanden warten. War sie es wirklich? Ja, ganz bestimmt, niemand sonst trug so knitterfreie und strahlendweiße Blusen. Wahrscheinlich hatte auch sie keine Lust, sich an einem Tag wie diesem von ihren Schützlingen ärgern zu lassen, sondern gewährte unter Blätterwogen und Vogelzwitschern den weniger strikten Seiten ihres Wesens einen Freigang. Ein distinguierter Herr mit Bart und Krawatte trat vor sie, und sie verschwanden gemeinsam hinter einer Wegbiegung …

Rita atmete tief durch. Die warme Luft war wie eine Therapie. Sie machte die Menschen friedlich und löste die Knoten in der Magengegend. Benedikte machte sich einen vergnüglichen Tag auf ihrer Landpartie, die Beneidenswerte … Wahrscheinlich waren alle außer Haus, abgesehen von ihr selbst und …

… *Delius!*

Delius, natürlich! Sie nahm die Füße von der Fensterbank und fühlte abermals einen winzigen Schwindel im Kopf, als würde ihr Kreislauf lieber sitzen bleiben … *irgendetwas stimmte nicht* … Wahrscheinlich war der Kaffee zu stark gewesen. Es wäre sicher am besten, aufzustehen und ein paar Schritte zu tun. Genau. Sie würde nach unten gehen. Delius saß sicher noch im Archiv und schlug sich selbstvergessen die Zeit um die Ohren. Vielleicht übernachtete er auch dort. Seine Passion – höchstwahrscheinlich seine einzige – war das Wühlen nach vergessenen Streiflichtern der Stadtgeschichte und seine Augen bekamen ein weiches Leuchten, wenn er alte Dokumente streicheln durfte, liebevoll und fürsorglich, so wie andere Leute ihre Freundin.

Delius war eben Delius. Keine andere Beschreibung konnte ihn treffender charakterisieren. Er war ein wenig seltsam – suspekt war ein gutes Wort – fast unsichtbar, fleißig wie ein Wiesel und emsig wie eine Ameise, die Bröckchen für Bröckchen Berge von Wissen ansammelte. Ja, er war ihr wirklich suspekt … Es lag durchaus im Bereich des Möglichen, dass er auch jetzt dort unten hockte, aus Angst vor dem Sommer, der Sonne, den Blütenpollen und weil sein Leben höchstwahrscheinlich so langweilig war, dass für ihn das Archiv einen wirklichen Abenteuerspielplatz darstellte … Etwas anderes aber war viel bedeutsamer: Es war nur sehr schwer möglich, dass Delius über das graue Haus nichts wusste.

Rita stellte die leere Keksdose beiseite, schaute einmal kurz in den Spiegel und schnappte sich ihre Tasche. Der Flur war noch immer wie leergefegt. Alle hatten Vorwände gefunden, um auszufliegen. Nur in der Druckerei herrschte Betrieb. Der Lärm der Maschinen drang durch die geöffneten Fenster der Hofseite. Die Wärme summte, der beruhigende Geruch von Druckerschwärze und Farben stieg in schwankenden Wellen nach oben.

Das Archiv befand sich im Untergeschoss und war mit einer dicken Brandtür gesichert. Große Regale mit Zeitungsordnern der letzten 126 Jahre – so lange gab es den Kurier – standen dicht an dicht. Daneben stapelten sich unzählige Akten mit altem Recherchematerial, zwei lange Regale mit Büchern, die der Presseverlag hauptsächlich zu regionalen Themen herausgegeben hatte, und Magazinschränke mit Fotos der vergangenen hundert Jahre. Dabei handelte es sich sowohl um Aufnahmen von angestellten Journalisten oder freien Mitarbeitern als auch um private Sammlungen historischer Fotos, die dem Verlag überlassen worden waren und darauf harrten, in unendlicher Sisyphusarbeit datiert, sortiert und ausgewertet zu werden.

Die Decke hing niedrig. Rita fühlte sich immer wie eine Wühlmaus in einem engen Loch, wenn sie den Raum betrat, ständig von der unbestimmten Furcht begleitet, dass Tonnen von Erdreich auf sie einstürzen könnten. Besonders das Fehlen von Tageslicht war bedrückend. An dem riesigen, alten Schreibtisch fand bequem ein halbes Dutzend Stühle Platz. Er war mit drei PCs samt allem Zubehör ausgestattet, an denen Praktikanten, studentische Hilfskräfte und auch die Volontäre Stunde um Stunde damit zubrachten, viele Kubikmeter von Akten und Schriftstücken aus der Zeit vor der segensreichen Erfindung des Computers nach und nach zu digitalisieren.

Die Luft war trocken. Eine unsichtbare Klammer legte sich um Ritas Kehle. Nur Motten und blinde Käfer konnten sich hier wohlfühlen. Hier würde sie einen großen Teil des kostbaren Sommers verbringen müssen, ohne Sonne und blauen Himmel, ohne Blick auf den Park und Benediktes unterhaltsames Geschwätz. Die Vorstellung war beklemmend. Zum ersten Mal bezweifelte sie ernsthaft, sich auf dem richtigen Weg zu befinden.

Als habe sie ihn gerufen, trat Delius hinter einem Regal hervor, vollkommen lautlos. Auch diese Lautlosigkeit war ihr suspekt. Er war so farblos wie ausgeblichene Buchseiten, mittelgroß, mittelblond und mittelschmächtig, mit der unvermeidlichen runden Brille, die seine grauen Augen still und distanziert erscheinen ließ. Er war drei oder vier Jahre älter als Rita und studierte in seiner Freizeit Publizistik. In seiner Freizeit, wohlgemerkt. Sein Vorname war Friedhelm, aber niemand nannte ihn so. Die meisten wussten wahrscheinlich nicht einmal, wie er hieß. Ihm selbst schien es vollkommen egal zu sein. *Delius* war wenigstens ein bisschen klangvoll.

„Hallo …“, sagte er und lächelte zögerlich, als fürchte er

einen Fehler zu begehen. Der Stapel Pappordner in seinen Händen gab ihm Gleichgewicht. Er hatte nämlich ausgerechnet für Rita, die Quellsprudelnde und Lebensglitzernde, die unbeschwert Dahinplätschernde und nicht zwanghaft Tiefgründige, eine gewisse Vorliebe entwickelt, was niemandem, der mit einem Mindestmaß an Beobachtungsgabe ausgestattet war, verborgen blieb. Nicht, dass er jemals in irgendeiner Weise aufdringlich geworden wäre, sie gar zu einem Kaffee oder noch verwegeneren Dingen eingeladen hätte, aber seine Silben wurden gedehnter, wenn Rita sich in der Nähe befand, und er hüstelte nervös.

Rita flüchtete normalerweise vor ihm. Noch viel nervtötender als sein Hüsteln waren nämlich die kleinen Sticheleien, die Benedikte und die anderen losließen, wenn er sich in der Cafeteria wie zufällig neben sie setzte, obwohl noch tausend andere Plätze frei waren, wenn er ihr beim Hinausgehen die Tür aufhielt oder wenn er sich ebenso schüchtern wie unermüdlich erbot, ihr die digitalen Tabellenfunktionen zu erklären, die sie regelmäßig zur Weißglut trieben. Nun aber lächelte auch sie. Sie schob sich an ihm vorbei – der Platz zwischen den Regalen war begrenzt – und ließ sich auf einem der alten Drehstühle nieder.

„Eigentlich wollte ich ja heute früh schon hier sein, um mich ein wenig einzuarbeiten …“ Ihr Seufzen war echt. „War die Fluse sehr sauer?“

„Na ja, ich weiß nicht recht … Sie war wohl ein bisschen gereizt. Aber das kann ja auch am Wetter liegen …“ Er merkte, dass er Unsinn redete und errötete im fahlen Schein der Neonleuchten.

„Gereizt war sie? Genau das habe ich befürchtet.“

Nervös wippte Rita mit dem linken Fuß. Sie hatte das starke Bedürfnis, die Situation zu kontrollieren, wollte aber auch nicht zu schnell mit ihrem eigentlichen Anliegen vorpreschen. Ein gewisser Hang zu Winkelzügen und taktischen Umwegen war bei ihr seit Kinderzeiten fest installiert, und ihre Art, um den heißen Brei zu reden, war mitunter noch ebenso naiv und durchschaubar wie damals, wenn sie ihrer Mutter eine kleine Vorausschau auf die zu erwartenden Weihnachts- oder Geburtstagsgeschenke hatte entlocken wollen.

„Weißt du, Delius, ich habe gerade ein wenig Zeit, und es wäre ziemlich nett von dir, wenn du mir ein paar grundlegende Dinge erklären könntest, damit ich morgen nicht ganz so dumm dastehe. Du würdest mir wirklich einen Gefallen tun, natürlich nur, wenn dir meine Gesellschaft nicht unangenehm ist …“

Sie versuchte arglos zu blinzeln. Ihre Diplomatie war herzlich platt, zeigte aber Wirkung. Delius kannte sich mit weiblicher Taktik nicht aus. Er legte willig die Ordner beiseite und begann, Rita die Systematik der Regalwände zu erläutern. Seine Augen glänzten und aus den Worten wurde ein Vortrag. Geduld war die Konzession, die Rita machen musste. Alle zwei Minuten warf sie einen verstohlenen Blick auf ihre Uhr, deren Zeiger festgeklebt zu sein schienen. Nach einer Viertelstunde schwappte ihre Ungeduld über. Taktik hin oder her, sie musste Delius einen ordentlichen Schubs verpassen, um ihn in die gewünschte Richtung zu lavieren.

„Du behauptest also, hier unten befänden sich Antworten auf alle Fragen, sofern sie die letzten hundert Jahre der Stadtgeschichte betreffen?“

„Auf fast alle, würde ich sagen, und das ist keine Übertreibung.“ Seine blassen Züge wurden tatsächlich noch eine Spur heller. „Du glaubst gar nicht, wie spannend die Arbeit in einem Archiv sein kann!“

„Doch, glaube ich sofort ..." Rita nickte vielsagend und ließ den Blick schweifen.

Er lächelte und holte Atem: „Nun gut, ein paar Geheimnisse wird es natürlich immer geben. Aber ich hoffe trotzdem, dass ich dein Interesse wecken konnte und dass wir in den nächsten gemeinsamen Monaten hier noch viel Interessantes entdecken werden ..."

„Da bin ich mir ganz sicher!" Ritas Lächeln wurde schlangenhaft. „Aber für den Moment möchte ich erst einmal wissen, wie ich mich hier orientiere und wo ich was finde. Am besten nehmen wir ein praktisches Beispiel. Also sagen wir mal, ich möchte etwas über die Geschichte eines Gebäudes erfahren, wo müsste ich dann suchen?"

„Kommt auf das Gebäude an. Hast du ein bestimmtes im Auge?"

Das Ziel war nahe. Nun ging sie gradlinig wie ein Schaufelbagger darauf los. Ihre schlechte Schauspielkunst unterlag einem gesunden Vorwärtsdrang.

„Kennst du diesen grauen Kasten an der Grafenstraße?"

Delius lächelte begriffsstutzig. „Im Moment weiß ich noch nicht ganz welchen ‚Kasten' du meinst."

„Aber du musst ihn kennen! Ein monumentaler Klotz und wirklich der Inbegriff von g r a u. Er hat eine große Portaltür mit drei Stufen. Das ganze Ding sieht aus, als stünde es seit Ewigkeiten leer. Die Fenster der unteren Etagen sind vergittert. Schräg gegenüber ist ein Fahrradladen und daneben ein Kiosk."

Delius' Verblüffung war echt, ein weitgehend unbekannter Zug in seiner akkuraten Mimik.

„Ja, tatsächlich! Irgendwie ist mir der ganze Komplex kaum im Gedächtnis, obwohl ich dreimal die Woche dort vorbeigehe. Man sieht ihn, ohne ihn zu sehen."

„Genau den Kasten meine ich! Zeig mir einfach, wo ich nachschauen muss, wenn ich etwas darüber finden will, und dann komme ich schon zurecht …“

Rita hatte nicht die Absicht, den ganzen Rest des Nachmittags im Keller zu verbringen, was man ihr leider anmerkte. Delius' Augen verengten sich ein wenig und er zog die Nase kraus, als habe er Witterung aufgenommen.

„Ich glaube, ich muss dich enttäuschen“, sagte er mit langsamem Bedauern, wobei er sie genau beobachtete. „Deine Angaben sind zu spärlich. Ich brauche zumindest die Hausnummer oder den Namen des Gebäudes, sofern es einen hat. Oder den Namen des Besitzers oder der Institution.“

Rita seufzte. Natürlich! Wie blöd, sich nicht die Hausnummer zu merken!

Seine Augen wurden noch schmaler und er sprach sehr ruhig, als würde er ein ungeduldiges Kind belehren. Er verfügte durchaus über pädagogisches Talent, was ihm im Umgang mit weniger gut sortierten Zeitgenossen zugute kam.

„Also, wenn du einige grundlegende Angaben hast, kannst du in den internen Dateien nach Stichworten suchen. Natürlich nur für die Akten, die schon eingelesen sind. Die anderen hingegen …“

Mit seinem Arm beschrieb er einen weitläufigen Kreis in Richtung der abgewetzten Jahrgangssammlungen. „Die anderen müsste man schon von Hand durchschauen. Wenn du dich für einen bestimmten Zeitraum oder ein bestimmtes Ereignis interessierst, kannst du in den entsprechenden Jahrgängen blättern.“

„Wenn ich schon wüsste, wem das Gebäude gehört und wozu es dient, bräuchte ich ja nicht mehr recherchieren!“, sagte Rita patzig.

Sie war enttäuscht. Sie musste die Sache von einer anderen Seite angehen. Delius war zu schwerfällig, er war wie ein Kaugummi unter ihrem Schuh, der sie hinderte, so schnell zu laufen, wie sie wollte. Er war ein ewiger Umstandskrämer. Wahrscheinlich war es ohnehin sinnvoller, erst einmal die Schrift an sich zu untersuchen, und das konnte sie auch alleine tun. Wenn da nur eine Banalität oder Obszönität in Stein gehauen war, ein *Ich war hier!* oder ein *Fuck your mother!*, dann lohnte sich der ganze Aufwand nicht. Dann war es eben doch nur ein einfacher Bekloppter gewesen, der sich dort verewigt hatte, obwohl angesichts der damit verbundenen Mühe schwer zu glauben war, dass jemand *so* bekloppt sein konnte.

„Tja, schade …“, stichelte sie und griff nach ihrem Täschchen. „Nun bin ich wirklich ein bisschen enttäuscht von den Möglichkeiten dieses Archivs.“

„Was hast du erwartet? Dass du dich einfach hier hinstellst, an ein Gebäude denkst und auf telepathischem Wege flattern die richtigen Informationen aus den Regalen?“ Wenn jemand das Archiv mit Dreck bewarf, konnte auch Delius ungehalten werden.

„Nein, natürlich nicht. Aber ich dachte, dass *du* wüsstest, wie man in so einem Fall am besten vorgeht.“ Rita musste es ihm aufs Brot schmieren. Irgendein Reflex schien sie zu zwingen, ihm aufmunternde Ohrfeigen zu verpassen.

„Spricht denn etwas dagegen, dass wir ein anderes Gebäude nehmen? Ich bin ja wirklich bemüht, dir entgegenzukommen. Am Beispiel des alten Polizeihauses könnte ich dir genau erklären, wie du alle Daten findest. Bevor die Polizei dort eingezogen ist, war es eine Truppenunterkunft, und davor gehörte es dem Bistum, und davor …“

Ihre Unterlippe schob sich vor. „Das ist kein gutes Beispiel, Delius! Dinge, die man schon weiß, braucht man nicht mehr recherchieren." Unauffällig bewegte sie sich in Richtung Tür, um sich zu verdrücken.

„Es muss also ausgerechnet *das* Gebäude sein? Was gibt es denn da so Interessantes?"

„Aber das war doch nur ein Beispiel!" Rita lächelte glatt und machte einen weiteren Schritt zur Tür. Gleich würde sie entschwinden.

„Du hältst mich für ziemlich trottelig, ja?"

Nun lächelte auch er. Sie hatte ihn unterschätzt und nun hatte sie ihn auf der Pelle. Delius wurde verwegen.

„Du machst mich wirklich neugierig. Wenn ich so darüber nachdenke, würde ich ganz gerne mal einen bewussteren Blick auf das Gebäude werfen als sonst. Es ist doch ein interessantes Phänomen, wie sehr es den Augen im Allgemeinen entgeht. Und wie der Zufall so spielt, wollte ich ohnehin gerade Feierabend machen und ich glaube, ich habe die gleiche Richtung wie du ..."

„Was weißt du von meiner Richtung?" Ritas Begeisterung hielt sich in Grenzen. Sie brauchte keinen Klotz am Bein. Aber Delius war hartnäckig. Er fuhr bereits seinen PC herunter und griff nach seiner Jacke. Rita ergab sich ihrem Schicksal. Zumindest würde er ihr helfen können, noch einmal den Rost beiseite zu schieben.

„Also gut, ich sage es dir, auf die Gefahr hin, dich zu langweilen ... Heute Morgen habe ich da durch Zufall etwas entdeckt. Nichts Besonderes, nur eine Kleinigkeit, wahrscheinlich völlig unbedeutend. Eine Inschrift, die in einen Stein graviert ist. Eigentlich die reine Zeitverschwendung, dass du dich bemühst ..."

„Es sind die kleinen Dinge, die dem Leben die Würze geben", sagte Delius mit mehr Witz, als sie ihm zugetraut hatte. „Gehen wir?"

Als sie das Haus verließen, fuhr gerade das knallrote Cabrio von Gerdes auf den Parkplatz. Auf dem Beifahrersitz saß Benedikte, mit Wangen, die wie die eines Landapfels gerötet waren. Sie hatte den ganzen Tag an der frischen Luft verbracht und wahrscheinlich die Spezialitäten sämtlicher Landgasthöfe durchprobiert. Als sie Rita mit Delius erblickte machte sie Stielaugen und winkte, aber Rita schaute geflissentlich in die andere Richtung und ging einen Schritt schneller.

Trotz der strahlenden Nachmittagssonne war das Gebäude genauso bleiern schwer wie am Morgen, als würde das Sonnenlicht unvermittelt daran abprallen oder von den dicken Steinen restlos absorbiert werden. Ein graues Loch im bunten Schmetterlingstag. Rita blieb vor dem dritten Rost stehen und hob die Schultern.

„Ich habe ja gesagt, dass man so nichts erkennen kann."

Sie feixte über seinen missmutigen Blick, denn zweifellos war Delius kein Handarbeiter, und seine schlanken Finger sahen nicht so aus, als seien sie gewöhnt, schwerere Objekte als Kugelschreiber zu stemmen. Er zeigte sich jedoch willig ohne Widerworte und krempelte seine ordentlich gebügelten Hemdsärmel hoch. Gemeinsam hoben sie den Rost zur Seite. Delius blickte aus den Augenwinkeln unauffällig in die Runde. Unkonventionelle Aktionen lagen jenseits seines Erfahrungshorizonts. Diesmal scherte Rita sich nicht um die Vorübergehenden. Die Nische war eng und sie musste sich winden wie ein Python, um mit ihrem Shirt nicht den Dreck von den Wänden zu polieren.

Delius beschränkte sich darauf, in einigem Abstand in die Hocke zu gehen, seine Brille zurechtzurücken und zu kommentieren, was er sah. „Das scheinen tatsächlich Buchstaben zu sein, wenn auch von sehr unterschiedlicher Größe und Tiefe. Sehr stümperhaft gemacht, wenn du mich fragst, und der Dreck ist so dick, dass man kaum etwas sieht …"

Aus ihrer Hosentasche zog Rita die kleine Nagelbürste, die sie im Waschraum des Verlags hatte mitgehen lassen.

„Der Zweck heiligt die Mittel …", murmelte sie und begann die Wand zu bearbeiten und den Staub aus den Vertiefungen zu kratzen. Eine Wolke erhob sich in die Luft und sank dann langsam auf sie herab. Es war eine ziemliche Schweinerei, aber ab einem gewissen Grad an Interesse pflegte sie solche Kleinigkeiten zu übersehen.

„Also, das Große hier in der Mitte würde ich für ein F halten, die beiden Querlinien sind ziemlich eindeutig, oder was meinst du, Delius?"

„Ja, ziemlich eindeutig …", sagte das Echo. „Und das davor könnte ein L sein."

Rita antwortete nicht. Mit selbstvergessenem Eifer bürstete sie weiter. Eigentlich machte sie immer alles alleine. Ihre Wangen röteten sich, sie musste husten. Nach weiteren zehn Minuten kletterte sie aus dem Loch, streckte die Glieder und drückte Delius die Bürste in die Hand. Ihre Wortkargheit war einem völligen Schweigen gewichen. Delius seufzte leise. Es wäre überflüssig gewesen, seinen Unwillen in Worte zu kleiden. Rita hätte nicht einmal hingehört. Ungelenk begab er sich in den Untergrund. Mit dem Rücken scheuerte er an den engen Wänden entlang und sein blütenreines Hemd bekam dunkle Streifen.

Rita ging ein paar Schritte und reckte sich, um ihre Knochen wieder in die richtige Lage zu bringen. Gedankenverloren ließ sie den Blick über die endlos lange Wand des Hauses schweifen. Wattegrau. Grau wie ein

Nebeltag. Ob das die Farbe war, die man sah, wenn man blind wurde? Die Mauern schwiegen so beharrlich, dass der kleine Reflex, der plötzlich rechts oberhalb ihres Kopfes zuckte, wie ein Blitz wirkte. Irritiert sah sie auf. Zweifellos ein Fenster, das sich bewegt und die Sonne gespiegelt hatte … Aber nichts war zu sehen. Sie schaute noch einen Moment, aufmerksam und misstrauisch gegen ihre eigene Wahrnehmung, dann wandte sie sich wieder ab. Wahrscheinlich hatte sie sich getäuscht.

Nachdem Delius die erste Abneigung gegen den Dreck überwunden hatte, arbeitete er sehr effektiv. Seine Fingernägel glichen dunklen Halbmonden, sein Haar war zerzaust und durchgeschwitzt. Ab und zu machte er eine kleine Pause, um mit einem Hemdzipfel seine staubbeschlagene Brille zu putzen. Nun war auch er schweigsam geworden. Er fühlte sich in dem Dreckloch ziemlich unbehaglich, aber doch nicht so vollkommen schlecht, wie er vermutet hatte. Es hatte etwas Ansteckendes, ja Befriedigendes, diese Reinigung durchzuführen, und er begann die Dynamik des Putzfimmelsyndroms zu verstehen. Man konnte einfach nicht aufhören, solange sich nicht alles spiegelte, und alles musste auf die gleiche Weise und in der gleichen Stärke blitzen und glänzen …

Als die Wand gereinigt war, blickten beide hinab. Halb perplex, halb betroffen schauten sie

auf das Wort, das sich grau in grau aber unleugbar auf dem Granitblock abzeichnete: HILFE.

Manchmal schaute er aus dem Fenster, mit fast geschlossenen Lidern. Niemand sah ihn, denn er war nicht auffälliger als eine graue Spinne auf einer grauen Wand. Mit seinen toten Glasmurmelaugen sah er viele Dinge. Er war der Meister des Schweigens und der Herr der Verlassenheit. Er war die graue Eminenz, der Hüter der Stille. Doch in seiner vertrockneten Brust schlugen noch heiße Begehrlichkeiten. Ihn quälte der ewige Durst nach Schönheit, das Verlangen nach weicher Haut und seidigem Haar. Er wollte sich wärmen, das erloschene Herz neu entflammen, die verfallene Hülle erneuern, Schönheit fühlen und schmecken und betasten, um in ihrem Abglanz zu erleuchten. Eine Sehnsucht, die alle Zeiten überdauerte … Doch nie gelang es ihm, denn alles was er berührte wurde grau, so wie er es selber war. Er war der *Graumacher*, der große Unbekannte.

3

Manche Steine können sprechen und dieser hatte ganz eindeutig viel zu erzählen. Rita erwachte aus ihrer Versunkenheit.

„Siehst du das auch oder bilde ich es mir ein?"

„Nein, es ist ganz real." Delius putzte abermals seine Brille. „So real, wie nur ein Stein sein kann. Da hat sich jemand ziemlich viel Mühe gegeben, um Hilfe zu schreien."

„Zu schreien? Indem er das Wort in die Wand ritzt? Jeder wirkliche Schrei wäre hundertmal effektiver gewesen!"

„Ja, schon seltsam, besonders wenn man bedenkt, dass wohl niemand diese Schrift je gesehen haben wird, außer dem Künstler selbst. Jedenfalls nicht von hier oben. Aber für einen bloßen Zeitvertreib eindeutig zuviel Aufwand."

Rita kramte die Digitalkamera aus ihrer Handtasche. Sie war umsichtig genug gewesen, im Büro den Akku aufzuladen.

„Lass mich noch mal runterklettern. Ich mache ein paar Bilder. Meinst du, es wäre möglich, die Fotos am Bildschirm so zu bearbeiten, dass man mehr erkennt?“

Delius nickte. Eine seiner einfachsten Übungen. Je kniffliger eine Sache war, umso mehr reizte sie ihn. Auch er verfügte über einen ausgeprägten Spieltrieb, wenn auch in abstrakterem Maße als Rita, die zum Denken stets ihre Hände benötigte. Sie hockte bereits wieder im Dreck und tastete die Konturen der Buchstaben entlang, mit halbgeschlossenen Lidern, als versuche sie eine Blindenschrift zu enträtseln. Ihre Finger bildeten die natürliche Verlängerung ihres Verstandes. Rings um das große HILFE fanden sich weitere Buchstaben, Worte, Bruchstücke von Silben, aber alles unleserlich, halb verschollen, wie zerbrochen, ein Puzzle aus hilflosen Runen. Rasch machte sie zwei Dutzend Bilder. Das Blitzlicht würde hoffentlich weitere Einzelheiten zutage bringen.

Delius war inzwischen wieder ganz in der realen Welt gelandet und skrupelhaft wie gewohnt. Mit der Stimme der Vernunft mahnte er Rita zur Eile. Das war unklug, denn Autorität und trotzige Verweigerung hatten sich in ihrem Unterbewusstsein seit früher Kindheit zu einer unheilvollen Kette verflochten, die sie selbst nicht wirklich zu entwirren vermochte. Mit Absicht trödelte sie noch etwas herum, untersuchte den Rost auf den Gitterstäben und die Spinnweben in den Ecken. Als sie sich endlich entschloss, wieder ans Tageslicht zu klettern, spürte sie unter ihrem linken Turnschuh etwas Hartes. Es war ein dicker Eisennagel. Sie hob ihn auf und wischte den Modder ab. Er war uralt und hatte keine Spitze mehr. Krumm war er außerdem. Ob er als Werkzeug gedient hatte?

In einem Eckchen der Nische hatten sich schon ein paar Krumen Humus gebildet. Unter dem Unkraut, das dort wucherte, fanden sich zwei weitere Nägel gleichen Kalibers, ebenfalls abgenutzt und spitzenlos: Indizien eines noch gar nicht vorhandenen Falles. Sie wickelte sie in ein Papiertaschentuch und brachte sie in den unergründlichen Tiefen ihres wiesengrünen Designertäschchens sicher unter.

Am nächsten Morgen war Rita, die immer gerne mit den letzten Minuten Schlaf liebäugelte, eine Stunde früher im Büro als gewöhnlich. Sie hatte schlecht geschlafen. Böse Träume hatten sie geplagt, verbunden mit der vagen Erinnerung, schnell gerannt zu sein. … *viele Stufen, immer weiter in die Tiefe* … Sehr früh war sie aufgewacht, durchgeschwitzt und mit Herzklopfen. Frühstücken mochte sie nicht. Es drängte sie nach draußen. Als sie die Haustür hinter sich zuschlug, atmete sie auf. Unterwegs trank sie einen heißen Kakao und aß ein Brötchen. Der Geschmack des Kakaos hatte etwas sehr Tröstliches. Plötzlich war alles in Ordnung. Alles schien sein Gutes zu haben. Jetzt hatte sie zumindest genügend Zeit, in Ruhe die Fotos auf den PC laden, bevor die Fluse sie am Schlafittchen packte und einem langatmigen Spezialseminar unterzog.

Nun summte der PC leise vor sich hin. Die Aufnahmen waren gelungen, die Ausschnitte gut gewählt. Hier und da waren Buchstaben eindeutig zu erkennen. An einer Stelle zeichnete sich recht zweifellos ein IAN ab und darunter ein NH. Rita dachte an den dicken Granitblock. Was für eine Arbeit! Einige der Gravuren waren so tief, dass sie ihren kleinen Finger hatte hineinlegen können. Als habe der Schreiber befürchtet, sie würden nicht lange genug überdauern. Wie lange mochte er daran gekratzt haben? Monate? Oder Jahre? Bis die Hände blutig waren?

Was hatte eher nachgegeben, der Stein oder das weiche Fleisch der Handflächen?

Rita nahm die Nägel aus ihrer Handtasche und hielt sie an ein Lineal. Sie waren dick und lang. Fünf Zoll. Zwölfeinhalb Zentimeter. Sie stand auf und trat vor das große Halbmondfenster, auf dessen anderer Seite die rotgelben Tulpenbeete im Morgendunst glitzerten. An einem versteckten Eckchen der Fensterbank begann sie, ein paar praktische Versuche durchzuführen. Das steinerne Material war ganz ähnlich, das gleiche stumpfe Grau. Wenn sie mit dem Nagel locker darüber kratzte geschah gar nichts, logisch. Wenn sie stärker drückte, entstand ein ganz dünner Hauch von einem Kratzer … *steter Tropfen höhlt den Stein* … Nach zwei Minuten war der Kratzer um weniges deutlicher geworden, Ritas Hand aber begann bereits zu schmerzen. Sie fühlte genau, wo zuerst Blasen entstehen würden.

Dann holte sie das Taschenmesser mit der abgebrochenen Spitze hervor. Es lag etwas bequemer in der Hand als die Nägel, hatte dem strapaziösen Werk aber wohl nicht lange standgehalten. In wessen Hand mochte der hölzerne Griff geruht haben, so krampfhaft und entschlossen, dass das Holz unter dem Druck des Fleisches weich geworden war und eine glatte, schmeichlerische Form angenommen hatte?

Sie legte Fotopapier in den Drucker und druckte die besten Bilder aus. Mit einem dünnen Faserschreiber zeichnete sie die Umrisse der Buchstaben nach, die sie zu erkennen glaubte. Wesentlich weiter kam sie aber nicht. Delius verstand mehr von Bildbearbeitung. Vielleicht würde er den Verlauf der Linien deutlicher hervorheben können. Vielleicht wäre es dann möglich, die fehlenden Stücke zu ergänzen. In ihrer Schublade suchte sie nach einer leeren CD, um die Bilddateien zu kopieren.

Um fünf vor acht betrat Benedikte den Raum und machte große Augen, denn die wenigen Male, die Rita vor ihr da gewesen war, konnte man an einer Hand abzählen. Sie setzte ein zweideutiges Lächeln auf.

„Sieh an, sieh an … Wen willst du mit so viel Eifer wohl beeindrucken?“

Rita sagte nichts, sondern starrte weiter auf ihren Bildschirm. Es war ohnehin klar, welche Litanei nun folgen würde.

„Stell dir vor, meine Liebe, als ich gestern Nachmittag mit Gerdes von der kleinen Spritztour zurückkam, da war mir doch tatsächlich einen Moment lang so, als sähe ich dich auf der Straße, gleich hier unten vorm Haupteingang, in Begleitung eines Typen, der beinahe so aussah wie … Nun, er sah aus wie Delius! Da lasse ich dich mal einen einzigen Nachmittag alleine,und sogleich wittert dieser alte Schwerenöter, der sich sonst stets mit einem Mäntelchen aus Unscheinbarkeit bedeckt hält, seine Chance und macht sich an dich heran …“

Rita reagierte immer noch nicht. Benediktes Redestrom versiegte. Rita malte mit einem Filzschreiber auf einem Fotoausdruck herum, völlig vertieft und taub für ihre Umwelt. Ihre Stirn war sehr weiß, sie sah übernächtigt aus. Benedikte wurde neugierig. Beiläufig schlenderte sie um den Tisch herum und versuchte einen Blick zu erhaschen. Blitzschnell drehte Rita das Foto um und legte zu allem Überfluss ihre Hand darauf, die leicht zitterte. Am Vortag hatte sie sich ein paar Kratzer geholt und zwei Fingernägel waren eingerissen. Benedikte war besorgt.

„Was hast du mit deiner Hand gemacht? Hat Delius dich zu irgendwelchen Dummheiten angestiftet?“

Hinter Ritas Stirn pochte es, als würde sie Fieber bekommen. Aus unerklärlichen Gründen war sie gereizt.

Solange Benedikte sich im Raum befand, konnte sie sich nicht konzentrieren. Vielleicht hatte sie sich eine Infektion eingefangen, die ihr Blut so hitzig rauschen ließ.

„Hör mal, Benedikte, lass mich bitte einfach nur einen Moment in Ruhe arbeiten. Ich erkläre dir gerne später, worum es sich handelt. Ich glaube, es ist eine ganz interessante Sache, aber im Moment noch zu unkonkret, um darüber zu reden."

„Unkonkret! So unkonkret wie die Anziehungskraft von Delius? Ich weiß, du entdeckst manchmal Dinge, die sonst keiner sieht … und die vielleicht auch keiner sehen will … Vielleicht ist es ja eine ganz glückliche Fügung, dass ihr die nächsten Wochen in trauter Zweisamkeit im Archiv verbringen dürft. Da könnt ihr euch ganz euren Geheimnissen hingeben und niemand stört euch …"

Rita antwortete nicht. Sie blickte stur auf ihren wiedererleuchteten Bildschirm, die Hand an der Maus, um gleich abzuschalten, wenn Benedikte Stielaugen machte.

„Ich erzähle es dir später, versprochen!"

„Ich bin nicht neugierig …" Benedikte schlang sich ein Seidentüchlein um den Hals. Sie war eingeschnappt. „Dann vergnüg dich nur gut. Ich mache jetzt übrigens einen Ausflug ins schöne Ammerland, zu weiteren kulinarischen Höhepunkten, falls es dich interessiert …"

Sie wartete darauf, dass Rita grün vor Neid wurde, aber die tat ihr den Gefallen nicht. Sie nickte nur zerstreut und kritzelte wieder auf dem Foto herum, vollkommen von dieser Tätigkeit absorbiert. Benedikte klappte die Tür etwas lauter hinter sich zu als unbedingt nötig und stapfte davon. In diesem Moment klingelte das Telefon und Frau Fluse zitierte Rita hinab ins Reich der Akten und Loseblattsammlungen.

Die Initiation dauerte beinahe zweieinhalb Stunden, die Rita mindestens wie dreieinhalb vorkamen. Regine Fluse war die Gewissenhaftigkeit in Person, ihre Lehrstunden durchstrukturiert bis ins Detail. Kein überflüssiges Wort, keine Auslassung. Wie ein träger Strom rauschten die Worte vorbei. Ritas Ohren schalteten auf Durchzug. … *wieder der Traum, die vielen Stufen* … Notdürftig hielt sie sich aufrecht, immer an ein Regal gelehnt, schwankend zwischen Beklemmung und Übermüdung … *tiefer und tiefer, Schritte hinter ihr* … Sie schüttelte sich. Die Gegenwart hatte sie wieder … *Aber wessen Schritte waren das gewesen?*

Delius hatte auf seinem Gesicht ein Dauerlächeln installiert und hielt Frau Fluse beflissen die Tür auf, als sie endlich ging. Rita ließ sich auf einen der Bürostühle fallen, schaltete den Bildschirm ein und begann übergangslos auf der Tastatur herumzuhacken.

„Noch fünf Minuten länger und ich wäre gestorben. Ich habe echt nicht geahnt, dass man so lange über alte Akten reden kann!"

Sie zog die CD aus ihrer Tasche und legte sie ein. Sie brannte darauf, die Fotos noch einmal anzuschauen.

„Nun setz dich endlich her, Delius! Guck dir das an. Ich habe schon ein paar Ausdrucke gemacht, auf denen ich die erkennbaren Linien nachgezeichnet habe … Also das IAN hier rechts finde ich ziemlich eindeutig. Versuch doch mal, die restlichen Buchstaben herauszubekommen. Wenigstens *ein* Wort, um einen Anhaltspunkt zu haben!"

Delius setzte sich neben sie und klickte das Bildbearbeitungsprogramm an. Er war in seinem Element. Verzwickte Spielchen ließen seinen Adrenalinspiegel steigen, vielleicht ein Substitutionseffekt in Ermangelung praktischerer Herausforderungen. Er kommentierte sein Vorgehen detailliert, wie ein Chemiker seine Experimente.

„Zuerst werde ich mehr Kontrast reinschieben. So … Die Linien heben sich deutlicher ab. Nun werde ich die erkennbaren Umrisse direkt auf dem Bildschirm markieren. Ich fülle die Gravuren mit roter Farbe auf …“

Rita stieß ihn an. „Ich brauche keinen Hörtext für Blinde. Ich sehe selber, was du machst.“

Delius räusperte sich. „Nun, das IAN halte ich auch für ziemlich klar. Und vor dem I würde ich ein weiteres A erkennen. Oder ein R. Was meinst du? Für ein A ist dieser Bogen allerdings fast zu rund.“

„Ich tippe auf ein R, denn davor kommt noch ein Buchstabe, der auch ein A sein könnte. Kaum zu unterscheiden, nur ein kleines bisschen glaubwürdiger … In dieser Kombination macht es Sinn. Wenn dann der erste Buchstabe ein M wäre … Das ist ein Name, Delius! MARIANA.“

„Ja, du hast Recht!“ Er färbte die Umrisse ein. „Es gibt keinen Zweifel. Da wollte jemand nicht nur um Hilfe schreien, sondern auch Spuren für die Nachwelt hinterlassen.“

„Mariana. Ein Mädchen. Das hatte ich nicht vermutet. Sie muss Ewigkeiten gebraucht haben, allein um ihren Vornamen einzuritzen!“

„Vermutlich hatte sie viel Zeit.“

Benedikte bezeichnete Delius′ trockene Art manchmal ironisch als seinen „spröden Charme“. Er pflegte die meisten Dinge mit emotionsreduzierter Nüchternheit zu betrachten, immer unter der Lupe wissenschaftlicher Distanz.

Rita begann zu rechnen: „Wenn ich bedenke, wie lange sie schon für das HILFE gebraucht haben wird … und dann der Name … und dann der ganze Rest … Schade, dass wir keinen Praktikanten haben, sonst könnten wir ihn ein paar Buchstaben in Granit ritzen lassen, um festzustellen, wie viel Zeit man benötigt ... – Aber im Ernst, warum hat sie nicht lieber aus Leibeskräften geschrien, statt sich die Finger wundzuarbeiten?"

„Vielleicht gab es niemanden, der sie hätte hören können."

„Wieso? Die Straße ist doch ziemlich belebt. Hunderte von Menschen hätten sie gehört. Das Kellerfenster liegt zwar unter einem Rost, aber nicht auf dem Mond!"

„Vielleicht konnte sie nicht schreien. Vielleicht war sie stumm."

„Sehr melodramatisch", murmelte Rita. „Das wahre Leben ist meist banaler."

„Vielleicht war sie stumm im übertragenen Sinne. Wer weiß, wann es geschrieben wurde. Doch sicher nicht gestern oder vorgestern. Vielleicht vor Jahren. Vielleicht vor Jahrzehnten. Vielleicht zu einer Zeit, als die Chance, gehört zu werden, geringer war."

Rita ärgerte sich über die Einseitigkeit ihrer Gedanken. Natürlich, die Schrift war höchstwahrscheinlich alt. Sicher stand das Haus seit Jahrzehnten leer. Die Fensterscheiben waren so dreckig und verstaubt, dass wahrscheinlich nicht mal mehr der kleinste Lichtstrahl nach innen durchdrang. Die Schreiberin der Worte konnte schon vor hundert Jahren gestorben sein.

„Was ist mit den Adressbüchern?", fragte Rita. „Hast du schon nachgeschaut?"

„Manchmal bin ich ein Trottel", gab Delius zu. „Das hatte ich eigentlich heute früh machen wollen, bin aber dann im Internet hängen geblieben. Hinten im Hochregal stehen sämtliche Jahrgänge, von Beginn der Zeitrechnung an."

Rita konnte nicht stillsitzen. Sie polterte bereits mit der

kleinen Trittleiter herum und stieg die Sprossen hoch. Die Zeitrechnung begann vor gut einhundertzwanzig Jahren. Der älteste Adressband war auf 1882 datiert, eine abgescheuerte, braune Lederschwarte, von Langeweile dunkel geworden. Ungeduldig begann sie zu blättern. Delius′ Miene verzog sich schmerzhaft. Ihre Hände gingen wenig zartfühlend mit den fragilen Seiten um.

„Die Hausnummer ist sechzig. Ich habe gestern darauf geachtet. Grafenstraße 60 … Hier ist es!"

Sie wedelte mit der vergilbten Seite vor Delius′ Gesicht herum, den Zeigefinger auf eine schmale, schlechtgedruckte Zeile in deutscher Schrift gelegt.

„Grafenstraße 60. Privatsanatorium für Nervenkranke, Dr. Gustav Hagenroth."

Sie stieg die zwei Stufen hinunter und zeichnete die Stelle mit Bleistift an. „Nun bin ich aber etwas überrascht. Ein Privatsanatorium? So groß? Und so zentral? Ich dachte immer, so was würde sich in idyllischer Lage vor den Toren der Stadt befinden, damit die Kranken die gute Landluft atmen können und die Anwohner nicht von nächtlichen Schreien und Tumulten belästigt werden. Und es fällt mir auch schwer zu glauben, dass unser geliebtes Oldenburg, das ich selbst heute nicht wirklich als Großstadt bezeichnen möchte, vor einhundert Jahren über genügend Geisteskranke verfügte, um solche Hallen zu füllen!"

„Vielleicht kamen die Patienten auch von weiter her. Bei der Größe wird es eine renommierte Klinik gewesen sein, sonst hätte man das Gebäude sicher gar nicht halten können. Das erklärt übrigens auch die vergitterten Fenster im ganzen Haus. Vielleicht waren einige der Insassen gemeingefährlich."

„Oder suizidgefährdet", ergänzte Rita. „Wenn ich in

diesem steingewordenen Alptraum vor mich hinvegetieren müsste, würde ich auch aus dem Fenster springen!"

Sie stellte den Band zurück und machte lange Arme, um an die nächste Liste zu gelangen. Ein dünner Lufthauch bewirkte, dass ihre feinen Härchen sich aufstellten. Rasch wischte sie das unangenehme Gefühl fort. Am anderen Ende des Regals zog sie das aktuellste Exemplar der Adressliste heraus.

„2006. Wollen wir doch mal sehen, wie das Gebäude heute bezeichnet wird … Aha! Da steht nur noch die Adresse verzeichnet, aber weder Name oder Funktion des Gebäudes, noch der Besitzer."

„Das finde ich heraus." Delius verbreitete Zuversicht. „Ich habe einen Bekannten im Stadtamt, der mir noch einen dicken Gefallen schuldet. Neulich habe ich drei lange Abende damit zugebracht, seinen abgestürzten PC wieder flottzumachen und seine Daten zu retten."

Rita nickte zerstreut. „Anhand der Adressbücher ist es jedenfalls ziemlich einfach, eine kleine Chronologie für das Gebäude zu erstellen."

Sie nahm Papier und Stift zur Hand. „1882 war es also ein Sanatorium … 1890 … immer noch Sanatorium … Jetzt werde ich in immer in Zehnjahresabständen schauen."

Nacheinander zog sie mehrere Ausgaben zu sich heran. „1900 … Immer noch Sanatorium. Aber der Inhaber hatte gewechselt. Oder sagt man Betreiber? Jetzt ist ein Dr. Bernhard Hassemann eingetragen … 1910 … Ein neuer Wechsel. Sanatorium für Nervenkranke, Dr. Augustus Morgenstern … 1920 … Sieh an, ab 1920 hieß es nicht mehr Sanatorium, sondern Heilanstalt!"

„Die Funktion wird die gleiche geblieben sein. Wie lautet die genaue Bezeichnung?"

„Heilanstalt für Geisteskrankheiten, Forschungszentrum Dr. Heinrich Morgenstern."

„Vom Vater an den Sohn übergeben, und der Sohn hat eine Forschungseinrichtung angegliedert", analysierte Delius. „1930, gleiche Bezeichnung. 1940, andere Bezeichnung, gleicher Leiter: Forschungszentrum für Erkrankungen des Geistes, Prof. Dr. Heinrich Morgenstern."

„Er hat es zum Professor gebracht und den ganzen Laden auf die Forschung ausgerichtet. Wahrscheinlich wurden zu dieser Zeit nicht mehr allzu viele Patienten betreut", sagte Delius etwas betreten.

„Meinst du damit, dass Patienten zu dieser Zeit schon *woanders* gelandet sind?", fragte Rita vorsichtig.

„Schon möglich. Ich weiß es nicht genau." Delius nahm seine Brille ab und putzte umständlich die Gläser. Er bemühte sich stets, emotionale Regungen in leichte motorische Tätigkeiten umzuleiten. „Der Krieg hatte begonnen. Das Geld floss jetzt in andere Richtungen als ausgerechnet in die Unterhaltung einer Anstalt für Geisteskranke. Und die Patienten, tja … Viele werden die Zeit des Dritten Reiches nicht überlebt haben. Das wissen wir beide."

„Ja, fürchterlich …" Rita wandte sich wieder den alten Schwarten zu. „Für die Kriegsjahre fehlen einige Bände. Wahrscheinlich war es wenig sinnvoll, Einwohnerlisten zu erstellen, die sich doch ständig wieder änderten. Nach Kriegsende konnte man Bilanz ziehen. Der nächste Band ist von 1947 … Hier! Keine nähere Bezeichnung des Gebäudes mehr. Als Bewohner wird immer noch Dr. Heinrich Morgenstern angegeben. Aber das Sanatorium beziehungsweise die Forschungsanstalt hat wohl aufgehört zu existieren … Und 1948: Keine näheren Angaben zum Gebäude und auch der Name Morgenstern taucht nicht mehr auf."

„Dann ist er wahrscheinlich verstorben. Vermutlich war er nicht mehr der Jüngste."

Rita erinnerte sich plötzlich an ein Detail. „Ach übrigens … als wir gestern bei dem Haus waren, hatte ich einmal kurz den Eindruck, dass sich eines der Fenster bewegte. Ich habe es zwar nur aus den Augenwinkeln gesehen, aber ich glaube nicht, dass ich mich getäuscht habe. Es war wie ein Blitz in einer Glasscheibe."

„Das Haus steht leer, daran gibt es nichts zu zweifeln."

„Ich bin mir aber trotzdem ziemlich sicher, dass sich etwas bewegt hat", beharrte sie. „Vielleicht hat sich da jemand eingenistet."

„Könnte natürlich sein, dass gelegentlich ein paar Junkies darin unterschlüpfen, oder Obdachlose, falls sie einen Eingang finden. Obwohl ich glaube, dass es im Obdachlosenheim gemütlicher ist."

Sie stellten die Adresslisten zurück und Delius machte sich auf den Weg zum Kaffeeautomaten im Erdgeschoss, da es im Archiv keinen gab. Rita holte eine Packung Schokoladenkekse hervor, setzte sich wieder an den PC, zoomte den nächsten Bildausschnitt heran und rätselte an dem Buchstabenpuzzle. NH in der Mitte eines Wortes, das offensichtlich aus acht Buchstaben bestand … *NH* … Schade, dass sie den Granitblock nicht leibhaftig vor sich hatte, dann wäre alles einfacher. Abstraktion war nicht ihre Stärke und am seelenlosen Rechner fühlte sie sich stets ein bisschen wie im Exil.

Delius stellte ihr einen dampfenden Becher hin und schob seinen Stuhl dicht neben sie. Mit dem Zeigefinger tippte Rita auf den Bildschirm.

„Der letzte Buchstabe könnte ein O sein", sagte sie und fuhr die unscharfen Linien entlang.

„Glaube ich nicht. Das ist ein ziemlich rundgeratenes

D … Schau her! Und vor dem D ist ein R … Das ist ebenfalls ein Name: REINHARD. Auch wenn die ersten zwei Buchstaben kaum zu erkennen sind. Die Ränder sind völlig abgesplittert. Aber so macht es Sinn und nichts spricht dagegen …"

Rote Farbe füllte die Konturen des zweiten Namens.

„Mariana und Reinhard? Ein Liebespaar? Das müssen aber dauerhafte Emotionen gewesen sein, in Stein gemeißelt… Das ist wirklich rührend …"

Delius' Lächeln war fein und durchsichtig. „Wo siehst du denn ein *und*? Frauen und dieser zwanghafte Hang zur Romantik … Das ist kein Liebespaar. Das sind viel eher Vor- und Nachname der gleichen Person. MARIANA REINHARD. Sie hat ihren ganzen Namen hinterlassen und ihr eigenes Andenken in Stein verewigt. Ein letzter Gruß. Vielleicht ihr Grabstein. Das Wort HILFE lässt doch darauf schließen, dass sie sich eine halbe Ewigkeit in dem Kellerraum aufgehalten hat und vielleicht nicht mehr damit rechnete, ihn je wieder zu verlassen."

Rita fröstelte. Sie schlang die Arme vor dem Leib zusammen – eine Art Selbstumarmung, die düstere Gedanken erträglicher machte. „Vielleicht war sie eine der Patientinnen der Klinik und hat sich mit den Schnitzereien die Zeit vertrieben. Obwohl es mich wundern würde, wenn man einer Patientin Messer und Nägel zur freien Verfügung überlassen hätte."

„Vielleicht hatte sie ihre Werkzeuge versteckt und machte die Gravuren nur, wenn sie sich unbeobachtet fühlte."

„Wer weiß? Verrücktheit kann sicher Berge versetzen, genauso wie starker Glaube, wie jede Art von Fixiertheit. Vielleicht war sie sehr verrückt."

„Das glaube ich nicht. Diese Arbeit erforderte ein enormes Maß an Geduld und Ausdauer, an Zielgerichtetheit und Festhalten an einem Gedanken. Ich weiß nicht, wie ich es nennen soll ... Es erfordert das Bewusstsein, Opfer einer Ungerechtigkeit zu sein. Ich glaube nicht, dass eine Geisteskranke so viel Willenskraft aufgebracht hätte."

„Vielleicht gerade! Wenn es die einzige Beschäftigung war, die sie hatte, wird sie sich darauf fixiert haben. Das würde jeder tun, ob verrückt oder nicht."

Delius zuckte die Schultern. „Mit solchen Mutmaßungen kommen wir nicht weiter. Lass uns bei nachvollziehbaren Dingen bleiben. Der Aufenthalt in einer derartigen Anstalt war damals sicher nicht sehr angenehm. Ich meine, er war noch unangenehmer als heute. Zwangsmaßnahmen und Gewalt. Verwahrung statt Behandlung. Und möglicherweise noch viel schlimmere Dinge, je nachdem, in welchem Jahrzehnt oder Jahrhundert wir uns befinden. Grundsätzlich gestehe ich jedem Patienten einer solchen Klinik zu, um Hilfe zu schreien, aus welchem konkreten Anlass und zu welcher Zeit auch immer."

Rita antwortete nicht. Delius veränderte den Bildausschnitt. Mehrere Gruppen wesentlich kleinerer Buchstaben erschienen. Mit dem Pfeil folgte er den verwischten Spuren und ließ hier und da probeweise rote Farbe einfließen.

„Das ist ein Gebet!", rief Rita, deren Augen sich an das Spiel gewöhnt hatten. HEILIGE MARIA MUTTER GOTTES... So viele Buchstaben, noch mehr als für ihren eigenen Namen. Und ein Stück darunter ERRETTE MICH."

Delius nickte. „Das zeigt, wie viel Zeit sie hatte. Unendlich viel. Ich glaube nicht, dass sie klinisch verrückt war. Auf jeden Fall keine Schwachsinnige. Nur sehr verzweifelt."

„Was für eine schöne Arbeit! Sie wird ihrem Leben einen wirklichen Sinn gegeben haben. Wahrscheinlich hatte sie keinen anderen mehr. Fünf kleine Worte, aber wahrscheinlich das längste Gebet der Welt."

Delius nickte. „Bedauerlich nur, dass das Datum so unleserlich ist."

Er deutete auf eine Zeichengruppe, die etwas krumm links unten auf dem Stein verlief. Rita hielt den Kopf schräg und blinzelte. Vier Zeichen. Eine Jahreszahl.

„Die vorletzte Ziffer sieht aus wie eine Rune. Könnte eine vier sein, wenn ich mich nicht irre."

„Das ist doch sehr viel, der Schlüssel zu allem Weiteren! Die vorletzte Ziffer ist die wichtigste, denn sie gibt uns das Jahrzehnt an. Damit ist der Zeitraum ziemlich klar. Wenn es eine Vier ist, dann befinden wir uns im Zweiten Weltkrieg oder kurz danach."

Ritas Gedanken gerieten unvermittelt in abseitiges Gelände.

„Wie müssen in das Haus hinein!", rief sie und sprang auf. „Daran führt kein Weg vorbei! Vielleicht finden wir einen Einstieg, wenn wir uns umschauen."

Delius seufzte. Diesen Satz hatte er befürchtet.

Er huschte geschwind die Treppen hinab, husch husch husch, wie eine Schabe, wie ein großer Kakerlak, der einen saftigen Krumen erahnt. Ein seltsames Knarren entströmte der Öffnung, die sein Mund war. Das war das, was von seinem Lachen geblieben war. Es war verdorrt in seiner Kehle. Die Tränen in seinen Augen waren versiegt. Nur der heiße Strom des Blutes wurde nie träge. Er trieb seine Sehnsucht zu hitzigem Verlangen. Er wollte sich ein paar Ohren holen, mit denen er reden konnte und einen Mund, der mit ihm sprach. Ein Bündel weicher Haut wollte er sich holen, um sich daran zu ergötzen, und einen Schopf duftigen Haares, um sein Gesicht hineinzutauchen. Er huschte durch die dunkle Nacht, der Schatten eines Schattens. Der *Graumacher* war unterwegs …

4

Auch in der folgenden Nacht hatte Rita, die normalerweise über einen tiefen und festen Schlaf verfügte, einen seltsam beunruhigenden Traum. Beunruhigend deshalb, weil sie den Eindruck nicht loswurde, gar nicht wirklich zu schlafen, sondern reale Laute zu hören. Ein wildgewordenes schwarzes Pferd umkreiste sie galoppierend und in die Bilder mischten sich halbwahrgenommene Sinneseindrücke aus der Realität. Einmal glaubte sie, es klopfe an der Tür, aber dann war es doch wieder nur das Klappern der Hufe.

Am Morgen erblickte sie im Badezimmerspiegel eine Fremde. Sie hatte dunkle Ringe unter den Augen und strich sich nachdenklich die Strähnen aus dem Gesicht. Das Geräusch der Hufe hallte noch immer in ihren Ohren, klirrend wie auf Eis. Wurde sie krank? Vielleicht wäre es keine schlechte Idee, ein paar Tage blauzumachen …

Sie setzte einen Kaffee auf, der Tote hätte erwecken können, und riss die Balkontür auf, um frische Luft einzulassen. Der Balkon war schmal und langgestreckt, vom Wohnzimmer und vom Arbeitszimmer aus über zwei Türen zugänglich. Durch das Fenster blickte man direkt auf den Wallgraben, wo ein paar frühe Enten mit ihren Küken erste Runden drehten. Der Morgen war kühl, die Luft frisch und rein. Es würde wieder ein strahlender Tag werden, auch wenn die Luft sich etwas dicker anfühlte als am Vortag. Noch war alles still und kein Mensch zu sehen. Rita wickelte sich in ihren alten, blauseidenen Morgenmantel, stellte ein Klappstühlchen auf und setzte sich mit der Kaffeetasse nach draußen. Untätigkeit machte sie nervös und so hielt sie in der freien Hand eine Schere, um nebenbei die vertrockneten Blüten der Petunien und Geranien zu entfernen. Als sie auf die Blumenkästen niederblickte, entfuhr ihr jedoch ein Fluch, den sie seit Ewigkeiten nicht mehr benutzt hatte. Über ihren Kasten mit Vergissmeinnicht schien eine Dampfwalze gerollt zu sein. Verfluchter Nachbarskater! Offensichtlich hatte er seinen Spaß daran gehabt, sich in dem Kasten herumzuwälzen, wahrscheinlich in einem Anfall durchgeknallter Liebestollheit. Das war nicht das erste Mal.

Rita stellte den Kaffee beiseite und bückte sich über die geknickten Blümchen, um zu sehen, ob noch etwas zu retten war. Das tat ihr wirklich weh. Mit viel Liebe hatte sie den Balkon in ein kleines Paradies verwandelt, eine blühende Oase in der Wüste ihres Alltags. Alle Pflanzen stammten aus dem Garten ihrer Großmutter. Sie seufzte. Es war schon erstaunlich, wie gründlich der Kater vorgegangen war. Er war allerdings ein großes, fettes Tier und wo er sich hinlegte, da wuchs kein Gras mehr.

Vorsichtig stützte sie die Blumenkissen mit den Händen, um sie wieder aufzurichten. Dann entdeckte sie zwischen dem zarten Himmelblau zwei Zigarettenkippen. Mit den Fingerspitzen hob sie sie auf und fühlte ein Frösteln zwischen den Schultern … *der Hufschlag des schwarzen Pferdes* … Das Klopfen in der Nacht, das sie im Halbschlaf vernommen hatte! Sie hatte doch die ganze Zeit das beklemmende Gefühl gehabt, dass es kein Traum gewesen war. Vielleicht hatte jemand an die Balkontür geklopft. Oder es war gar kein Klopfen gewesen, sondern ein leises Poltern und Krachen, als jemand über die Brüstung geklettert war und den Fuß in den Vergissmeinnichtkasten gesetzt, durch die Vorhänge gespäht oder probiert hatte, ob die Tür sich öffnen ließ. Und mindestens zwei Zigarettenlängen war er geblieben …

Ein Irrtum war ausgeschlossen. Weder in ihrer Wohnung noch auf dem Balkon duldete sie Gequalme. Und die Kippen waren in einem ziemlich guten Zustand. Sie stanken wie frisch geraucht. Unter ihrer Wohnung befand sich nur das Hochparterre; ihr Balkon lag nur knappe zweieinhalb Meter über dem Niveau des Weges. Mit ein bisschen Geschick wäre es weder für einen Kater noch für einen halbwegs talentierten menschlichen Kletterkünstler eine besondere Schwierigkeit, ihn zu erklimmen …

Der Kaffee schmeckte nicht mehr. Rasch zog Rita sich an und eilte nach unten, ungekämmt, mit einem Gefühl von Beengung im Hals. Seit zwei Tagen lief alles schief. Für gewöhnlich plätscherte ihr Leben fröhlich dahin. Nun entdeckte sie an allen Ecken befremdliche Zeichen. Direkt unter dem Balkon waren Fußspuren in der taufrischen Erde. Das Gras war plattgetreten, genau wie ihre Blumen. Die Wohnung unter der ihren stand seit einiger Zeit leer, aber die vorherigen Bewohner hatten ein Spalier an der Hauswand angebracht, an dem wilder Wein und Geißblatt rankten. Rita erklomm zwei der stabilen Sprossen und konnte mit den Fingerspitzen schon den Boden ihres eigenen Balkons berühren. Zwei Sprossen weiter fand sie bereits genügend Halt am Geländer, um es zu umklammern. Nun konnte sie sich bequem hochziehen und über die Brüstung steigen. Ein Kinderspiel!

Sie nahm sich nicht mehr die Zeit für ein Frühstück. Lauwarm und fade blieb die Kaffeetasse auf dem Balkon zurück, als die Wohnungstür ins Schloss fiel und ihre Schritte im Flur verhallten.

Im Lichtkegel der Schreibtischlampe prangten gelbe und lila Blüten. Der Schreibtisch war kaum wiederzuerkennen. Der überflüssige Papierkram war verschwunden. Stattdessen breitete sich ein nett arrangiertes kleines Frühstücksbüfett aus. Als könne er hellsehen, hatte Friedhelm Delius belegte Brötchen, süße Croissants und, um den Automatenkaffee zu verfeinern, Sahne und Zucker mitgebracht. Auf Ritas Platz lagen Nougattrüffel, für die sie bekanntermaßen alles zu tun bereit war. Er war die Aufmerksamkeit in Person. Die Freesien verbreiteten einen betörenden Duft und Rita begann, seine Gesellschaft zu schätzen.

„Du siehst müde aus", begrüßte er sie und nahm ihr die Jacke ab. „Schlecht geschlafen?"

„Geht so, schlecht geträumt …" Sie zögerte. „Und heute früh habe ich entdeckt, dass auf meinem Balkon irgend so ein Spanner gewesen ist."

„Und hat er was zu sehen bekommen?", fragte Delius grinsend, denn er hielt es für einen Scherz. Er schob ihr ein Schokocroissant hin.

„Ich finde das nicht besonders lustig! Er hat meine Blumen zertrampelt und Kippen in der Erde ausgedrückt."

„Du machst also keinen Witz? Ist so was schon öfter vorgekommen?"

„Bisher nicht", sagte Rita wortkarg.

„Und du hast keine Ahnung, wer …?"

„Glaub mir, wenn ich eine Ahnung hätte, würde ihm das schlecht bekommen!", fauchte Rita. Es tat ihr schon leid, die Sache überhaupt erwähnt zu haben. Sie fühlte sich hilflos, das Gefühl, das sie am meisten hasste. Halbfertige Gedanken waren ihr auf den Fersen, beängstigend, unausgegoren, unaussprechlich … *die Schritte hinter ihr* … Überbleibsel aus den dunkelsten Stunden. Dinge, die man nicht erwähnte. Dinge, für die es keine Worte gab. Wenn man sie benannte, verlieh man ihnen Kraft. Dann wurden sie körperlich, konnten sich manifestieren und … *und standen am Ende direkt hinter einem, wenn man sich umsah* … Am liebsten hätte sie sich geohrfeigt für ihre eigene Irrationalität.

Delius betrachtete sie verstohlen. Er kannte sie besser, als sie es für möglich hielt, denn seit einem halben Jahr beobachtete er sie genauer, als es ihm eigentlich guttat. Sie war bleich, angestrengt, verbissen. Der Spanner auf ihrem Balkon musste ihr einen gehörigen Schrecken eingejagt haben.

„Hast du überlegt, zur Polizei zu gehen?“

„Nein!“

„Mit solchen Dingen ist aber nicht zu spaßen …“ Er warf ihr über die Brille hinweg einen eindringlichen Blick zu, als könne er sie damit zur Vernunft bringen.

„Ich weiß …“ Rita biss ein großes Stück von ihrem Croissant ab und wandte sich dem Bildschirm zu. Das war alles. Und da sie keine Anstalten machte, den Mund wieder zu öffnen, hob Delius die Achseln und gab sich geschlagen.

Die Ergebnisse seiner Nachforschungen im Stadtamt waren auf den ersten Blick unspektakulär: Der letzte Besitzer des Gebäudekomplexes in der Grafenstraße, Dr. Heinrich Morgenstern, war offensichtlich 1947 verstorben. Die Angaben waren etwas unklar. Oder besser gesagt, sie bestanden lediglich aus dem Nichtmehrvorhandensein positiver Erwähnungen, wie Delius es formulierte. Morgenstern tauchte in den Akten ganz einfach nicht wieder auf. Danach wurde mehrere Jahre nach einem Erben gesucht. In verschiedenen Zeitungen erschienen Aufrufe. Der einzige Sohn, Karl Morgenstern, von dessen Existenz nichts geblieben war als seine Erwähnung auf der Kopie eines vergilbten Steuerformulars, blieb jedoch unauffindbar. Ein handschriftlicher Aktenvermerk besagte, dass er als junger Bursche kurz nach Kriegsende in die Vereinigten Staaten ausgewandert und dort verschollen sei. Vielleicht hatte ihn auch der Erdboden verschluckt. Es blieb genügend Raum für Spekulationen. Rita wühlte gefesselt in den amtlichen Kopien und den zerknitterten Notizzetteln, die Delius bei seinen eiligen Recherchen vollgekritzelt hatte. Die Beschäftigung mit greifbaren Dingen war Balsam für ihre angekratzten Nerven.

In den 1950er Jahren war das Gebäude in städtischen Besitz übergegangen. Seitdem rottete es vor sich hin. Behörden wollten nicht einziehen, weil es völlig heruntergekommen war. Die Stadt versuchte, es zu einem Schleuderpreis loszuwerden, aber offensichtlich hatte niemand angebissen. In den 1970er Jahren war schließlich irgendjemand so klug gewesen, den ganzen Komplex als schützenswertes Baudenkmal auszuweisen. So wurden eventuelle private Investoren abgeschreckt, denn eine originalgetreue Restaurierung hätte die Kosten eines Abrisses und Neubaus bei weitem überstiegen. Also stand der Kasten leer, und es war anzunehmen, dass Staub und Spinnweben inzwischen meterhoch lagen. Es war nicht einmal wahrscheinlich, dass noch jemand einen Schlüssel für das große Portal besaß…

Delius legte seine Zettel beiseite. Rita holte neuen Kaffee. Er war zwar nicht besonders gut, ließ ihren Verstand aber etwas klarer werden. Ihr Entschluss stand längst fest. Es ging nur noch darum, Delius zu überzeugen … Aufmerksam rührte sie einen großen Schuss Sahne in ihren Becher und betrachtete die hellen Schlieren, als fände sich dort die Lösung aller Rätsel. Einen Moment brütete sie an einem langen Schachtelsatz, zuckte dann aber die Schultern und entschied sich für die schlichte Version.

„Sag mal, Delius, da du doch heute nichts Dringliches zu erledigen hast und sicher ebenso an der Aufklärung dieser Geschichte interessiert bist wie ich …"

Delius biss in sein Brötchen und schaute nicht auf. Er wusste, was kommen würde.

„Könntest du dir eventuell vorstellen, nachher noch mal mit in die Grafenstraße zu kommen? Vielleicht finden wir ja einen Weg hinein."

„Nein, das kann ich mir nicht vorstellen, auch nicht eventuell!"

„Nun sei doch nicht so kategorisch! Du hast doch sicher bemerkt, dass neben dem Gebäude ein Gang abgeht. Da könnten wir zur Rückseite kommen. Vielleicht gibt es da noch einen anderen Eingang. Wir brauchten ja nur nach einer Klingel suchen!"

„Das Haus ist unbewohnt. Wozu sollten wir also eine Klingel suchen? Wer würde uns öffnen?"

„Und wenn schon! Wir könnten ja einfach nur schauen. Vielleicht gibt es da eine Tür, die sich von ganz alleine öffnet. Wenn Penner gelegentlich da drin übernachten, werden sie schließlich auch einen Weg gefunden haben!"

Delius rieb sich das Kinn und brummte etwas davon, dass er erst die positiven und negativen Aspekte gegeneinander abwägen müsse. Er fand es nicht unangenehm, sich ein Weilchen bitten zu lassen. Rita schmierte ihm Honig um den Bart und stellte ihm in Aussicht, mit ihr Eisessen gehen zu dürfen. Es war völlig klar, dass sie dem Haus auch ohne ihn einen Besuch abstatten würde, immer mit dem Kopf durch die Wand, wie es ihre Art war. Ebenso klar war, dass er das nicht zulassen konnte.

„Also gut, wir könnten ja mal einen Blick auf die Rückseite werfen …", sagte er schließlich und schaute sie direkt an, was sonst nicht seine Art war. „Aber wirklich nur einen Blick werfen, hast du verstanden?"

Rita fand, dass es erstaunlich einfach gewesen war, ihn zu überzeugen. Im gleichen Moment dachte sie … *an die Schritte* … daran, wie viele Stufen es wohl vom Keller bis zum Dach des Hauses sein mochten.

Am Nachmittag herrschte halbwegs Ruhe. Es war sehr warm, fast drückend. Die Menschen saßen im Park oder unter den Markisen der Cafés rund um den Bahnhof. Die Grafenstraße war wie ausgestorben. Rita und Delius hielten sich ein paar Minuten vor dem Schaufenster des Fahrradladens auf. Das graue Haus atmete Staub und Stille. Der schmale Seitengang lag in tiefem Schatten. Als sie ihn durchschritten, hallten ihre Schritte von den hohen Wänden wieder. Hier war es so kühl, dass es Rita fröstelte.

Die Rückseite des Gebäudes war genauso trostlos wie seine Front. Der Hof war lang und schmal, mit dicken Kopfsteinen gepflastert, zwischen denen das Unkraut meterhoch wucherte. Dahinter erhob sich die fensterlose Rückwand eines Gebäudes der Hävemannstraße, vom Ruß der Jahrzehnte geschwärzt. Die Sonne stand schon zu schräg, um den Boden des Hofes zu erreichen. Alles wirkte düster. Zwei halb eingestürzte Holzschuppen rundeten das Bild ab. Eine magere Katze verzog sich geduckt.

Wie nicht anders zu erwarten, gab es einen Hintereingang. Ausgetretene Stufen führten zu einer soliden Kellertür hinab. Sieben Stufen. Rita drückte vorsichtig den Knauf. Natürlich war die Tür verschlossen. Delius lächelte erleichtert. Unglückseligerweise gab es aber auch auf der Rückseite Kellerfenster, die unter staubigen Rosten verschwanden. Ungeduldig inspizierte Rita einen nach dem anderen. Einer schien tatsächlich ein bisschen weniger verdreckt zu sein, als wäre er vor nicht allzu langer Zeit noch bewegt worden. Als sie hinunterblickte, sah sie, dass das darunter liegende Fenster nicht vergittert und einer der Flügel nur angelehnt war. Zweifellos der Einstieg ins Hotel der Obdachlosen.

Delius zögerte. Rita hatte gar keine Augen für ihn und machte sich wortlos an dem Rost zu schaffen. Schließlich fasste er mit an. Das Fenstergitter war irgendwann herausgebrochen worden. Löcher im Zement verrieten noch die genaue Position der alten Befestigungen. Rita ließ sich in die Nische hinab und stieß das Fenster auf. Muffiger Geruch strömte ihr entgegen, nach feuchten Wänden und Rattendreck. Sie schlängelte sich durch die Öffnung und angelte mit den Füßen nach dem Boden. Er war feucht und rutschig. In einer Ecke stand eine Pfütze. Offensichtlich drang bei jedem stärkeren Regen von irgendwoher Wasser ein. Es war so still, dass ihr eigener Atem überlaut von den nackten Wänden wiederhallte. Jedes Geräusch von draußen hingegen wurde absorbiert. Die Scheiben waren völlig verdreckt. Das eindringende Licht war dünn und mit einem grauen Schleier belegt.

Delius schaute unentschlossen, als müsse er die Sache ein weiteres Mal bedenken. Dann begab auch er sich auf den Weg in den Untergrund, ungelenk wie ein neugeborenes Kalb, das sich bemüht, seine Gliedmaßen effektiv zu koordinieren. Als er unten ankam, war er staubbedeckt.

Die Tür des Raumes führte auf einen Flur, der wie ein endloser Tunnel das ganze Gebäude der Länge nach durchmaß. Es war sehr finster. Die Blicke blieben nach wenigen Metern in der Dunkelheit stecken. Aus unabsehbarer Entfernung drang ein leises Rascheln, als würde altes Papier durch einen Luftzug über steinigen Boden geweht. Zu beiden Seiten des Flures gingen Türen ab, die meisten von ihnen waren geschlossen oder angelehnt. Ein zweites Rascheln gesellte sich zu dem ersten, und dieses hatte eher den Charakter vieler winziger, krallenbewehrter Füßchen, die sich nicht entscheiden konnten, in welche Richtung sie laufen sollten.

„Es müsste eine der hinteren Türen auf der anderen Seite sein", flüsterte Rita. „Die dritte vielleicht, das könnte mit den Fensternischen an der Vorderseite hinkommen."

Schweigend setzten sie einen Fuß vor den anderen, bestrebt, so wenig Spuren wie möglich zu hinterlassen. Die dritte Tür stand einen Spalt weit offen. Rita hatte recht gehabt. Es war zweifellos der gesuchte Raum. Von draußen drang kaum Licht herein. Ab und zu ließ sich ein Schatten erahnen, wenn oben ein Passant vorbeiging. So leise wie möglich entfernten sie die Bretter vom Fenster und öffneten den morschen Rahmen. Rita trat an die Brüstung. Es war so, wie sie es schon von außen festgestellt hatte: Einer der Stäbe in dem massiven Eisengitter fehlte. Als sie sich umschaute, sah sie ihn in einer Ecke auf dem Boden liegen. Sie hob ihn auf und betrachtete ihn eingehend. Er war an den beiden Enden sorgfältig durchgeschabt.

„Ob Mariana eine Feile hatte? Sie kann das doch unmöglich mit Hilfe der Nägel und des alten Taschenmessers geschafft haben!"

Delius nahm ihr den Stab aus der Hand. „Wer weiß? Der stete Tropfen höhlt ja schließlich nicht nur den Stein, sondern ebenso gut auch andere Dinge. Theoretisch könnte sie es mit jedem Metallteil geschafft haben, das eine härtere Legierung hat als dieses hier. Außerdem ist dieser Stab auch nicht so furchtbar dick. Zwei Zentimeter Durchmesser, wenn mein Auge mich nicht trügt, eher etwas weniger. Wenn sie ein ganzes Jahr lang jeden Tag fleißig daran gekratzt hat, sollte ihr das wohl gelungen sein."

„Meinst du, sie hätte bei einer günstigen Gelegenheit hier hinaussteigen können?"

„Ich glaube schon. Schau, da wo der Stab fehlt, ist die Lücke etwa fünfundzwanzig Zentimeter breit, vielleicht etwas mehr oder weniger. Das ist nicht viel, sollte aber reichen. Es gibt den Grundsatz, dass eine Öffnung, die breit genug ist, um den Kopf durchzulassen, theoretisch auch den ganzen Körper folgen lässt. Das gilt natürlich nur, wenn die betreffende Person halbwegs zierlich und gelenkig ist."

„Gesetzt den Fall, Mariana war so zierlich … Warum ist sie dann nicht geflohen?"

„Wer sagt denn das? Vielleicht ist ihr die Flucht ja wirklich geglückt! Vielleicht sehen wir das alles nur zu schwarz, weil uns tragische Schicksale mehr faszinieren als solche mit glücklichem Ausgang."

„Das kann ich nicht glauben, Delius. Sie ist hier nicht rausgekommen. Frag mich nicht warum, aber ich glaube es einfach nicht. Wozu sonst die ganzen Gravuren, die sie gemacht hat? Weil sie noch keine Lust hatte, sich von diesem schönen Ort zu verabschieden und erst noch ihr Markenzeichen hinterlassen wollte?"

„Vielleicht hat sie die Gravuren zuerst gemacht und ist erst dann darauf gekommen, den Gitterstab durchzufeilen."

„Das klingt schwachsinnig! Dann müsste sie ganz schön blöd gewesen sein. Nein, die Reihenfolge war umgekehrt. Zuerst die Hoffnung, dann die Verzweiflung. Zuerst kam der aktive Versuch, eine Flucht vorzubereiten. Und erst, als das nicht funktionierte, machte sie die Gravuren, ihr Testament, Zeichen der Hoffnungslosigkeit. Sie hat also zuerst den Stab durchgefeilt und sich einen potentiellen Fluchtweg geschaffen. Aus irgendeinem Grund konnte sie ihn aber nicht nutzen. Vielleicht war sie zu dick? Vielleicht zu ungelenkig? Ich weiß, das klingt nicht sehr überzeugend, aber es muss einen Grund gegeben haben, der sie abhielt. Sie musste auf eine günstige Gelegenheit warten, vielleicht sehr lange. Und weil sie diese Gelegenheit immer weiter schwinden sah, hat sie angefangen, den Stein zu bearbeiten."

„Na gut, das klingt halbwegs logisch ... Sie hat es also geschafft, einen Gitterstab zu entfernen. Aber sie brauchte bestimmte Umstände für ihre Flucht. Sie musste den Stab sorgfältig an seinem Platz belassen, um zumindest ihren Plan geheim zu halten. Vielleicht hat sie ein Holzstück dazwischengeklemmt, um ihn festzuhalten. Vielleicht hat sie sich etwas anderes einfallen lassen. Not macht erfinderisch. Wahrscheinlich lebte sie in ständiger Angst, dass man ihr Geheimnis entdeckte. Dann hätte man sie einfach in eine andere Zelle gesteckt und sie hätte von vorne anfangen können."

„Vielleicht hat man sie aber auch ganz einfach gewähren lassen, um sie bei Laune zu halten. Wie eine Art Beschäftigungstherapie unter Aufsicht, weil ohnehin klar war, dass ihre Flucht nie gelingen konnte."

„Das klingt bitter, ist aber wohl ebenfalls möglich. Man nimmt einem gefangenen Tier ja auch nicht sein Spielzeug weg, an dem es sich abreagiert. Man lässt es spielen.

Das ist besser, als wenn es aus lauter Frustration beginnt, sich selbst zu verletzen. Ein kleines Fünkchen Hoffnung muss man ihm schon zugestehen. Hilflosigkeit, die keinen Ausweg sehen lässt, führt früher oder später zum Suizid, aktiv oder passiv. Zur Not hört der betreffende Mensch einfach auf zu essen und zu trinken oder wird krank."

„Wir werden die Details kaum in Erfahrung bringen", sagte Rita. „Aber vielleicht ist das auch gar nicht so wichtig. Ich will nur wissen, wer sie war, warum sie hier war und was aus ihr geworden ist."

„Das ist ja ganz einfach ..." Delius lächelte dünn.

Rita zog ihr kleines Taschenmesser hervor und trat ans Fenster. Sie streckte ihren Arm bis zur Schulter durch die Stäbe und probierte aus, in welchem Radius sie damit die Seitenwand der Nische erreichte.

„So ungefähr muss sie gearbeitet haben. Bis an das hintere obere Drittel der Wand ist sie nicht gekommen, jedenfalls nicht stehend hier vom Boden aus und wenn sie etwa meine Größe hatte ..."

Sie trat einen Schritt zurück und betrachtete das Fenster und die Nische erneut als Ganzes. „Nun erkläre mir mal eines, Delius. Warum hat sie nur eine Seite der Nische bearbeitet, und wieso ausgerechnet diese? Auf der anderen Seite ist der Stein viel glatter, die Arbeit wäre leichter gewesen. Stattdessen hat sie sich auf dieser Seite abgemüht, wo der Stein ganz rau ist, und sich wahrscheinlich fast den Arm verrenkt, um an die Stelle zu gelangen, wo das HEILIGE MARIA anfängt. Außerdem, und das ist noch bemerkenswerter, kann sie auf dieser Seite praktisch nur mit der linken Hand gearbeitet haben. Ob sie Linkshänderin war?"

„Nicht zwingend. Obwohl ihre Entscheidung natürlich

irgendeinen Grund gehabt haben wird. Vielleicht den gleichen, der ihre Flucht verhinderte. Möglicherweise konnte sie den anderen Fensterflügel ganz einfach nicht erreichen, oder sie konnte sich auch in diesem Raum nicht so frei bewegen, wie sie wollte. In barbarischen Zeiten wurden vermutlich auch barbarische Methoden angewandt, um vermeintlich Geisteskranke still zu halten."

„Aber wir wollten doch nicht davon ausgehen, dass sie geisteskrank war!"

„Das ändert doch nichts daran, dass man sie so behandelt haben könnte. Wer einen Menschen – einerlei ob gesund oder krank – über einen so langen Zeitraum in einen solchen Keller sperrt, wird sicher auch keine besonderen Skrupel gehabt haben, ihm zur Sicherheit noch Fesseln anzulegen."

Rita schwieg. Wieder fühlte sie diese seltsame Beklemmung in sich aufsteigen, wie eine innere Gänsehaut, die ihre Kopfhaut zum Kribbeln brachte, wie Spinnweben im Haar ... Sie zwang ihre Gedanken in eine andere Richtung.

Der Raum war relativ groß. Die lange Fensterseite mochte an die sechs Meter messen. Die Tiefe war ein Stückchen geringer. Die Wände waren kahl, als wären sie nie gestrichen gewesen. Typische Kellerräume, die von Anfang an mit Feuchtigkeit zu kämpfen hatten und daher so pflegeleicht wie möglich gehalten wurden. Salpeterauswachsungen brachten den Zement zum Bröseln. Alles war schimmelanfällig und ungesund. Hier und da lagen Fetzen von altem Silberpapier auf dem Boden. In der hinteren linken Ecke, die durch einen Wandvorsprung, in dem ein Kamin verlaufen mochte, den Charakter einer Nische hatte und noch ein wenig dunkler dalag als der Rest des Raumes, drückte sich ein erbarmungswürdiges

Metallgestell an die Wand, ein verzweifelt solides Krankenhausbett, schwer wie eine Pflugschar, jeder Renitenz gewachsen, Überbleibsel aus der Zeit als Sanatorium. Am Kopfende war eine eiserne Gliederkette befestigt, für einen Hund zu schwer, eher eine Kette für Kälber oder Rinder. An ihrem Ende befand sich eine solide, eiserne Manschette, wie man sie vor langer Zeit Sklaven oder Sträflingen angelegt haben mochte.

Delius hob das Ende der Kette auf und zog sie in Richtung des Fensters. „Was habe ich gesagt? Ihre Bewegungsfreiheit reichte gerade von dieser Ecke des Raumes bis zum ersten Fensterflügel, aber kein Stück weiter. Sie konnte den Gitterstab durchfeilen, schön … Aber im Endeffekt half es ihr gar nichts."

Neben dem Bett stand ein Gestell mit einer Kanne und einer Waschschüssel aus gesprungener Emaille. Über der Schüssel hing eine blinde Spiegelscherbe. Hinter einem mottenzerfressenen Wandschirm aus einstmals weißem Leinen stand ein Stuhl mit einer Öffnung in der Sitzfläche. Der Ort für die menschlichen Bedürfnisse. Rita fühlte das Mitleid geradezu schmerzhaft. Sie schauderte. Wie beschämend musste das alles gewesen sein!

Nahe dem Fenster gab es noch einen kleinen Holztisch und einen Stuhl, der so morsch war, dass die Lehne fast zerbrach, als sie sich darauf stützte. Die Tischplatte war bekritzelt und mit Ritzereien bedeckt, die in dem dunkellasierten Holz aber völlig unkenntlich waren.

„Wo würdest du hier etwas verstecken, Delius? Eine Kleinigkeit, ein Stückchen Papier vielleicht?"

„Meinst du, man hat ihr Papier und Bleistift gegeben, um ihre Memoiren zu schreiben?"

„Warum nicht? Ich bin sicher, dass sie versucht hat, irgendetwas zu hinterlassen, irgendeine Kleinigkeit. Sie war zu verzweifelt, um es nicht zumindest zu versuchen. Und sie hatte lange Zeit, darüber nachzudenken."

Rita starrte die Ecken und Wände an, als wolle sie sie mit Blicken durchdringen. Dann drehte sie, einer Eingebung folgend, den Spiegel um. Sie hatte es gewusst. Kein Blatt Papier, aber auf die Rückseite des Spiegels war etwas gekritzelt. Die Gefangene hatte wirklich einen Stift in die Finger bekommen. Die Schrift war blass und verwischt. Rita trat ans Fenster, um den dünnen Sonnenstrahl zu nutzen, der nun hereinfiel.

Mariana Reinhard, geb. am 22. Juli 1926. Die Zeit steht still, so lange bin ich hier, seit meinem 16. Geburtstag. Welchen Tag haben wir? Ich weiß es nicht. Herbst, vielleicht Oktober. Oder November. 1943. Kälte und Regen. Sie kommen nicht. Sie haben mich vergessen. Wer hilft mir noch? Er tötet mich. Heilige Maria Muttergottes, hilf mir bitte, erhöre mich.

Die Schrift wurde dabei immer winziger, als habe die Schreiberin verzweifelt versucht, sich Raum für ihre Klage zu verschaffen. Aber der Spiegel war nur klein und mehr Worte hatten keinen Platz gehabt. Zwischen die Worte waren viele kleine Kreuze gemalt, zierlich wie Ameisenspuren, ein kindlicher Beschwörungszauber, um die Kraft des Stoßgebetes zu erhöhen. Die Wände des Raumes rückten bedrohlich nahe. Rita war blass geworden.

„Das ist entsetzlich! Ihr sechzehnter Geburtstag war 1942. Als sie dies schrieb, war sie bereits über ein Jahr hier!"

„Vielleicht war sie ja tatsächlich eine reguläre Patientin. Wir sollten nicht vorschnell urteilen, nur weil sie es schafft, mit ein paar schlichten Worten an unseren Gemütern zu kratzen."

„Sie war sechzehn Jahre alt! Sie konnte lesen und schreiben und sich ausdrücken. Welche Geisteskrankheit hätte es rechtfertigen können, sie hier festzuhalten?"

Delius schüttelte den Kopf. „Du lässt dich einwickeln, weil du Mitleid hast. Und Mitleid hast du, weil du dir schon längst ein ganz bestimmtes Bild von ihr zurechtgelegt hast, das allerdings mit keinem Deut bewiesen ist. *Er tötet mich* klingt in meinen Ohren reichlich paranoid. Vielleicht haben wir hier bereits den Grund für ihre Verwahrung in dieser Anstalt. Vielleicht litt sie an Wahnvorstellungen. - Mitleid ist ein schlechter Ratgeber, wenn du objektive Größen damit messen willst."

„Ich scheiße auf die Objektivität ...", murmelte Rita und wandte sich ab. Objektivität! Es gab keine Objektivität. Es gab nur das Entdecken und Sammeln, das Spurensuchen mit allen Sinnen, mit den Augen, mit der Nase, mit den Händen, mit der Neugier eines unbedarften Kindes, das keine Furcht vor dem hat, was es entdecken könnte, und das alle Abstufungen und Aggregatzustände der Realität für gleichermaßen wahrscheinlich hält ...

Es musste sich noch mehr in diesem Raum befinden. Sie waren nur zu dumm, es zu finden. Im Flur huschten wieder Ratten, flüchtige Bewegungen einer Heerschar kleiner Füßchen. Es war absehbar, dass Delius binnen der nächsten Minuten das Interesse verlieren und zu gehen wünschen würde.

„Es gibt noch eine Schreibfläche!", rief Rita. Ihr Ärger verrauchte. Sie ließ sich auf die Knie nieder und krabbelte unter den staubrieselnden Tisch, der in der Ecke stand. Das war es! Die Unterseite der Tischplatte war nicht lasiert. Das helle, ziemlich feine Holz war dicht beschrieben mit der gleichen, etwas kindlichen Bleistiftschrift.

„Delius! Ich glaube, es ist eine Art Tagebuch. Die Schrift ist winzig. Die ganze Platte ist vollgeschrieben!“

Delius stellte seine rationalistischen Zweifel hintan und hockte sich neben sie. Auf den ersten Blick ließ sich nicht viel erkennen, außer dass es sich tatsächlich um viele handgeschriebene Zeilen handelte, sanfte Wellen, ein dünner, grauer Strom ohne Quelle und ohne Mündung. Lautlose Worte, die sich nicht entziffern ließen. Die Beleuchtung war schlecht und Bleistift auf Holz nicht gerade kontrastreich.

„Wir nehmen die Tischplatte mit!“, sagte Rita kurzentschlossen. „Es bringt nichts, das zu fotografieren. Die Schrift ist so zierlich, dass ich nicht glaube, dass wir am Bildschirm etwas davon wiedererkennen könnten.“

Sie trat ein paar Mal gegen die morschen Holzbeine. Mit einer Staubwolke polterte der Tisch in sich zusammen. Delius sah besorgt zum Fenster, aber niemand achtete auf die Geräusche aus dem Keller. Mit der Hand wischte Rita den gröbsten Dreck von der Platte ab und Delius war erleichtert, dass es nach Rückzug roch. Er nahm die Platte. Rita verstaute die Spiegelscherbe in ihrer Handtasche. Das Trippeln der Rattenfüße folgte ihnen auf jedem Schritt.

Am Ende des Flures entdeckten sie eine steinerne Treppe, die in die oberen Stockwerke führte. Nach ein paar Stufen versperrte jedoch eine Tür den Weg, eine schwere Eisengittertür, die mit einer Kette verschlossen war. Sie sah so unbezwingbar aus, dass selbst Rita nicht den Versuch machte, daran zu rütteln. Jenseits des Gitters verschwanden die steilen, feuchten Stufen in undurchdringlichem Grau. Die frischen Zigarettenkippen, die in einer Ecke lagen, sahen sie nicht. Staubbedeckt krochen sie aus dem Kellerfenster ans Tageslicht. Der Hinterhof war ausgestorben wie ein fremder Planet. Es war schwül geworden. Die Hitze drückte. Der Himmel war bleiern und die Wolken hingen schwer herab. Ein leises Grummeln lag in der Luft. Rita zog ihr Sommerjäckchen aus und hängte es über die hölzerne Platte, um sie vor dem kommenden Unwetter zu schützen.

„Los, deine Jacke auch, Delius! Wenn das Holz nass wird, verlieren wir alles!" Ihr Eifer war rücksichtslos. Delius gehorchte. Sein heller Sommerblouson war ohnehin ruiniert.

Er hörte ihre Schritte, ihre süße Stimme in seinen Ohren. Sie war wie Musik, wie Vogelzwitschern. Er atmete ihren Duft durch alle Türen und Wände hindurch. Er war wie ein Hauch von Frühling und Blumen. Er berauschte sich an ihrer Nähe. Fast konnte er sie berühren, eine Handlänge fehlte nur. Er schlich sich an, ohne einen Laut. Er war hinter jeder Tür, hinter jeder Wand. Seine Schritte waren zart wie das Getrappel von Mäusefüßen, er war so leicht wie Spinnweben im Wind. Selbst sein Atem war lautlos und sein Herzschlag ganz still. Er war das Nachtgespenst, das in die Träume kommt, das wilde, schwarze Pferd, das den Träumer davonträgt. Er war der *Graumacher.*

5

Ungesehen gelangten sie ins Pressehaus. Wie ein Meer war das Gewitter auf sie niedergestürzt. Ritas Haar hing ihr in dicken, nassen Strähnen ins Gesicht. Delius trug die Tischplatte hinunter ins Archiv, während sie drei Treppen höher in ihr Büro eilte. Benedikte war nicht da. Wahrscheinlich vertrieb sie sich die Zeit noch immer mit ländlichen Genüssen. Beneidenswert, wenn man Müßiggang und Bequemlichkeit liebte und ihnen das Etikett von Arbeit anhängen konnte. Aber Rita war nicht mehr ganz so verbittert über ihr eigenes Los, denn die Freude an der Trägheit eines vollen Bauches hatte in ihren Augen eine recht geringe Halbwertzeit.

Im obersten Schrankfach war eine Art Notfall-Set gebunkert, für unvorhergesehen eintretende Nachtschichten, für den Fall, dass sie sich mit Kakao oder Druckerschwärze bekleckerten und ähnliche Eventualitäten: Handtücher, Zahnbürsten, Seife, zwei T-Shirts. Rita wand sich ein Handtuch um den Kopf und zog ein trockenes Shirt über. Das zweite nahm sie für Delius mit, der ebenfalls so aufgeweicht war wie ein junger Hund. Es gehörte Benedikte, war pinkfarben und hatte einen silbern glitzernden Aufdruck auf der Vorderseite. Auf dem Weg ins Untergeschoss entwendete sie eine Rolle Papierhandtücher aus dem Waschraum, um die hölzerne Platte damit zu reinigen.

Delius hatte die Tischplatte auf den Schreibtisch gelegt, die Schreibtischlampe herangezogen und sie im Zenit darüber platziert. Triefend vor Nässe beugte er sich über die blasse Schrift. Rita hängte ihm das Handtuch um die Schultern und drückte ihm das Shirt in die Hand. „Hier, mit freundlichen Grüßen von Benedikte.“

Er verkrümelte sich hinter ein Aktenregal. Rita begann die Platte abzuwischen, ganz behutsam, um die weichen Buchstaben nicht noch konturloser zu machen. Dann konzentrierten sie sich auf die vielen, spinnwebdünnen Worte, die so leicht und schwerelos waren, dass sie ihnen bald vor den Augen verschwammen:

Dezember 1943. Es ist so kalt. Bald muss Weihnachten sein. Am Fenster sind wieder Eisblumen. Der Frost beißt mir in die Finger. Sie sind ganz klamm, ich kann sie kaum bewegen. Die Decke wärmt mich nicht. Das Husten tut so weh. Dr. Morgenstern hat versprochen, mir eine neue Decke mitzubringen. Doch ich warte schon so lange.

Delius drehte für einen Moment die Schreibtischlampe zur Seite. Ende 1943 war Mariana auf die Idee mit der Tischplatte gekommen. Aus dem ersten Jahr ihres Aufenthalts gab es folglich gar nichts. Einzig die Notiz hinter dem Spiegel ließ sich ein paar Wochen früher ansiedeln. Dafür konnte es viele Erklärungen geben, eine von ihnen unwahrscheinlicher als die andere. Vielleicht hatte Mariana im ersten Jahr noch daran geglaubt, bald wieder entlassen zu werden. Vielleicht hatten sich die Umstände ihres Aufenthalts erst allmählich so weit verschlechtert, dass sie sich als Gefangene, statt als Patientin zu fühlen begann. Vielleicht war sie vorher in einem anderen Raum untergebracht gewesen und hatte dort Botschaften hinterlassen, die bis jetzt unentdeckt waren. Oder sie hatte ganz einfach keinen Bleistift gehabt, um zu schreiben … Rita seufzte heimlich über die vielen *Vielleichts*, das Wort, das sie am wenigsten mochte.

„Die Zustände in dem Haus scheinen jedenfalls mehr als fragwürdig gewesen zu sein“, sagte Delius. „Das Mädchen musste frieren. Es hatte schlimmen Husten. Über die Unterbringung der Patienten ließ sich kein Ruhmesblatt füllen, und so legte man naturgemäß keinen gesteigerten Wert darauf, dass unschöne Briefe geschrieben oder Tagebücher geführt wurden. Sicher wurden alle Insassen beobachtet und kontrolliert. Mariana bekritzelte die Unterseite der Tischplatte, weil niemand wissen durfte, dass sie überhaupt etwas schrieb. Sonst hätte sie ja auch einfach die Wände benutzen können."

Ich könnte schreien, den ganzen Tag schreien! Ich weiß nicht, was passiert. Es macht mich verrückt! Immer bin ich alleine, immer alleine … Was passiert mit mir? Nachts habe ich Träume, die mir furchtbare Angst machen. Sie fressen mich auf. Wenn ich dann nur ein Licht hätte, ein ganz kleines Licht! Die Dunkelheit ist schwer zu ertragen. Sie atmet ganz dicht an meinen Ohren. Sie lebt, das fühle ich genau. Sie macht, dass ich keine Luft bekomme. Ich wage nicht, mich zu rühren. Mama und Papa, warum holt ihr mich nicht?

Die Kette um meinen Fuß tut so furchtbar weh. Wenn ich doch nur einmal ans Fenster gehen dürfte! Nur einmal wieder die Sonne spüren und frische Luft einatmen. Immer nur die Bücher, die er mir bringt. Ich sitze am Tisch und lese Bücher. Ich liege im Bett und lese Bücher. So halte ich meinen Geist am Leben. Doch all die Bücher würde ich gerne eintauschen gegen einen einzigen Sonnenstrahl auf meiner Haut. Ist das denn wirklich zu meinem Besten? Liebste Eltern, ihr habt mir gesagt, dass Dr. Morgenstern mein Retter ist. Und er selbst sagt es mir auch jeden Tag. Ich muss euch vertrauen und ich muss ihm vertrauen, denn was könnte ich anderes tun. Er ist mein Retter, das will ich glauben. Vielleicht bin ich dumm. Vielleicht bin ich undankbar.

Ich fürchte mich vor ihm. Ihr habt gesagt, dass er ein guter Mann ist, aber er tut Dinge, die schlecht sind. Er sagt Sachen zu mir, die mir Angst machen. Was erzählt er euch? Redet er schlecht über mich? Spricht er überhaupt von mir? Manchmal glaube ich, dass er mich nie wieder fortlassen wird. Denkt ihr denn gar nicht mehr an mich? Oder denkt ihr, ich sei tot? Oder seid ihr tot? Er sagt mir nichts, er schweigt nur und lächelt mich an. Er streicht mir übers Haar und ich schaudere dabei.

Wenn nur die Träume aufhören würden! Werde ich wirklich verrückt? Bin ich darum hier? Habt ihr mir nicht die Wahrheit gesagt, Mama und Papa? Habt ihr gewusst, dass ich verrückt werde? Habt ihr mich deshalb hierhergebracht?

Es hat geschneit. Der Schnee ist bis vor mein Fenster gefallen. Wie gerne würde ich eine Handvoll nehmen, ganz egal wie kalt er ist. Doch das Fenster ist so weit weg! Ein ganzer Meter fehlt mir, um es zu erreichen. Ein einziger Meter, der die Welt bedeutet. So oft habe ich Dr. Morgenstern gebeten, mir die Kette abzunehmen oder sie wenigstens zu verlängern, damit ich ans Fenster gehen kann. Ich habe gebeten und gefleht und geweint. Aber er ist unerbittlich. Alles sei zu meinem Besten, sagt er. Er hat Angst, dass man mich entdeckt. Er befürchtet, dass ich das Fenster öffnen und schreien könnte, sodass mich jemand auf der Straße hört. Und vielleicht würde ich das auch tun. Das wäre mein Tod, sagt er.

Mami und Papi, so lange habe ich nichts von euch gehört. Warum schreibt ihr mir keinen Brief, nicht einmal eine ganz kleine Karte, nur ein einziges Wort, damit ich weiß, dass ihr mich nicht vergessen habt? Und meine Christine, hat sie mich auch vergessen? Und mein lieber, kleiner Flocki, würde er mich noch erkennen? Manchmal singe ich aus Einsamkeit das Lied, das wir immer gesungen haben, wenn wir im Herbst das Laub zusammenharkten. Von den Wänden hallt es wieder, aber Dr. Morgenstern schimpft jedes Mal mit mir, weil ich doch ganz still sein muss.
Ich halte es nicht mehr aus. Mir ist so kalt. Ich hoffe, dass ich erfriere. Alles tut weh, so weh, dass ich schreien könnte.

Auf dem Schreibtisch lag der Redaktionskalender. Ohne es zu merken, begann Rita kleine Fetzen herauszureißen und zu Kügelchen zu knüllen, die sie achtlos wie Sandkörner zu Boden fallen ließ. Ihr Blick war sehr fest auf die umgedrehte Tischplatte geheftet. Die Schrift zerfloss ihr vor den Augen. Sie sah die fleckigen Kellerwände vor sich und glaubte, die dünnen Krallen der Ratten auf dem Boden zu hören. Es war kein Grund vorstellbar, aus dem ein sechzehn- oder siebzehnjähriges Mädchen auf diese Weise eingesperrt wurde …

Delius zog ein leidenschaftsloses Resümee: „Sie musste sich also verstecken. Der Krieg hatte begonnen und wir wissen, dass es damals viele Gründe gab, sich unsichtbar zu machen. Vielleicht mussten ihre Eltern sich ebenfalls verstecken. Man dachte, Mariana sei schon vernünftig genug, um eine Trennung zu überstehen. Man glaubte, das Beste für sie zu tun. Vielleicht hatten sie auch gar nicht die Wahl, erst lange nach einem ‚Besten' zu suchen, sondern es ging nur noch darum, sich so schnell wie möglich in Sicherheit zu bringen. Wenn das nackte Überleben auf dem Spiel stand, in einer Zeit, in der das Überleben nicht selbstverständlich war, konnte wohl auch ein dunkles Kellerloch zum seligen Refugium werden. Unerquickliche Umstände hin oder her, wir dürfen nicht vorschnell urteilen."

Wenn Rita das Gefühl hatte, gegen eine Wand zu rennen, sah sie rot. Delius war so eine Wand, an der auch harte Schädel barsten und aufgeladene Emotionen sich die Zähne ausbissen. Er hatte die Konsistenz eines Daunenkissens, bodenlos nachgiebig, beneidenswert ruhig und hassenswert unkonkret …

Delius blickte unverwandt auf. In Ritas Blick lag ein orangefarbenes Funkeln, hin- und hergerissen zwischen hellem Zorn und dem Ringen um Fassung. Ihre Augen waren sehr beredt. Heuchelei fand darin kein Versteck, was sie sehr anziehend machte. Mit gelassener Stimme fuhr er fort:

„Vielleicht war es notwendig, Mariana mit wohlmeinender Strenge zu hindern, unüberlegte Dinge zu tun, weil sie selbst nicht in der Lage war, die Situation realistisch einzuschätzen. Dass sie manchmal verzweifelte, dass ihr ein Ende mit Schrecken gelegentlich leichter erträglich schien als die endlose Fortdauer einer subjektiv zweifellos als untragbar empfundenen, aber letztlich lebensrettendenden Verwahrung an einem nicht besonders angenehmem Ort ist verständlich und nicht weiter erstaunlich. Vielleicht ..."

„Vielleicht, vielleicht, vielleicht! So kommen wir doch nicht weiter!" Rita sprang auf und lief nutzlos vor dem Schreibtisch auf und ab. Delius betrachtete sie mit Neugier, aber ohne jede Ironie.

„Kommt ganz darauf an, wohin du gelangen willst. R e t t e n können wir das Mädchen ohnehin nicht mehr, soviel ist doch wohl klar ... Wir können nur versuchen, die kleinen Bröckchen aufzusammeln, die sie fallen ließ, sie halbwegs logisch zu verknüpfen, und versuchen, sie mit Hilfe unserer Kenntnisse über die damalige Zeit zu interpretieren."

„Du bist schlimmer als die Fluse! Ein kaltherziger Sezierer! Aber mit Logik lösen sich nicht alle Probleme der Welt!"

„Mit geballten Fäusten auch nicht ..." Er lächelte wieder sein etwas rätselhaftes Lächeln und hielt ihr den Teller mit den Resten vom Frühstück hin. Widerwillig griff sie nach einem Stück Brot mit Salami und Gürkchen.

„Nein, das nicht!" Er klopfte ihr auf die Finger. „Nimm dieses hier, mit Marzipanfüllung und Hagelzucker. Das hilft bei depressiven Verstimmungen." Dann stand er auf und wühlte in irgendwelchen Ordnern, die mit der Sache nichts zu tun hatten – eine taktische Pause, die Rita die Möglichkeit gab, durchzuatmen und sich wieder abzuregen. Sie schaute auf ihre Hände, die sich danach sehnten, einen Kompass, ein Lineal oder irgendein anderes nützliches Gerät zu ergreifen, das ihr den Weg wies, oder eine Machete, um sich durch das Dickicht zu schlagen. Tatenlosigkeit lag ihr nicht. Sie stopfte das süße Brötchen in sich hinein und es half tatsächlich ein wenig.

„Gut. Möglicherweise …" – sie vermied bewusst ein *vielleicht* – „möglicherweise hast du ja Recht mit deinen Ausführungen … Mariana scheint die Gründe, aus denen sie Dr. Morgenstern anvertraut worden war, im Prinzip gekannt zu haben. Sie wusste, warum sie sich verstecken musste. Ihre Eltern hatten es ihr erklärt. Schließlich war sie kein kleines Kind mehr. Sie selbst bezeichnet Morgenstern als ihren Retter, auch wenn die Umstände der Rettung ziemlich unerträglich waren. Es gab also gute Gründe für das alles … –

Was ich mir aber nicht vorstellen kann, ist, dass ihr Aufenthalt im Sanatorium in dieser Weise geplant war: Frierend, angekettet an ein Bettgestell in einem feuchten Keller, unter primitivsten Bedingungen, in der Gesellschaft von Ratten und Mäusen. Irgendetwas ging schief. Die Sache ist gründlich aus dem Ruder gelaufen. Ab einem gewissen Punkt verselbständigte sich das Ganze und geriet in ein anderes Fahrwasser, in ungeahnte Strudel, wenn man so will …"

Delius blieb unbeeindruckt. „Warum die Sache komplizieren? Vielleicht war das einfach die einzige sichere Möglichkeit der Unterbringung, die Morgenstern hatte. Ein warmes Zimmerchen in seiner eigenen Wohnung konnte er ihr wohl nicht anbieten. Die Wände hatten Ohren und der nächste Blockwart war nicht fern. Der ganze Komplex war wahrscheinlich voller Menschen: Patienten, Angestellte, Krankenschwestern. Dazu Besucher, Angehörige der Kranken. Vielleicht schaute auch das eine oder andere offizielle Augenpaar gelegentlich herein. Man musste Vorsicht walten lassen. Viele Augen sehen viel, und viele Münder tratschen schnell zuviel … Er musste das Mädchen dort unterbringen, wohin niemand freiwillig ging: im Keller, zwischen Staub und Spinnweben, in einer Reihe mit den Verschlägen für Kohlen, Holz und altes Gerümpel."

„Ob Mariana die Tochter einer jüdischen Familie war, die in Sicherheit gebracht wurde?"

Delius überlegte einen Moment. Er antwortete nie leichtfertig. Doch die Spur war zu offensichtlich kalt und er schüttelte den Kopf. Da waren die Gebete zur Jungfrau Maria, die Gravur in der Fensternische: *Heilige Maria Muttergottes* … Und hinter dem Spiegel *Heilige Maria, hilf mir bitte, erhöre mich.* Ein jüdisches Mädchen hätte anders gebetet.

Immer der hellgrauen Bleistiftspur folgend, die sich wie eine dünne Schlange durch die wellenförmige Maserung des Holzes wand, las er weiter:

Das neue Jahr hat begonnen, ich glaube in der letzten Woche. Ja, in der letzten Woche, ich erinnere mich. Ich weiß nur nicht mehr genau, welcher Tag es war, denn sie sind ja alle gleich. Ich wünschte, ich könnte einmal jemand anderen sehen als nur Dr. Morgenstern. So lange habe ich mit keiner Menschenseele gesprochen. Schwester Hilde ist nicht mehr da und von den anderen darf keine wissen, dass ich hier bin. Das wäre mein Ende, sagt Dr. Morgenstern. Er ist der

Einzige, den ich habe. Er sagt es mir jeden Tag, damit ich es nicht vergesse. Er setzt sich zu mir aufs Bett und legt den Arm um mich. Und er sagt, ich sei sein kleines Mädchen, und dass er niemals zulassen wird, dass jemand mir etwas Böses tut.

Oh, warum lässt er mich keinen einzigen Brief nach Hause schreiben, so sehr ich ihn auch bitte? Und meine Eltern, warum schreiben sie mir nicht? Oder ist es am Ende möglich, dass er mir die Briefe vorenthält? Vielleicht hat er ja schlimme Nachrichten von ihnen und er teilt sie mir nicht mit, um mich zu schonen. Das ist immer noch erträglicher zu glauben, als dass sie mich vergessen haben. Wäre es am Ende nicht besser, wenn er mich gehen ließe, auch wenn ich dann vielleicht sterben müsste? Wenn ich es bedenke, hätte ich gar nicht so große Angst davor, denn schlimmer als dies kann es nicht sein.

Manchmal möchte ich laut schreien. Ich weiß nicht, wie lange ich es noch unterdrücken kann. Die Kette drückt so, mein Bein tut so unendlich weh. Aber er nimmt sie mir nicht ab, nicht einen Moment. Er fürchtet, ich könne fliehen. Doch wie sollte ich das wohl bewerkstelligen! Manchmal glaube ich viel eher, dass er Gefallen daran gefunden hat, mich so zu sehen, ganz auf seine Güte angewiesen.

„Was für ein Schwein …“, murmelte Delius zerstreut, vollkommen absorbiert vom Lesen und Entziffern.

Der Retter war längst zum Besitzer geworden. Eifersüchtig bewachte er das Mädchen. Seine Stärke lag in ihrer Schwäche. Ihre Hilflosigkeit bereitete ihm Genuss. Der Analytiker als Lehrer, als Vater, als Beichtvater, als Schöpfer, der selbstherrlich seine eigene Kreation erschafft. Ein Akt, der Lust bereitet. Machtphantasien. Morgenstern hatte sein Symptom zur Profession gemacht. Ein menschliches Geschöpf vollkommen zu besitzen, seinen Körper ebenso wie seinen Geist. Er hatte sich an der psychischen und physischen Unterwerfung des Mädchens delektiert; seine Versuche, sie zu kontrollieren und ihre ganze Welt zu werden, waren entsetzlich plump gewesen, an Widerwärtigkeit kaum zu überbieten.

Dr. Morgenstern hat gesagt, dass ich krank bin. Dabei fühle ich mich gar nicht so, wie man sich bei einer Krankheit fühlt. Aber er hat etwas an mir entdeckt. Er muss mich operieren. Er ganz allein, denn niemand darf ja wissen, dass ich hier bin. Ich habe große Angst. Mamilein, wenn du doch hier wärst und meine Hand halten könntest! Er will mir nicht sagen, was mir fehlt. Er sagte nur, wenn es mir dann besser ginge, dürfe ich auch das Fenster öffnen. Vielleicht ist es etwas mit der Lunge, sodass ich keine frische Luft vertrage? Ich weiß ja, dass heute viele Menschen lungenkrank sind. So was geht ganz schnell und manchmal ist mir wirklich die Luft recht eng, besonders in der Nacht, wenn ich nicht schlafen kann oder träume …

Wenn ich die Operation überstanden habe, macht der Doktor meine Kette länger, damit ich bis ans Fenster kann. Das hat er mir fest versprochen. Darauf will ich mich freuen. Dann ist vielleicht auch bald der Krieg zuende, und der Frühling kommt, und dann holt ihr mich wieder heim.

Es ist wieder furchtbar kalt. Immerhin habe ich nun eine zweite Decke und morgens und abends bringt der Doktor mir eine Tasse mit heißem Pfefferminztee zum Aufwärmen. Öfter kann er nicht kommen, damit es nicht auffällt. Hier unten ist sonst nur altes Zeug, das niemand mehr benötigt. Ratten gibt es auch, manchmal sehe ich ihre Nasen unter dem Türspalt. Manchmal höre ich auch, dass jemand Kohlen schaufelt, es muss ein paar Räume weiter sein. Dann mache ich keinen Mucks.

Könnte ich nur einmal diesen Raum verlassen! Auf dem Hinterhof sind so viele Menschen, jeden Tag ist Betrieb. In dem Schuppen wird etwas gelagert. Manchmal fahren sogar Kraftwagen dort hinauf. Menschen werden abgeholt. Könnte ich nur einmal in die Räume der Rückseite gelangen, so würde ich mich schon bemerkbar machen!

Ich habe mir fest vorgenommen, das nächste Mal ganz laut zu schreien, wenn die Wagen wiederkommen. Ich kann nicht mehr anders. Ganz laut schreien will ich. Was danach kommt, ist mir egal.

Es ist so still geworden im Haus. Keine Schreie mehr von oben, kein Gelärme und kein Poltern. Sie holen sie alle ab, nach und nach, und der Doktor sagt mir immer wieder, dass ich ganz mäuschenstill sein muss, damit sie mich nicht entdecken.

Ich freue mich so, wenn ein Sonnenstrahl durchs Fenster fällt. Dann merke ich, dass ich noch lebe. Heute Nacht ist es so weit. Der Doktor will mich operieren. Er war sehr freundlich zu mir. Als ich weinte, tröstete er mich und sagte, dass ich keine Angst zu haben brauche. Er ist wohl doch ein guter Mensch, und ich habe nur ihn. Es ist nur eine ganz kleine Sache am Hals, sagt er. Also nicht die Lunge. Die Mandeln sind entzündet, auch wenn sie mir gar nicht wehtun. Aber danach wird es mir besser gehen und dann wird er auch das Fenster öffnen und ein wenig Sonne hereinlassen.

Die folgenden Worte krallten sich in das Holz der Tischplatte wie ein Alptraum in das weiche Fleisch des Träumers, mit eisernen Spitzen und Haken, in tiefer Verzweiflung, lebensmüde und unerhört:

Ich sterbe, ich sterbe! Ich will nicht mehr leben. Ich kann nicht mehr sprechen. Er hat mir meine Stimme genommen. Ein kleiner Fehler bei der Operation, sagt er und versucht mich zu trösten. Er soll seine Hände von mir lassen! Ich mag nicht, wie er riecht. Ich kann nicht einmal mehr schreien! Er sagt zwar, es könne sich wieder bessern, wenn ich geduldig bin und ruhig bleibe, und ich solle den Mut nicht verlieren, aber ich glaube ihm nicht. Das hat er mit Absicht getan! Ich bin sicher, das hat er mit Absicht getan!

Es war entsetzlich. Auch Delius lehnte sich einen Moment zurück, sehr stumm. Er war weit davon entfernt, ein grober Klotz zu sein. So leicht war es, jemanden zum Schweigen zu bringen. Morgenstern war eiskalt. Wahrscheinlich hatte er die Stimmbänder des Mädchens durchtrennt. Ganz einfach, weil es ihm so passte. Damit er sicher sein konnte, dass sie nicht schrie. Wer hört schon gerne das Quieken des Kaninchens in der Falle, das er verspeisen möchte? Technisch gesehen kein schwieriger Eingriff, den wahrscheinlich jeder halbwegs geschickte Chirurg mit ein paar Handgriffen alleine durchführen konnte.

Rita war wieder aufgestanden. Sie dachte an … *die vielen Stufen* … den dunklen Keller mit den schimmligen Wänden, an … *die Schritte, die immer näher kamen* … den Angstschweiß und die Tränen des Mädchens, die sie getränkt hatten, an den herabrieselnden Salpeter und den Geruch nach Ratten und Urin. Ihr Mund war trocken und sie wischte sich ein paar kleine Schweißperlen von der Stirn. Ihre Stimme klang grob und forsch, um die Bedrängnis, die ihr die Kehle heraufkroch, in die Schranken zu verweisen.

„Ich möchte, dass wir Benedikte einweihen. Ich weiß, dass du sie nicht magst, aber sie ist wirklich gut!“

Delius schaute sie mitleidig an. „Ich habe doch gar nichts eingewendet.“

„Ich dachte, das würdest du jetzt gleich tun …“ Ritas Lächeln war dünner als ein Haar. „Benedikte ist zwar manchmal dreist, aber das muss nicht immer von Nachteil sein. Manchmal ist es etwas schwierig, mit ihr auszukommen, aber du kannst sie an die aussichtslosesten Sachen setzen, ihre Ergebnisse haben immer Hand und Fuß.“

„Du brauchst sie mir nicht anzupreisen, ich kenne sie zur Genüge.“

Rita zog ihre Jacke über und packte fahrig ihre Handtasche zusammen. „Dann gehe ich jetzt. Ich mag einfach nicht mehr. Ich muss raus. Wenn ich heute noch ein Wort davon lesen muss, kann ich mich auch therapieren lassen.“

Sein Gefolge war zahlreich wie der Sand am Meer. Es waren die Fliegen, die Tausendfüßler und die Kellerasseln. Es waren die Nachtfalter, die Motten und die dunklen Schmetterlinge, die Maden und die schwarzen Käfer, die Fledermäuse, die Ratten, die streunenden Katzen. Sie folgten ihm, sie hörten auf ihn. Sie huschten um seine Füße und duckten sich vor ihm im Staub. Es waren die Wesen der Dämmerstunde, scheu und verstohlen, lichtscheues Gesindel, verbissen und schlau. Er war ihr Herr. Mit ihnen eilte er durch die Dunkelheit, durch die Nacht, unter aller Augen, unsichtbar, schnell wie Rauch im Wind und verschlagen wie das Zwielicht, das seine Heimat war.

6

Die Abenddämmerung zog sich lange hin. Der Himmel wurde erst orange, dann glutrot und schließlich purpurfarben, bevor ein violettes Grau die Oberhand gewann. Rita überprüfte zum dritten Mal ihre Balkontür. Sie zog alle Gardinen zu, goss sich noch eine Tasse Tee auf und setzte sich in ihr Arbeitszimmer. Ihre Lider waren schwer, aber ihr Geist zu unruhig, um schlafen zu gehen. Ihre Phantasie war lebhaft. Als Kind hatte sie die Geister und Hexen der Märchen immer leibhaftig vor sich gesehen. Mit den Bildern der stummen Mariana vor dem inneren Auge war es schwer, Ruhe zu finden. Sie schaltete ihren PC ein und setzte sich an den Schreibtisch. Draußen begann es leise zu regnen.

Mariana Reinhard …

Sie gab den Namen in die Suchmaschine ein. Ohne bezeichnendes Ergebnis. Dann klickte sie das Online-Telefonbuch an. Eine Mariana Reinhard fand sich allerdings in ganz Deutschland nicht. Den Namen Reinhard als Familiennamen gab es hingegen häufiger, wenn auch nicht direkt in Oldenburg. Es war ziemlich aussichtslos, ohne konkreten Anhaltspunkt noch lebende Verwandte ausfindig zu machen. Eine Möglichkeit dazu stellten die Adressbücher dar. Morgen würde sie die betreffenden Jahrgänge durchstöbern. Das Problem würde allerdings sein, dass in den Listen zwar die gemeldeten Bewohner sämtlicher Straßen des Stadtkreises verzeichnet standen, aber natürlich nur die volljährigen und diejenigen, die einen eigenen Haushalt führten. Marianas eigener Name würde dort also nicht auftauchen. Höchstens später, nach ihrer „Entlassung“ aus der Anstalt und der Gründung eines eigenen Hausstandes. Allerdings war es kaum wahrscheinlich, dass es dazu je gekommen war. Das Leben pflegte weniger Happy Ends bereitzuhalten als das Vorabendprogramm.

Blieb das Standesamt. Mariana hatte hinter dem Spiegel ihr Geburtsdatum hinterlassen, also sollte es kein Problem sein, Unterlagen zu finden. Natürlich nur, sofern sie in Oldenburg geboren war. Das war eine Aufgabe für Benedikte, die im Umgang mit Behörden stets die richtige Mischung aus Charme und Hartnäckigkeit fand. Dann gab es noch den Namen Christine … *meine kleine Christine* … Vielleicht ihre Schwester? Christine Reinhard? Selbst wenn sie einige Jahre jünger war als Mariana, dürfte auch sie inzwischen die Siebzig überschritten haben, falls sie überhaupt noch lebte. Und wenn sie geheiratet und ihren Namen geändert hatte, würde sie so unauffindbar bleiben wie Mariana selbst, eine Nadel im Heuhaufen, ein Sandkorn am weiten Strand …

Die Uhr zeigte fast zwei, als Rita klar wurde, dass der Computer immer noch eingeschaltet war, sie aber eigentlich die ganze Zeit nur vor sich hingestarrt hatte. Der Rest Tee in ihrer Tasse war kalt und zu süß. Draußen war Wind aufgekommen. Es klapperte leise, als ob Töpfe aneinander stießen. Hatten die Blumenkästen sich gelockert? Sie drehte den Kopf und lauschte. Wieder leises Klappern, und ihr wurde klar, dass es aus der Küche kam. Einen Moment lang blieb sie wie erstarrt.

… etwas dringt nachts ins Haus ein, das kann nichts Gutes sein …

In ihrem Nacken kribbelte es. Ob der Spanner einen

Weg in ihre Wohnung gefunden hatte? Vielleicht war er unten in den Hausflur geschlüpft, als jemand gerade die Tür öffnete, hatte sich im Treppenhaus oder im Kellereingang versteckt und wartete nun im Flur auf sie.

Sie hielt die Luft an. Ungewollt tauchte in ihrem Kopf wieder der Traum der letzten Nacht auf. Leise erhob sie sich. Ihre Augen suchten nach irgendeinem Gegenstand, der als Waffe dienen konnte. Aber ihr Blick stieß nur auf Bücher. Wieder klapperte es. Schritte tappten übers Flurparkett. Das war kein Mensch, einerlei, wie leicht und gewandt er sein mochte. Es waren die weichen Pfoten eines Tieres.

Ritas Blick fiel auf den kleinen Stapel Steine in der Zimmerecke. Neue, rote Pflastersteine. Sie hatte auf dem Balkon ein dekoratives Eckchen bauen wollen, war aber noch nicht dazu gekommen. Inzwischen dienten sie als Buchablage. Leise bückte sie sich. Der Stein war scharfkantig, aber das Gewicht lag gut in der Hand. Als sie den Flur betrat, prickelte es auf ihren Armen und im Nacken. Die Küchentür war nur angelehnt. Ein dunkler Spalt grinste ihr entgegen. Wieder ein leises Klappern. Mit dem Fuß stieß sie an etwas Weiches, Unbekanntes. Die Berührung ließ sie schaudern. Sie machte einen Schritt nach vorn, schob ihre Hand durch den Türspalt und tastete nach dem Lichtschalter. Die Helligkeit blendete sie einen langen Moment. Auf dem Küchenschrank hockte eine magere Katze. Sie machte einen Buckel, die Ohren eng an den Kopf gelegt, und fauchte bedrohlich. Das war nicht Nachbars fetter Kater mit dem trägen Blick, sondern ein fremdes Tier mit hässlichen, gelben Augen, das Fell rotweiß gescheckt und schmuddelig. Ein abstoßender Geruch ging von ihm aus, als sei es soeben aus einem Gulli gekrochen.

Das Vieh atmete hitzig. Es war ganz offensichtlich krank, räudig und fiebrig. Dann kreischte es auf und sprang ohne Warnung los. Rita konnte gerade noch ausweichen. Schwerfällig plumpste das Vieh zu Boden, verkroch sich hinter den Herd und gab bösartige, rattenhafte Laute von sich. In der Ecke stand der Besen. Rita stocherte mit dem Stiel in der Lücke zwischen Herd und Wand herum, wobei sie den Abstand so groß wie möglich hielt. Die Katze schlug die Krallen in das Holz, schoss aus ihrem Versteck und streifte Ritas Beine. Sie fühlte dicke Kratzer entstehen, die sofort zu bluten begannen. Dann saß das Biest auf dem Kühlschrank und duckte sich, schäumend vor Angriffslust. Rita gab den Gedanken auf, es aus der Wohnung zu scheuchen. Es würde sich nicht verjagen lassen. Es würde das Feld nicht freiwillig räumen, sein Eindringen schien zu absichtsvoll, zu bösartig. Manchmal gab es nur drastische Lösungen.

Sie wechselte den Stein in die rechte Hand und angelte sich mit der Linken ein Geschirrtuch vom Haken. Dann tat sie einen langsamen Schritt auf den Kühlschrank zu. Die Katze wich bis an die Wand zurück und machte den Rücken rund, die Krallen ausgefahren, das Maul zum Zerreißen verzerrt. Wie einen Blitz ließ Rita das Handtuch vorschnellen. Reflexartig sprang die Katze auf die Bewegung zu und verkrallte sich darin. Die Hand mit dem Stein sauste nieder, direkt auf den Kopf des Tieres zu. Der Aufprall war hart, denn auch die Wucht, mit der Rita zuhieb, entstammte einem Reflex ohne alle nüchterne Überlegung. Das Tier erstarrte, kippte vom Kühlschrank und blieb mit zerschmettertem Schädel auf dem Boden liegen.

Rita stand reglos da. Es war gar nicht so schwer gewesen, wie sie geglaubt hatte. Im Gegenteil, erstaunlich leicht, grauenhaft exakt. Der vollkommen natürliche Akt des Zuschlagens, des Tötens, … *war das Vieh tatsächlich tot?* … Vorsichtig berührte Rita den Kadaver mit dem Besenstiel. Aber da war nichts mehr, keine Bewegung, kein Atemzug unter dem stinkenden Fell. Das Vieh zuckte nicht einmal mehr. Aus der Nase trat ein blutiges Rinnsal, das sich langsam zu einer kleinen Lache ausbreitete, die im gelblichen Licht der Lampe beinahe schwarz glänzte.

Noch nie hatte sie ein Tier getötet, jedenfalls keines mit Fell und vier Beinen. Sie bückte sich und betrachtete es genauer, angeekelt, aber mit wachsender Neugier, als müsse sie sich in Großaufnahme vor Augen führen, was sie getan hatte. Das Fell war feucht und dreckig. Beinahe glaubte sie, Ungeziefer und widerwärtige Keime darin herumkriechen zu sehen. Der Gedanke, den Kadaver anzufassen, verursachte ihr Brechreiz. Aus dem Abstellraum kramte sie einen blauen Müllsack hervor und stülpte ihn mit den Fingerspitzen über den übel riechenden Haufen Knochen und Elend, jeden direkten Kontakt sorgfältig vermeidend. Mit einem Stück Paketschnur band sie den Sack zu. Das Vieh wog mehr, als sie für möglich gehalten hätte. Der Tod machte schwer. Wenn der Lebensfunken den Körper verließ, wurde jedes Wesen so schwer wie nasses Erdreich.

Ganz leise öffnete Rita die Wohnungstür, lauschte, ob einer ihrer Nachbarn sich regte, und stellte den Sack auf Zehenspitzen in den Hausflur. Sie wollte ihn nicht in der Wohnung behalten, dann könnte sie kein Auge zubekommen. Morgen früh würde sie ihn in aller Heimlichkeit entsorgen. In die nächstbeste Mülltonne würde sie ihn stopfen. Sie drehte den Schlüssel zweimal um und hängte die Kette vor. Es dauerte mehrere Minuten ehe sie in der Lage war, wieder tief Luft zu holen.

Im Bad wusch sie ihre Kratzer so heftig aus, dass das Blut unter der Haut zu pochen begann und ihr Gesicht sich schmerzhaft verzerrte. Um keinen Preis wollte sie sich irgendeine Infektion einfangen. Wie war das Mistvieh in die Wohnung gelangt? Hatte es vielleicht sogar auf ihrem Bett gelegen und sich in ihren Kissen gewälzt? Ekelhaft! Ekelhaft! Sie ließ einen Eimer voll heißes Wasser laufen, fügte eine große Menge Desinfektionsmittel hinzu und begann mitten in der Nacht ihre Küche zu schrubben, bis von der ekligen Blutlache nichts mehr zu sehen war und bis sie auch nirgendwo mehr ein Haar von dem Drecksvieh vermuten musste. Es dämmerte bereits, als sie endlich einschlief, abermals geplagt von wirren Träumen. Mariana war ein schwarzes Pferd, in dessen Rücken sich eine vor Bosheit rasende Katze krallte. So sehr das Pferd sich auch aufbäumte, es gelang ihm nicht, den dämonischen Reiter loszuwerden.

Als der Wecker klingelte, fühlte Rita sich wie gerädert. Die nächtlichen Geisterbahnfahrten machten sie mürbe. In ihrem Kopf summte es. Die Traumbilder waren zutiefst beunruhigend. Sie wiederholten sich. Sie kreisten alle um das gleiche, beängstigende Zentrum, in dem Düsternis und eine Art von Verfolgung vorherrschten. Die Dunkelheit war sehr farbig, leuchtend, transparent wie die Röntgenaufnahme eines zuckenden Herzens, von irrationaler Suggestivität. Das machte Rita nervös, denn normalerweise tickte ihr Verstand vollkommen regelmäßig und ohne große Flausen.

Sie stand auf und schaltete das Radio ein. Vorsichtig lugte sie durch die Vorhänge. Der Morgen zeigte sich in wenig sommerlichem Grau. Regen fiel in langen, geraden Fäden. Die Vergissmeinnichte hatten sich etwas erholt und reckten zaghaft ein paar blaue Köpfchen in die Höhe. Der nächtliche Besucher war nicht da gewesen. Zumindest hatte er keine Spuren hinterlassen. Auf dem Balkon standen Pfützen. Alles war in Ordnung. Die Welt war immer noch rund. Sie schüttelte den Kopf und bezichtigte sich insgeheim der Hysterie, dem simplen Grundsatz folgend, der jeden normalen Menschen davon abhielt, zum Paranoiker zu werden: Wenn man eine Gefahr nicht sieht, dann ist sie auch nicht vorhanden.

An diesem Tag waren die Flure belebter. All die Schönwetter-Flüchtlinge hatten sich wieder eingefunden. Im Büro lümmelte sich Benedikte bereits auf ihrem Stuhl, die Füße, in eleganten Sandalen steckend, ruhten auf dem Tisch. Sie hatte dicke Augen und schniefte. Die Spritztouren im Cabrio waren nicht folgenlos geblieben.

„Ich dachte schon, du kämst gar nicht mehr hier hoch, seit sich in den Tiefen des Archivs so spannende Tätigkeitsfelder für dich eröffnet haben …“, lästerte sie mit rauer Stimme, denn ihre Zunge war von der Erkältung verschont.

„Keine Sorge, bin sofort wieder weg.“ Rita wühlte in ihren Schubladen, warf einen kurzen Blick auf ihre Mails und hatte die Türklinke schon wieder in der Hand.

„Du willst doch nicht wirklich jetzt sofort wieder runterrennen, oder?“, fragte Benedikte übellaunig. „Wollen wir nicht zumindest einen Kaffee trinken? Ich entsinne mich auch, dass es da etwas gab, das du mir anvertrauen wolltest!“

„Das hab ich nicht vergessen. Heute Mittag, versprochen! Aber jetzt muss ich rennen, Delius wartet schon.“

„Delius!“, ächzte Benedikte. Aber Rita hatte die Tür schon hinter sich geschlossen.

Delius saß bereits seit einer Stunde über die Tischplatte gebeugt und zeigte Rita sein Heft, in das er sorgfältig jeden Punkt und jedes Komma übertrug. Rita setzte sich und ließ sich vorlesen, wobei sie mit den Augen seiner Fingerspitze folgte.

Seit ich nicht mehr sprechen kann, darf manchmal der kleine Karl zu mir kommen. Das sind meine einzigen freudvollen Momente. Da er ein sehr stiller und artiger Junge ist, gestattet sein Vater, dass er sich zu mir setzt und mit mir Karten spielt oder mir Geschichten von den Brüdern Grimm vorliest.

Der Doktor ist ein Ungeheuer. Immer mehr bin ich überzeugt, dass er mir mit Absicht meine Stimme genommen hat. Hatte er mir nicht schon vor der Operation versprochen, dass ich danach das Fenster öffnen dürfe? Nun hat er meine Kette ein Stückchen verlängert und ich darf es wirklich aufmachen, denn um Hilfe rufen kann ich ja nicht mehr. Und sehen kann mich auch niemand, denn vor der ganzen Hausfront geht nun ein hoher Bretterzaun entlang, der alles hinter sich verbirgt. Ich bin weit fort von den Menschen. Es ist fast so, als wäre ich auf dem Mond. Ob der Doktor dafür gesorgt hat, dass der Zaun aufgerichtet wird?

Nur eine halbe Stunde am Tag habe ich die Sonne, gegen Mittag, wenn sie am höchsten steht und zwischen die Bretterwand und die Hausmauer fällt. Der kleine Karl ist meine ganze Freude. Seine Mutter ist schon lange tot und manchmal redet er von ihr. Er glaubt, dass sie ein Engel im Himmel ist und auf ihn herniederschaut und ihn behütet. Wir trösten uns gegenseitig, denn auch er ist ein bedauernswertes Geschöpf. Er ist so warm und anhänglich wie mein

Flocki. Manchmal kämmt er mir das Haar, ganz vorsichtig. Er bittet mich sogar darum. Er sagt, seine Mutter hätte solches Haar gehabt. Schade, dass er niemandem verrät, dass hier unten im Keller ein armes Gespenst gefangen sitzt, aber er hat soviel Respekt vor seinem Vater, dass er den Mund nie auftun würde, und außerdem verlässt auch er das Haus niemals. Wenn der Doktor einmal außer Haus gehen muss, schließt er den Jungen solange in seiner Kammer ein.

Er will mich ganz für sich alleine haben. Das ist der Grund für alles. Er wollte mich von Anfang an in sein Haus bekommen. Er hat meine Eltern so lange überredet, bis sie ihm glaubten. Er hat sie überzeugt, dass ich nur bei ihm in Sicherheit bin. Was erzählt er ihnen jetzt, damit sie nicht mehr nach mir fragen? Hat er mich mit seinen Worten längst sterben lassen?

Rita las die Stelle noch einmal. Das war ein wichtiger Punkt. Dr. Morgenstern hatte also Marianas Eltern überzeugt, ihre Tochter retten zu können. Es ging wirklich nur um Mariana. Ihre Eltern wurden offensichtlich nicht verfolgt. Die hatten nichts zu befürchten. Und das andere Kind, wenn man davon ausging, dass die erwähnte Christine eine Schwester Marianas war, anscheinend auch nicht. Nur Mariana musste sich verstecken. Und dafür konnte es eigentlich nur eine Erklärung geben …

„Mariana war nicht das leibliche Kind der Familie", sagte Delius, der manchmal auf erstaunliche Weise mit Rita synchron zu denken begann. „Sie war ein Pflegekind, das zwar im Schoß der Familie aufwuchs, aber eine Abstammung hatte, wegen der es großer Gefahr ausgesetzt war." Bei Rita sackten intellektuelle Erkenntnisse immer besser in Verbindung mit motorischen Übungen. Sie sprang auf, setzte sich wieder hin und begann mit den Fingern auf der Tischplatte zu trommeln.

„Das klingt endlich logisch! Genau das habe ich auch gerade gedacht. Woher könnte sie also stammen? Ein jüdisches Mädchen war sie allem Anschein nach nicht, so weit waren wir gestern schon. Dafür klingen ihre Gebete zu katholisch. Andersherum, wenn sie bei einer katholischen Familie aufwuchs, könnte sie den Glauben natürlich auch gleich mit verpasst bekommen haben. An der Verfolgung wegen ihrer Abstammung hätte das ja nichts geändert. Oder, Delius?“

Delius krauste die Stirn. Wie die Faust aufs Auge passte das noch nicht. Die grobe Richtung stimmte, doch das Ziel entzog sich noch den Blicken.

„Es wäre ja auch möglich, dass das Mädchen gar nicht den Namen der Pflegeeltern angenommen hat, sondern tatsächlich immer noch seinen eigenen Geburtsnamen trug. Dann werden wir in den Registern lange suchen können, ohne die Familie zu finden, bei der sie aufwuchs.“

„Vielleicht hast du Recht. Das wäre eine Möglichkeit. Gehen wir also mal davon aus, dass Reinhard ihr eigener Familienname war … Reinhard … Mariana Reinhard …”

Rita stockte einen Moment. In einem entfernten Winkel ihres Hirns hatte eine Tür begonnen, sich zu öffnen. Ihr Gedächtnis war sehr tiefgründig und manchmal erinnerte sie sich an Dinge, die sie vor langer Zeit völlig am Rande aufgeschnappt hatte. Oftmals konnte sie dann nicht einmal mehr nachvollziehen, wann und wo das gewesen war.

„Gibt es nicht bei den Sinti oder Roma eine Sippe, die Reinhard heißt? Mir ist so, als wären sogar einige bekannte Leute darunter, deren Namen gelegentlich in der

Zeitung auftauchen. Wenn es sich um eine weitläufige Familie handelt, könnte durchaus auch Mariana zu einem Zweig gehört haben."

Delius war überrascht von der Einfachheit der Lösung. Er war sich nicht sicher, ob die Reinhards wirklich zu den Sinti oder Roma gehörten oder zu den Manouche, den Kalderasch, den Lowara oder den Jenischen. Aber die Richtung stimmte. Alles passte. Mariana war ein so genanntes Zigeunermädchen, das nicht bei seiner eigentlichen Familie aufgewachsen war. Vielleicht konnten die Eltern das Kind nicht ernähren. Vielleicht hatten wohltätige Leute ihnen angeboten, für die Kleine zu sorgen und sie an Kindes statt angenommen. Das klang nicht alltäglich, aber auch nicht so unwahrscheinlich, dass man es hätte ausschließen können, und lag somit im Bereich des Möglichen. Und vor allem ließen sich innerhalb dieses Rahmens alle bisherigen Erkenntnisse einfügen, ohne dass Ungereimtheiten oder Widersprüche ins Auge stachen.

„Das ist es. Mariana wuchs bei Pflegeeltern auf. Als die Zeiten sich änderten und zu befürchten stand, dass sie abgeholt werden würde, suchten die Pflegeeltern nach einer Möglichkeit, sie in Sicherheit zu bringen. Sie kannten Dr. Morgenstern, der ihnen anbot, das Mädchen in seinem Sanatorium zu verstecken, bis die Zeiten sich wieder besserten. Sie besuchten ihre Pflegetochter nicht mehr, brachen jeden Kontakt ab. Das muss gar nicht aus Desinteresse oder Gleichgültigkeit geschehen sein. Angst und Vorsicht waren viel schwerwiegendere Erklärungen. Vielleicht war die Sorge, dass das Mädchen entdeckt werden könnte, ganz einfach größer als der Schmerz, es nicht mehr zu sehen. Indem sie es versteckten, machten sie sich selber strafbar. Wenn sie gewissenlos und ohne Zuneigung gewesen wären, hätten sie Mariana ebenso gut bei der zuständigen Stelle abliefern und ihrem Schicksal überlassen können. Das taten sie nicht … "

Rita war erleichtert, einen Lichtstreifen von Menschlichkeit in der ganzen Geschichte zu entdecken.

Delius fuhr fort: „Dr. Morgenstern entwickelte allerdings eine ganz andere Art von Interesse an dem jungen Mädchen, als die Eltern vermuten konnten. Seine Absichten waren nichts weniger als humanitär. Sobald er sie in seinem Keller hatte, tat er alles, um ihren Kontakt zur Außenwelt zu unterbinden. Er hielt die Fäden in der Hand. Mit Leichtigkeit war es ihm möglich, die Furcht der Pflegeeltern noch zu schüren. Grüße und Briefe konnte er nach Belieben weiterleiten oder auch nicht. Er konnte sie ändern, fälschen, manipulieren. Möglicherweise haben die Eltern das Spiel nie wirklich durchschaut, aus lauter Angst, einen tödlichen Fehler zu begehen. Sie glaubten das Mädchen in Sicherheit. Der Doktor konnte ihnen alles Mögliche erzählen: dass sie es gut habe, dass es ihr blendend gehe oder möglicherweise sogar, dass sie gestorben sei …"

Mama und Papa und Christine, meine Lieben. Es ist wieder Sommer. Juni. Oder schon Juli? Mehr als zwei Jahre habe ich nichts von euch gehört. Ich bin jetzt achtzehn Jahre alt. Vor ein paar Tagen, ich glaube es war etwa vor einer Woche, kam der Doktor am Morgen zu mir und sagte, dass mein Geburtstag sei. Ich hatte es ganz vergessen. Ich komme immer durcheinander mit der Zeit. Welchen Sinn ergeben für mich auch die Tage und Wochen? Für mich zählen nur noch Winter und Sommer, Kälte und Wärme, Tag und Nacht. Der Doktor hat mir ein Spitzennachhemd und Unterwäsche geschenkt, weil meine Kleidung ganz verschlissen ist. Ich glaube, die Sachen sind von seiner verstorbenen Frau. Er hat verlangt, dass ich sie anziehe und ihm zeige, damit er sehen kann, ob sie mir passen. Als ich nicht wollte, lachte er und meinte, so ein kleines Mädchen wie ich brauche sich noch nicht zu genieren, schon gar nicht vor ihm, der doch nicht nur mein väterlicher Freund sei, sondern auch mein Arzt. Es ist besser, freundlich zu sein. Es ist klüger, ihm nachzugeben.

Jeden Tag sagt er mir, wie sehr er mich liebt, und dann tut er widerliche Dinge. Er nennt mich seinen Engel, seinen schönen schwarzen Engel. Niemand darf mich berühren, außer ihm. Jeder andere würde mich nur mit Dreck besudeln, sagt er. Niemand soll mich je besitzen, nur er. Und niemand soll mich jemals wieder anschauen. Selbst auf die Sonne ist er eifersüchtig. Dem kleinen Karl gibt er nun Backpfeifen, wenn er ihn dabei erwischt, wie er sich zu mir aufs Bett setzt.

Das einzig wirklich Gute, das er mir tut, ist das Essen. Ich bekomme alles, was er auftreiben kann. Ich glaube, er spart sich die Dinge selbst vom Munde ab, um sie mir zu geben. Heute gab er mir Kirschen, wie ich sie seit Jahren nicht gesehen habe. Vor seinen Augen musste ich sie aufessen. Er leckte sich die Lippen dabei. Die Kirschen schmeckten so süß wie der Sommer. Eigentlich wollte ich ein paar für Karlchen aufheben, denn ich glaube, sein Vater gibt ihm viel weniger als mir. Doch es ging nicht. Ich musste sie alle aufessen.

Mein schönes Kind, mein schwarzhaariger Engel … Ich kann es nicht mehr hören. Er ist kein normaler Mensch mehr. Denn würde ein normaler Mensch diese Dinge tun? Vielleicht hat sein langes Leben als Arzt für Verrückte ihn selbst verrückt gemacht. Manchmal kniet er vor mir auf dem Boden nieder und umfasst meine Füße. Dann weint er und sagt, dass er mich eher töten würde, als jemals zuzulassen, dass man mich ihm wegnähme. Ich werde bald verrückt vor Angst. Einerlei, was ich tue, ob ich am Fenster stehe oder ob ich nur dasitze, immer denkt er, dass ich fliehen könnte, so wie ich bin, stumm, ohne Kleider, angekettet an mein Bett. Aber trotzdem hält er es für möglich … Mariana, mein Engel, du kannst mich nicht verlassen, ich werde dich finden, überall auf der Welt …

Das Fenster ist offen. Es ist warm. Ich habe nun ein kleines Messer. Karlchen hat es mir gegeben, weil ich ihn so sehr gebeten habe. Dann habe ich den Finger auf meinen Mund gelegt, damit er darüber schweigen soll. Er hat genickt. Er versteht mich ganz genau. Mit dem Messer hat er mir einen ganz kleinen Schimmer Hoffnung geschenkt. Mit der Klinge ritze ich jeden Tag ein wenig an einem der Gitterstäbe, viele Stunden, jede Minute, in der ich alleine bin. Es ist mühsam, aber ein ganz kleiner Ritz ist mir schon gelungen.

Sommer 1944. Also noch ein knappes Jahr bis Kriegsende. Erst jetzt begann Mariana, an dem Gitterstab zu feilen. In Anbetracht der Aufwendigkeit der noch folgenden Arbeit an dem Granitblock musste sie noch sehr lange in ihrem Verlies geblieben sein, bis weit über das Kriegsende hinaus. Selbstverständlich konnte Morgenstern sie nicht gehen lassen, nur weil die Welt draußen wieder friedlich war. Sie war längst zum Zentrum seines Lebens geworden, um das er kreiste wie ein Trabant um seine Sonne. Ohne sie würde er erlöschen.

Der zweite Grund war noch banaler: Wenn Mariana freigekommen wäre, hätte sie ihn anzeigen können. Sie hätte ja nur die Spuren ihrer Misshandlungen zu zeigen brauchen. Was Morgenstern ihr seit Jahren antat, würde sich auch unter wohlwollendster Betrachtung nicht als

Rettung vor Verfolgung darstellen lassen. Die Wahrheit war zu offensichtlich, die Bezeichnungen zu hässlich: Freiheitsberaubung, Nötigung, Körperverletzung, Missbrauch. Es gab nur zwei Möglichkeiten: Entweder musste er sie weiter in dem Keller halten, abgeschirmt von aller Welt, oder er musste sie beseitigen.

Karlchen darf mich nicht mehr besuchen. Meine Tür ist nun immer verschlossen. Manchmal höre ich seine Schritte auf dem Flur und wenn er sicher ist, dass sein Vater ihn nicht hört, klopft er leise an, um mich zu grüßen, und ich klopfe leise zurück. Der arme Junge! Er kennt nur die Einsamkeit. Er kann mit niemandem sprechen als mit seinem Vater, und vor dem fürchtet er sich. Der Doktor beachtet ihn kaum. Er achtet nur auf mich und jeden Tag verbringt er lange Stunden bei mir. Ich glaube, er arbeitet gar nicht mehr. Er sitzt einfach nur da und schaut mich an, beobachtet mich, jede Bewegung, jeden Atemzug, als wolle er jede Regung aus mir heraussaugen und in seinem Gehirn speichern, um sie nie wieder zu vergessen. Die Minuten verfließen dann so langsam wie Sirup im Winter. Jeder Moment ist mir unangenehm, doch ich bemühe mich, es nicht zu zeigen. Das habe ich längst gelernt.

Ich werde noch verrückt! Immer ist er da, immer, immer. Bei Tage bleibt mir nicht einmal mehr genügend Zeit, um an dem Gitterstab zu kratzen. Dazu nutze ich jetzt die Nächte, denn dann bin ich allein, und schlafen kann ich ohnehin nicht.

Der Herbst vergeht. Meine Hände zittern. Bald kann ich den Stift nicht mehr halten. Das kleine Messer ist längst zerbrochen. Aber mein liebes Karlchen hat mir ein Geschenk unter der Tür hindurch geschoben, eine Handvoll langer Nägel, die er aus alten Brettern gezogen hat. Auch mit den Nägeln kann ich weiter kratzen. Immerhin, ein Ende des Stabes habe ich schon fast geschafft.

Nun habe ich auch das obere Ende des Stabes durchtrennt. Sorgfältig lasse ich ihn an seinem Platz, damit der Doktor es nicht bemerkt. Karlchen bringt immer neues Silberpapier. Er sucht es auf den Straßen, wenn er nach draußen entwischt. Für ihn ist das wie ein Spiel. Ich weiß nicht, wie viel er wirklich von meiner Lage begreift. Meine Anwesenheit in dem Keller ist für ihn so normal wie das Vorhandensein der Gitterstäbe vor den Fenstern. Ich glaube nicht, dass er versteht, dass ich wirklich fort will. Wenn er es verstehen würde, würde auch er versuchen, mich zurückzuhalten?

„Was mag sie mit dem Silberpapier gemeint haben?" Rita hatte bereits zum dritten Mal Kaffee aus dem Automaten geholt. Ihre Augen waren müde und ihr Verstand gesättigt mit Überdruss. Sie stellte Delius einen Becher hin.

„Vielleicht eine Art Spiel zwischen den beiden, ein Zeitvertreib, wer weiß. Vielleicht hat Mariana zwischenzeitlich aber auch angefangen zu phantasieren. Die lange Gefangenschaft und die unerträglichen Umstände werden Spuren hinterlassen haben, nicht nur an ihrem Körper, sondern auch an ihrem Geist. Vielleicht sagt sie Silberpapier und meint etwas anderes. Menschen in Einzelhaft fangen irgendwann an zu halluzinieren. Mariana sah zwar täglich den Doktor und manchmal auch ihr Karlchen, aber ihr Realitätssinn wird Risse bekommen haben. Sie befand sich bereits weit über zwei Jahre in dem Kellerraum. Die Wirklichkeit begann sich mit dem Irrealen zu vermischen."

„Auf dem Boden in dem Kellerraum lagen Reste von altem Silberpapier. Erinnerst du dich?"

Delius hob die Schultern. „Ja. Vielleicht hat sie damit gebastelt. Wir werden es wohl nie erfahren."

Was nützt mir der Fluchtweg vor Augen, wenn ich nicht hinaus kann! Die Kette hat meinen Fuß wieder entzündet und der Doktor hat keine Mittel mehr. Vor meinen Augen hat er geweint, weil er mir nicht helfen kann. Vielleicht sieht er mein Ende nahen. Meine Stirn ist heiß, ich habe Fieber. Warum nimmt er mir nicht für eine Nacht die Ketten ab? Wie lange muss ich noch warten?

Mit den Eisennägeln ritze ich nun die steinerne Wand in der Fensternische. Meine Finger bluten jeden Tag, doch das ertrage ich. Ich würde es allerdings nicht ertragen, wenn es mir nicht gelänge, meinen Namen fertigzuschreiben, wenigstens das. MARIANA habe ich schon geschafft. Nun bin ich bei REI angelangt. Es ist das Sinnvollste, das ich tun kann, damit die Zeit meine Spuren nicht ganz verwischt. Ich weiß, dass es mit mir nicht mehr ewig so weitergehen kann. Manchmal fühle ich mich wie eine Kerze, die verlischt.

Der Herbst hat viel Regen gebracht, nun kommt der Winter. Bald vergesse ich, welches Jahr wir haben. Es scheint nicht mehr wichtig. Mein Fuß ist geheilt, aber die Schmerzen sind geblieben. Sie ziehen sich durch das ganze Bein. Der Doktor sagt, der Knochen habe sich innerlich entzündet und er könne nichts dagegen tun. Karlchen habe ich schon lange nicht mehr gesehen. Warum lässt der Doktor uns nicht wenigstens diesen Trost, unsere harmlose Gesellschaft? Mit den langen Stunden der Arbeit fangen die eisernen Nägel an, meine Hände zu verformen. Manchmal kann ich die Finger kaum noch strecken. Ich wickle mir ein Stückchen Tuch um die Hand, wenn ich arbeite, aber es hilft nur wenig. REINHARD habe ich jetzt auch geschafft. Nun werde ich mit dem wichtigsten Wort beginnen: HILFE. Aber wenn es kälter wird, muss ich das Fenster geschlossen halten, denn meine Lunge ist wieder angegriffen.

Dann war nur noch ein kleines Eckchen auf der Tischplatte frei, in das der stumpfe Bleistift sich tief eingedrückt hatte.

Nun kann ich nicht mehr schreiben. Es gibt keinen Platz mehr für Worte, und meine Hände wollen nicht mehr. Meine Haut ist so grau wie mein Geist. Mama und Papa, vergesst mich nicht. Manchmal höre ich in der Ferne Bomben einschlagen. Werdet ihr nach mir suchen, wenn der Krieg vorbei ist? Ihr habt mich doch nicht ganz vergessen? Meine kleine Christine, sehen wir uns wieder? Das neue Jahr hat vor zwei Tagen begonnen: 1945, aber das bedeutet nichts. Es macht keinen Unterschied mehr in meiner Welt. Meine Welt hat vier Wände und ein Fenster ohne Licht. Sie hat Staub in den Ecken und einen alten Dämon, der über sie wacht.

Marianas Dasein ging für die Welt zuende. Wie lange mochte ihr Martyrium noch gedauert haben? Rita und Delius schauten gleichzeitig an die Decke des fensterlosen Archivs, die immer niedriger zu werden schien. Gleich würde sie ihnen auf den Kopf fallen.

Wenn er durstig war, leckte er das Regenwasser von den feuchten Wänden. Wenn der Hunger in seinem zusammengefallenen Magen nagte, dann kratzte er ein bisschen Rattenkot aus den Ecken oder schaute sich nach toten

Fliegen um, die beinahe wie Rosinen schmeckten. Kakerlaken waren würziger, wie Nüsse oder Erdnüsse. Einmal hatte er eine tote Fledermaus gefunden, die schon ziemlich trocken war. Eine wahre Köstlichkeit, das Fleisch ganz herzhaft von den vielen Nachtfaltern und Motten, die ihr als Nahrung gedient hatten, und die dünnen Knochen knusperten wie Krokant. Natürlich aß er noch andere Dinge. Wenn er nachts seine Burg verließ, ging er auf Beutezug. Er war ein großer Sammler. Ein Sammler von schönen und nützlichen Dingen und von köstlichen Leckereien. In den Mülltonnen duftende Fischreste, die er schon aus der Ferne witterte, süßliche Bananenschalen, die er auslutschte, leere Hamburgerschachteln und Pommestüten, aus denen er die klebrige Soße saugte und leckte. Und am besten von allem waren die vielen Zigarettenkippen, die er auf den Straßen fand. Der scharfe Qualm betäubte seine Schmerzen und machte seine Sehnsucht leichter erträglich.

7

Benedikte war skeptisch, als Rita ihr das dünne Notizheft über den Schreibtisch zuschob, aber das lag in ihrer Natur. Sie warf einen Blick hinein. Delius' zierliche Handschrift verlieh Marianas Leiden etwas unangebracht Anmutiges. Sie überflog den Inhalt mit wenigen Blicken.

„Ja, und?", fragte sie unbeeindruckt.

Rita berichtete. Von dem Unglück mit ihrer Sandale, von der Nische unter dem Rost, ihrem Ausflug in den Keller des grauen Hauses und von dem Tagebuch unter der Tischplatte. Benedikte neigte mitunter zu heftigen Reaktionen, wenn sie sich veralbert fühlte. Wortlos stand sie auf, um die Kaffeemaschine in Gang zu setzen. Ihre Augenbrauen beschrieben einen finsteren Bogen. Sie war wütend und benötigte ein paar Minuten, um das herunterzuschlucken. Rita wusste, dass das grobe Gepolter mit dem Stuhl und das unnötige Scheppern in Wahrheit ihr und Delius galt, der es für klüger gehalten hatte, gar nicht erst mitzukommen. Es war ratsam, einen Moment den Mund zu halten. Nachdem Benedikte auch noch mit lautem Klirren die Tassen abgespült hatte, ließ sie sich wieder auf ihren Stuhl fallen. Sie war entrüstet und irgendwie enttäuscht.

„Seid ihr eigentlich völlig bescheuert? Ihr könnt doch nicht einfach in dieses Haus eindringen! Spielen wir hier Kindergarten, oder was?"

Rita ächzte unhörbar. Benedikte gehörte selbst durchaus nicht zu denen, die sich zu hundertzwanzig Prozent an jede lästige Spielregel hielten. Sie hatte ein beachtliches Talent, Anweisungen und Vorschriften stets genau so auszulegen, wie es ihren eigenen Interessen entgegenkam. Solche Manöver gestaltete sie sehr geschickt, heimlich, still und leise und mit einer guten Portion manipulativen Talents, in der Überzeugung, dass niemand es mitbekam. Rita war jedoch eine gute Beobachterin. Nun spielte Benedikte die Entrüstete, aber mindestens achtzig Prozent dieser Entrüstung waren der Enttäuschung zuzuschreiben, dass man sie so lange außen vor gelassen hatte und es nicht ihre eigene Idee gewesen war, durch die Kellerfenster einzusteigen. Es gab im Grunde kaum etwas, das sie für eine interessante Geschichte nicht zu tun bereit gewesen wäre. Rita ließ sie eine Weile nörgeln. Sie hatte Benedikte für die weiteren Recherchen bereits fest mit eingeplant. Im Umgang mit Ämtern und Behörden konnte sie stets große diplomatische Erfolge verzeichnen.

„Und wo ist Delius?“, fragte Benedikte schließlich. Sie rührte mit soviel überschüssiger Energie in ihrem Kaffee, dass er überschwappte. „Traut er sich nicht her?“

„Er ist noch unten und macht Fotos von der Tischplatte, mit besserer Beleuchtung. Die ersten waren relativ misslungen.“

Benedikte stellte ihre Tasse beiseite. Eigentlich wollte sie gar keinen Kaffee. Sie stand auf. Sie wollte die Tischplatte mit eigenen Augen sehen, und das schleunigst. Sie verließen das kleine Büro und liefen die Treppen hinab. Benedikte riss die Tür zum Archiv mit so viel Schwung auf, dass Delius zusammenzuckte und sogleich zur Seite trat, um ihr den Blick auf das Beweisstück freizugeben. Misstrauisch beugte Benedikte sich über die vielen winzigen, grauen Wörter und schaute eine ganze Weile, ohne zu reden. Dann sah sie Rita und Delius an, eine Portion inquisitorischer Schärfe im Blick.

„Ist euch eigentlich aufgefallen, wie ungelenk die Schrift mit fortschreitender Zeit wird? Kälte und Feuchtigkeit in dem Keller haben den Gelenken der Schreiberin stark zugesetzt, besonders im Winter. Sieht fast so aus, als hätte sie Rheuma bekommen. Vielleicht erklärt das auch die Schmerzen in ihrem Bein, von denen sie schreibt und die sicher nicht alleine von der Kette herrührten. Und habt ihr bemerkt, wie vertrauensvoll ihre Sprache ist, wenn sie ihre Familie erwähnt? Trotz der furchtbar langen Zeit, in der sie nichts von ihnen gehört hat, konnte sie sich bis zum Ende nicht vorstellen, dass man sie wirklich vergessen hatte, was uns zeigt, dass ein festes und liebevolles Band zwischen ihr und den Pflegeeltern bestand. Ihre Erziehung scheint solide gewesen zu sein, man hat sie zur Schule geschickt, denn ich entdecke kaum Rechtschreibfehler und sie drückt sich recht gut aus. Wahrscheinlich ist sie schon sehr früh zu den Pflegeeltern gekommen. Und sie war religiös. In verzweifelten Situationen neigen die meisten Menschen dazu, die Existenz höherer Mächte weniger kritisch in Frage zu stellen. Aber Marianas kleine Gebete wirken sehr authentisch, so wie nur eine jahrelange und ernsthaft betriebene Prägung es erreichen kann."

Benediktes Augen sahen viel und schnell. Sie dachte eher global als detailliert und war durch und durch rationalistisch veranlagt. Ihre Auffassungsgabe war wie ein Schwamm, ihr Intellekt sehr geradlinig strukturiert. Wenn man ihr den Straßenplan einer unbekannten Großstadt unter die Nase hielt, konnte sie sich mit wenigen Blicken perfekt orientieren und diese Informationen auch ins Dreidimensionale umsetzen. Sie würde sich mit Sicherheit niemals verlaufen. Fragte man sie allerdings nach einem Haus mit einem Apfelbaum im Garten, mit rosa Tüllgardinen und einer dreifarbigen Katze im Fenster, würde sie ratlos schauen, selbst wenn sie jeden Tag daran vorbeiging. Sie zog die logischen Ordnungen den affektiven vor, und wenn man sie nach einem Haus fragte, musste man ihr die Nummer nennen.

Rita war zufrieden. Mit verschränkten Armen lehnte sie an einem Regal und ließ Benedikte Zeit, sich einzulesen. Benedikte zog einen Stuhl heran und begann, die vielen grauen Worte selbst zu entziffern, was ihr die Sache viel eindringlicher werden ließ als Delius' kalligraphisch glatte Transkription. Delius ging Brötchen holen und richtete einen appetitlichen Teller an, den er langsam zu ihr hinschob. Benedikte bediente sich ohne aufzuschauen und kaute ohne zu merken, was sie aß. Nach einer guten halben Stunde war Rita der Meinung, dass die Zeit reiche und begann unvermittelt mit einer Aufzählung der Aufgaben, die sie Benedikte zugedacht hatte und die so schnell wie möglich zu erledigen waren. Was die Eliminierung von überflüssigen Umständlichkeiten betraf, konnten sich beide die Hand reichen.

„Zuerst müssen wir wissen, ob irgendwann eine Mariana Reinhard behördlich angemeldet wurde. Geburtsdatum ist der 22. Juli 1926. Die Meldung bei der Pflegefamilie wird aber nicht zu diesem Zeitpunkt erfolgt sein, sondern einige Monate, vielleicht auch Jahre später. Wir wissen nicht, in welchem Alter sie das Mädchen aufgenommen haben. Ein Anhaltspunkt ist, dass es in der betreffenden Familie wahrscheinlich ein zweites Kind mit Namen Christine gab. Wo haben sie gewohnt? Was ist aus ihnen geworden? Wird die Pflegetochter irgendwann später wieder erwähnt?

Als nächstes: Familien mit dem Nachnamen Reinhard. Gab es welche? Wo waren sie gemeldet? Waren sie überhaupt irgendwo gemeldet, oder hatten sie vielleicht keinen festen Wohnsitz? Nach unserer Theorie wäre das wahrscheinlich. Gibt es amtliche Notizen? Werden sie nach Ende des Zweiten Weltkrieges weiter aufgeführt? Hat überhaupt irgendjemand mit dem Nachnamen Reinhard die Zeit überlebt?"

Benedikte kritzelte mit unleserlicher Handschrift in ihre Kladde.

„Außerdem geht es natürlich um Heinrich Morgenstern: Wer war er? Was ist über ihn bekannt? Was ist nach dem Krieg aus ihm geworden? Wie lange hat er gelebt? Wann, wie und wo ist er gestorben, wo liegt er begraben, hatte er außer seinem Sohn noch Familie usw. Du weißt ja selber, was alles dazugehört."

„Beim Einwohnermeldeamt waren über sein Ableben keine genauen Angaben zu finden", erinnerte Delius. „Das Todesjahr könnte 1946 oder 1947 sein, wenn wir auf die Adresslisten bauen."

„Was ist aus seinem Sohn geworden?“, hakte Benedikte nach.

„Auch da haben wir noch nichts Eindeutiges. Irgendwann hieß es, er sei nach Amerika ausgewandert, wahrscheinlich bereits vor 1947, gleich nach Ende des Krieges, sobald man jemanden reisen ließ. Wenn er noch lebt, ist er wahrscheinlich der Einzige, der wissen könnte, was aus seinem Vater und aus Mariana geworden ist. Ich fürchte allerdings, dass er unauffindbar bleiben wird, zumindest weit außerhalb unserer Reichweite. Außerdem war es nach dem Krieg nicht unüblich, bei der Auswanderung seinen Namen zu ändern, wenn er sehr deutsch war, und Morgenstern klingt schon ziemlich germanisch. Zu allen Zeiten haben Einwanderer ihre Namen anglisiert. In den USA war das nie ein größeres Problem.“

„Morningstar wird er sich wohl nicht genannt haben“, bemerkte Benedikte halblaut. „Das wäre kaum weniger auffällig gewesen …“

Sie schaute auf ihre Liste. „Gut. Ich werde mir morgen den ganzen Vormittag Zeit nehmen. Danach wissen wir mehr … Das Ganze natürlich unter einer Bedingung, das dürfte wohl klar sein. Wir gehen noch mal in den Keller. Ich will das alles selber sehen. Und zwar morgen!“

Benedikte stand sehr gerade, ihr Tonfall war unmissverständlich. Da gab es keinen Platz für Appelle an Vernunft und bessere Einsicht.

„Ich bin sicher, du verfügst über genügend Phantasie, dir mit etwas gutem Willen auch aufgrund unserer Beschreibungen ein ausreichendes Bild machen zu können“, bemerkte Delius sarkastisch. Benediktes Befehlshaberallüren ärgerten ihn jedes Mal, ohne dass es ihm je gelang, ihr den Stachel zu ziehen. Benedikte reagierte nicht einmal.

Rita hob die Schultern. Sie würde Benedikte begleiten. Sie hatte ohnehin gewusst, dass es so kommen würde. Sie überlegte einen Moment und begann dann, in einem Tonfall, der beiläufig und heiter klingen sollte wie buntes Laub im Wind, von der Katze zu erzählen, die sich in der letzten Nacht in ihre Wohnung verirrt hatte. Sie schob ihr Hosenbein ein Stückchen hoch, um die Kratzer zu zeigen, die sie sich eingefangen hatte, und berichtete, wie sie den nächtlichen Eindringling erlegt und entsorgt hatte. Nebenbei erwähnte sie auch noch den nächtlichen Besucher auf ihrem Balkon, von dem Benedikte noch nichts wusste, für den Fall, dass irgendein Zusammenhang bestehen sollte. Doch im gleichen Atemzug betonte sie, dass sie selbst nicht glaube, dass es sich um mehr als eine Häufung seltsamer Zufälle handele. Es war der übliche Effekt. Bei Tageslicht verschob sich die Realität stets um ein paar Grad in Richtung Unbeschwertheit. Ritas Stimme zitterte jedoch ein wenig.

Benedikte begann die Sache aus einer übergeordneten Perspektive zu betrachten. In ihrem Kopf entstand die vage Idee einer Landkarte. Noch wies diese weiße Flecken auf, und die Wege, die sich zwischen den Details hindurchzogen, waren wirr, doch es ließ sich bereits ahnen, dass das fertige Geflecht keine sehr angenehmen Schlussfolgerungen zulassen würde. Unvermittelt schlug sie vor, sich für die Nacht bei Rita einzuquartieren, um einen gemütlichen Abend zu verbringen und außerdem ein Auge auf den Balkon und eventuelle Vorkommnisse zu haben.

Der Abend wurde sogar ausgesprochen gemütlich. Benedikte hatte eine exzellente Flasche Wein im Gepäck und Rita rief den Pizzaservice an. Dann wühlte sie aus ihrem Bestand eine DVD hervor, die nur im angeheiterten Zustand zu ertragen war, und sie machten es sich bequem. Nach dem zweiten Glas vergaß Rita den nächtlichen Besucher und die unheimliche Katze und lachte sich halb kaputt. Sogar Marianas schmerzlicher Schatten löste sich in Wohlgefallen auf. Alles nahm den Charakter einer etwas schaurigen Geschichte aus alten Zeiten an, die längst keinen Anspruch auf Wirklichkeit besaß. Kurz nach Mitternacht war die Flasche geleert. Rita und Benedikte machten schlapp und gingen zu Bett. Sie hörten nichts mehr von dem feinen Kratzen an der Scheibe, nichts von den leisen Gurrlauten, mit denen man ein Kätzchen oder ein Täubchen lockt, und rochen nicht den Zigarettenqualm, der wie eine unheilvolle Wolke durch das Schlüsselloch drang.

Ich rufe dich, ich rufe dich, ich warte auf dich schon so lange Zeit. Komm zu mir, komm zu mir, komm mit mir in mein graues Reich. Du kannst mich nicht sehen, doch du wirst mich lieben. Ich mache dich glücklich, solange ich lebe. Ich bin immer bei dir, ob du willst oder nicht. Ich bin in deinen Gedanken bei Tage und suhle mich auf deinen Wegen. Ich stelle dir Fallen und du stolperst über mich. Ich bin dein Schatten in der Dämmerstunde und husche durch deine nächtlichen Träume. Ich bin dein Licht auf dunklen Wegen, dein Pfad durch die grauen Gänge der nächtlichen Welt. Komm zu mir, mein Schätzchen, komm zu mir, komm zu mir, komm zu mir …

8

„Hast du heimlich geraucht?", fragte Benedikte am nächsten Morgen unwirsch und erhob schnuppernd die Nase in die Luft. Rita lag noch unter der Bettdecke, unter der nur ein Schopf glänzender Locken hervorquoll. Mühsam öffnete sie die Augen. Wein war ihr noch nie gut bekommen.

„Was ist los?"

Benedikte, die unter den Folgen des Alkohols weniger zu leiden hatte, war bereits aufgesprungen und riss die Balkontür auf. Draußen stand der Nebel wie eine Wand. Es war vollkommen windstill, die Luft tropisch und lau. Auf der Türschwelle lagen abgerissene Blüten: Geranien, Petunien, Fuchsien, Vergissmeinnicht. Nicht hingeweht wie von einem zufälligen Windstoß, sondern fein säuberlich nach Farben und Formen sortiert wie ein mystischer Teppich, wie die Ehrenbezeugung für eine Königin, die ihre Füße nur auf das Schönste der Welt setzen sollte.

„Verdammt noch mal ..."

Vorsichtig lugte sie in Richtung Schlafzimmer. Rita war gerade dabei, sich leise ächzend unter der Bettdecke hervorzurollen.

„Bist du schon ansprechbar?" Benedikte musterte sie etwas besorgt. „Ich glaube, dein nächtlicher Besucher war wieder hier, und wir haben es vor lauter Trunkenheit nicht einmal bemerkt. Er hat sogar eine Art Visitenkarte hinterlassen."

„Was redest du da?"

Rita war noch weit von ihrer Topform entfernt. Sie fröstelte und wickelte sich fest in ihren Bademantel. Benedikte stieß die Balkontür ganz vorsichtig auf, um den Blumenteppich nicht mit einem Luftzug zu zerstören. Der

Nebel begann bereits durchlässiger zu werden. Rita erstarrte. Dann setzte sie die nackten Füße auf die morgenfeuchten Balkonfliesen und beugte sich über ihre Blumenkästen. Eine erschreckte Amsel flatterte auf. Die Blumen sahen traurig aus, zerrupft, geköpft, geschändet. Der Spanner hatte sich nicht die Mühe gemacht, von anderswo her einen Blumengruß mitzubringen, sondern hatte das genommen, was er an Ort und Stelle vorfand. Zwischen den welkenden Blüten befanden sich tote Käfer, ein leeres Schneckenhaus, ein paar alte Vogelfedern, zwei Metallringe von Getränkedosen und drei Zigarettenkippen.

„Er ist nicht sehr wählerisch mit den Zeichen seiner Zuneigung. Er nimmt das, was ihm in die Hände fällt. Sei froh, dass er dir keine tote Ratte hingelegt hat. Hätte er eine zur Hand gehabt, hätte er sicher nicht gezögert, sie dir ebenfalls als Morgengabe zu hinterlassen."

Rita zitterte wie Espenlaub. Benedikte zog sie zurück ins Wohnzimmer. In dem kurzen Moment, der zwischen einem Schließen und Öffnen der Augen liegt, fügte sie die Fakten in ihrem Kopf zu einem durchdachten Netz zusammen. Der nächtliche Besucher, der Spanner, oder wie immer man ihn nennen wollte, hatte ganz offensichtlich eine Vorliebe für Rita entwickelt, höchstwahrscheinlich auf die gleiche Weise, wie es alle Psychopathen zu tun pflegen: Er musste sie irgendwo gesehen haben. Sie war in seine Nähe geraten und er war aufmerksam geworden. Sein Blick war an ihr hängen geblieben. Er hatte Zeit gehabt, sie eine Weile zu betrachten. Vielleicht hatte ihm eine sehr kleine Weile gereicht, wenn er die Merkmale, die er suchte, sogleich entdeckte. Möglicherweise gab es eine gewisse Äußerlichkeit, die er bevorzugte, die Haarfarbe, die Statur, eine gewisse Art zu reden, sich zu bewegen et cetera. Möglichkeiten der Fixierung gab es viele. Der Garten der menschlichen Perversionen war ein weites Feld.

Vor drei Nächten war er zum ersten Mal auf dem Balkon gewesen. Vorher hatte Rita niemals Spuren von ihm entdeckt und wie inzwischen deutlich war, gab er sich keine besondere Mühe, seine Spuren zu beseitigen. Im Gegenteil, er gestaltete sie noch möglichst dick und deutlich. Vor drei Tagen war Rita auf das graue Haus aufmerksam geworden, hatte in der dreckigen Kellerluke herumgeturnt und war schließlich sogar in den Keller eingedrungen. Die Vermutung, dass sich Junkies, Obdachlose oder andere Gestalten dort eingenistet haben könnten, stand von Anfang an im Raum. Einer von ihnen hatte sich in sie verguckt und war ihr unbemerkt auf dem Heimweg gefolgt. Seitdem besuchte er sie, um ihr durch die Gardinen schmachtende Blicke zuzuwerfen und ihr ehrerbietige, verzweifelte und sehnsuchtsvolle Aufmerksamkeiten zu hinterlassen.

Benediktes Ausführungen waren stringent und von überzeugender Einfachheit. Sie tendierte stets zu der simpelsten aller möglichen Erklärungen, denn warum sollte man ein kompliziertes Labyrinth beschreiten, wenn ein offensichtlicher und einfacher Pfad in die gleiche Richtung führte. Und der Lauf der Weltgeschichte gab ihr prozentual gesehen eindeutig Recht.

Rita legte ihr Brot zur Seite. „Du machst mir wirklich Angst!"

Aber es ließ sich nicht leugnen. Es wäre dumm gewesen, es nicht sehen zu wollen. Der Lichtblitz an der Hausfassade, ein Fenster hatte sich geschlossen ... Das war keine Täuschung gewesen. Jemand hatte einen Blick auf sie geworfen.

Benedikte stand auf und öffnete noch einmal die Balkontür. Ein leichter Windzug verursachte einen kleinen Wirbel in dem Blütenteppich.

„Wo ist deine Kamera?"

Rita deutete mit dem Kopf in Richtung ihres Schreibtisches. „Was hast du vor?"

„Ich mache jetzt von dem Kunstwerk da draußen Fotos – und zwar von allen Seiten. Wer weiß, wofür die noch nützlich sein können, sonst heißt es am Ende, dass wir uns das alles nur einbilden …"

Sie betrat den Balkon und wählte eine gute Auflösung. Als sie gerade auf den Auslöser drücken wollte, fegte eine plötzliche Böe durch die Pracht und ein farbiges Schneegestöber von Geranien und Vergissmeinnicht erhob sich in die Luft.

Wider Erwarten hatte Frau Fluse sich im Archiv eingefunden. Sie war schlechtgelaunt. Nach der euphorisierenden Wirkung der Sonnentage hatte die Realität auch sie wieder eingeholt. Der bärtige Herr vom Tulpenbeet gehörte der Vergangenheit an. Als Rita und Delius den Raum betraten, saß sie bereits an einem der PCs. Neben ihr auf der Schreibfläche lag demonstrativ ihre Armbanduhr. Sie konnte Unpünktlichkeit nicht ausstehen. Mit spröder Stimme verlangte sie, die Arbeitsergebnisse der letzten Tage zu sehen und einen Blick auf die Liste der digitalisierten Akten zu werfen. Leider gab es wenig vorzuweisen. Sie wurde unangenehm wortkarg. Besonders von Delius schien sie enttäuscht, während von Rita Toski wohl ohnehin nichts anderes zu erwarten gewesen war … Dann saßen sie alle schweigend auf ihren Plätzen und klapperten lustlos auf den Tastaturen herum, sodass Rita und Delius mit ihren Nachforschungen nicht weiterkamen.

Benedikte hatte mehr Glück. Gerdes, unter dessen Fittichen sie sich befand, war eine joviale Frohnatur, die sich mit Vorliebe die Rosinen aus der Auftragslage pickte und die Dinge meist so zu drehen verstand, dass er möglichst selten an seinem Schreibtisch sitzen musste. Unter seiner Obhut hatten die Volontäre es wie im Paradies. Im Sommer nahm er sie mit auf seine vergnüglichen Landpartien und an den regnerischen Tagen versah er sie mit kleinen Schreibarbeiten, während er selbst sich verdrückte, um im Stadtgebiet Recherchen durchzuführen, mit Vorliebe im Bereich Gastronomie- und Freizeitkultur. In Windeseile verfasste Benedikte den kleinen Aufsatz, den er ihr aufgetragen hatte. Dann nahm sie ihre Jacke vom Haken und machte sich auf den Weg.

Am frühen Nachmittag klarte es auf. Hier und da wagten sich ein paar Sonnenstrahlen hervor. In den flachen Pfützen spiegelten sich das Weiß und Blau des Himmels. Sie hatten sich im Café verabredet. Als Rita und Delius eintrafen, saß Benedikte bereits vor dem Rest eines Eiskaffees. Delius bestellte ein sparsames Wasser, Rita einen Pfirsich-Melba-Becher im King-Size-Format. Benedikte holte ihre dicke Kladde hervor, in der sie ganze Universen von Notizen sammelte. Für jeden anderen waren sie unverständlich, denn sie schrieb nur selten in vollständigen Sätzen. Ihre Aufzeichnungen ähnelten eher Schemata, die auf optischer Basis funktionierten und in denen die einzelnen Punkte durch Pfeile und Wege miteinander kommunizierten. Die Aufschlüsselung war nur in ihrem eigenen Hirn möglich.

„Das Einwohnermeldeamt war ein Flop. Die ganzen Daten von vor 1986 sind noch nicht digital erfasst worden und liegen irgendwo in den Magazinen. Und alles was vor dem Zweiten Weltkrieg war, ist ohnehin nicht mehr vorhanden. Das meiste ist in den 1950er Jahren einem Brand anheim gefallen. Man munkelte damals, dass das kein Zufall war. Viele Leute sollen sogar ganz erleichtert gewesen sein. Darüber muss auch etwas in der Zeitung gestanden haben. Wenn ihr gar nichts anderes zu tun habt, könnt ihr es sicher finden … Nur ein paar Restbestände wurden gerettet, angekokelt und rauchgeschwärzt, und liegen seitdem in einem speziellen Kellerraum. Seit Jahrzehnten hat sich niemand um das Zeug gekümmert, wahrscheinlich haben es die Motten gefressen, und ich hatte weder Zeit noch Lust, darin herumzuwühlen …"

Rita und Delius warteten. Benedikte hatte manchmal diese nervtötende Art, sich mit Nichtigkeiten aufzuhalten, nur um die Geduld ihrer Zuhörer zu strapazieren.

„Beim Standesamt hatte ich mehr Glück. Erst hat dieser Typ sich ja geziert, aber als ich meinen Charme spielen ließ, wurde er umgänglicher …"

Sie sah Delius' Gesicht und feixte. Nach weiteren Ausschmückungen und Schnörkeln endete ihre Geschichte schließlich damit, dass der Standesbeamte sie unter Hintanstellung des Datenschutzes tatsächlich ins Archiv gelassen hatte. Der Rest war nicht schwierig gewesen. In den Ordnern von 1926 war sie fündig geworden. Eine offizielle Geburtsurkunde von Mariana Reinhard gab es nicht. Stattdessen zog Benedikte die Kopie einer handschriftlichen Beglaubigung hervor: eine Art Vertrag, der zwischen zwei Parteien geschlossen worden war.

Delius war der Begabteste, was das Entziffern von Handschriften betraf. Mit halblauter Stimme begann er vorzulesen, wobei er das regelmäßige Schriftbild mit den Fingerspitzen streichelte:

Oldenburg, den 5. Oktober 1926

Hiermit wird folgender Sachverhalt, betreffend der Übernahme einer Kindespflegschaft, von Amts wegen festgehalten:

Anwesend sind Herr August Friedrich Ehrmann, Beamter der oldenburgischen Finanzbehörde, und seine Ehegattin Maria Josefa, geb. Finks, beide wohnhaft im gemeinsamen ehelichen Haushalt, Elisenstraße 12, in Oldenburg.

Anwesend sind ferner der Kesselflicker Roman Reinhard und seine Frau Miri Reinhard, mit Geburtsnamen ebenfalls Reinhard geheißen, Fahrensleute vornehmlich im Raume zwischen Oldenburg, Cloppenburg und dem Münsterland, folglich ohne feste Anschrift und regelmäßigen Wohnsitz, die erklären, die Eltern des Kindes Mariana Reinhard zu sein, geboren ca. am 22. Juli 1926. Das benannte Kind ist ebenfalls zugegen.

Festgelegt wird folgender Sachverhalt: Die Eheleute Reinhard, die bereits sieben ältere Kinder haben, erklären, nicht über ausreichende Mittel zu verfügen, ein weiteres Kind zu ernähren und aufzuziehen; außerdem sei der Säugling kränklich und schwächlich und bedürfe der besonderen Pflege und Aufmerksamkeit.

Die Eheleute Ehrmann erklären sich aus Mildtätigkeit und da sie keine eigenen Kinder haben bereit, das erwähnte Kind bei sich aufzunehmen und an Kindes statt großzuziehen. Ferner überlassen sie Roman Reinhard als einmalige Unterstützung folgende Sachwerte: Ein Paar goldene Ohrringe mit Korallen, eine goldene Halskette mit Korallen, ein Frauenkleid mit Schürze, zwei Mädchenkleider mit Schürzen, einen schwarzen Anzug, zwei paar Männerhosen und Hemden zu Arbeitszwecken, einen Ledergürtel, diverse Kleidergarnituren für Jungen, ein paar Lederstiefel, ein paar Frauenschuhe aus rotem Leder, diverse Paare Kinderschuhe, eine Milchziege, zwei Jahre alt, zwei geschlachtete Hühner, zehn Pfund Zucker und fünf Flaschen klaren Korn.

Das Kind behält seinen Vaternamen Reinhard, bis eine ordentliche Adoption vorgenommen wird. Die notwendigen Formalien hierfür werden eingeleitet. Die Sorge und Obhut für das Kind wird jedoch schon mit dem heutigen Tage an die Eheleute Ehrmann übertragen.

Das Kind Mariana Reinhard wird unter Zeugenschaft des beglaubigenden Beamten dem Ehepaar Ehrmann übergeben. Roman Reinhard werden unter der gleichen Zeugenschaft die unter Punkt drei genannten Sachwerte übergeben.

Herr Ehrmann übernimmt die Kosten der Aufsetzung des Vertrages nebst Stempelgebühren.

Es folgten Stempel und Unterschrift des beglaubigenden Beamten, dann die Unterschrift August Ehrmanns und schließlich ein Kringel in Form eines länglichen Fisches ohne Flossen, der offensichtlich das Namenszeichen des Kesselflickers war.

Die Auflistung der Naturalien schien auf dem ersten Blick skurril, doch in Anbetracht der galoppierenden Inflation, die damals bereits ihre Startlöcher verlassen hatte, steckte nachvollziehbare Notwendigkeit dahinter. Ein Geldschein wäre nach wenigen Tagen nur noch einen Bruchteil wert gewesen. Der Schmuck, die Kleider und die Ziege hingegen stellten handfeste Werte dar. Letztendlich handelte es sich um nichts weiter als die schriftliche Ausarbeitung einer gegenseitigen Übereinkunft. Ein rechtlich abgesicherter Kaufvertrag. Das Ehepaar Ehrmann wollte wahrscheinlich vermeiden, dass die leiblichen Eltern irgendwann wieder vor der Tür standen und das Kind zurückforderten, mehr Geld verlangten oder andere Scherereien machten.

Benedikte gab eine sachlich sortierte Analyse ab. Das gehörte zu ihrem Service, wenn sie sich einer Sache annahm. Wahrscheinlich handelte es sich bei dieser „Adoption" um keinen Einzelfall. Wer ein Kind haben wollte, der suchte sich eines, was vielleicht nicht einmal besonders schwierig war. Armut war ein weitverbreitetes Leiden. Kinder waren das Kapital und der Fluch, die Hoffnung des Alters, die hungrigen Mäuler, die gestopft werden mussten, die helfenden Hände auf dem Feld und bei der Ernte. Sie betraten einfach die Bildfläche, plärrend, schreiend, mit erwartungsvollen Augen, ohne großartig zu fragen. Geschenke Gottes, die einem die Haare vom Kopf fraßen. Die Freude über ihr Erscheinen wird nicht immer die wirtschaftlichen Sorgen überwogen haben, unter der Landbevölkerung auf den kleinen Schollen ebenso wenig wie in den Familien der Fabrikarbeiter, der Tagelöhner, der Arbeitslosen, der Hoffnungslosen, dem Heer der Hungerleider. Man musste nur wissen, wo die Not am größten war …

Für das betreffende Kind mochte es sich vielleicht sogar als Glücksfall erweisen, wenn es zu guten Menschen kam und ohne Not aufwuchs. Befremdlich war nur, dass die kleine Mariana Jahre später immer noch den Namen Reinhard trug. Aus irgendwelchen Gründen schien es mit der offiziellen Adoption nicht geklappt zu haben.

Rita schabte konzentriert die letzten Reste aus ihrem Eisbecher.

„Dafür kann es viele Gründe geben", sinnierte sie.

„Vielleicht waren die leiblichen Eltern nicht immer greifbar. Sie verschwanden einfach, lösten sich in Luft auf, kamen nicht mehr in die Gegend. Vielleicht fehlte irgendwann noch eine entscheidende Unterschrift. Die Regulierung der Papiere verzögerte sich. Oder man vergaß es einfach, erachtete es nicht für so wichtig. Warum sollte man sich so viele Gedanken machen? Die Ehrmanns waren glücklich mit ihrer süßen Kleinen, die sie mehr oder weniger legal und moralisch halbwegs einwandfrei erhalten hatten, und lebten zufrieden und unbehelligt in den Tag hinein …"

Benedikte nickte und spann den Faden fort: „Die Tatsache, dass sie einen Säugling zu sich genommen haben, lässt darauf schließen, dass eine ordentliche Portion Emotionen und weiblicher Instinkte im Spiel waren. Hätten sie einfach nur eine billige Arbeitskraft oder Haushaltshilfe heranziehen wollen, hätten sie wohl ein etwas älteres Kind gewählt, das schneller zur Nützlichkeit heranwuchs … Alles war gut so, wie es war. Mariana wurde die Freude ihres bürgerlichen Lebens, genoss eine anständige Erziehung und ein sorgenfreies Dasein. Wahrscheinlich hatte sie mehr zu essen als ihre sieben älteren Geschwister zusammen, die der Wind in alle Himmelsrichtungen zerstreuen mochte. Warum also nach Jahren noch an Dingen rühren, die vielleicht Ärger machen konnten?"

Weder Rita noch Delius konnten aus dem Stegreif sagen, wie sich die Gesetze nach 1933 entwickelt hatten. Wahrscheinlich wurde die Adoption von „solchen" Kindern mit der Zeit restriktiver gehandhabt. Im Grunde tat das aber auch nichts zur Sache. Was zählte, war die Tatsache, dass Mariana aufgrund ihres Nachnamens für alle Welt offenkundig immer ein Kuckucksei geblieben war.

Benedikte wühlte in ihrer großen Tasche, in der sie, immer für alle Eventualitäten gerüstet, ihren halben Hausrat mit sich schleppte. Sie hatte ein weiteres Highlight anzubieten, denn ihre Recherchen waren stets von beispielhafter Gründlichkeit.

„Ich habe mir auch den Ordner mit dem Stammbuch der Familie Ehrmann herausgeben lassen. Der Typ war wirklich entgegenkommend, ich werde mit ihm wohl irgendwann mal einen Kaffee trinken müssen … Zur Familie gibt es folgende Daten: August Friedrich Ehrmann, geboren am 1. März 1891, Finanzbeamter in Oldenburg, heiratete im Sommer 1918 das Fräulein Maria Josefa Finks, geboren am 12. August 1894. Ein knappes Jahr später, am 7. Juli 1919, kam die Tochter Hedwig Fridoline zur Welt, die aber bedauerlicherweise bereits kurz vor ihrem ersten Geburtstag an Masern verstarb. So ist es der beigehefteten Sterbeurkunde zu entnehmen. Weitere Kinder ließen offensichtlich auf sich warten, denn die Seiten des Stammbuches blieben weiß und leer.

Die Zeit verging, für Frau Ehrmann wahrscheinlich in einem schmerzlichen Zyklus von Hoffen und Bangen. Irgendwann wird das Ehepaar trotz größter Bemühungen die Hoffnung verloren haben. Als sich sechs Jahre nach dem Tod der kleinen Hedwig immer noch kein neuer Sprössling eingestellt hatte, nahmen sie die kleine Mariana in Pflege – einen niedlichen Wonneproppen mit blitzschwarzen Augen, den Frau Ehrmann wahrscheinlich auf einem Hökermarkt oder im Krämerladen an der abgehärmten Brust der heruntergekommenen Mutter entdeckte. Vielleicht hat die Kindsmutter sie sogar um Almosen angebettelt, wir alle haben solche Szenen schon gesehen. Frau Ehrmann war entzückt, mütterliche Instinkte bahnten sich ihren Weg. Ich will ihr auch wirkliche Güte und christliche Nächstenliebe gar nicht absprechen, gemischt mit einem riesigen Kinderwunsch, und man kam ins Geschäft. Die Reinhards bekamen neue Kleider und eine Ziege und wussten ihre Kleine gut versorgt, und die Ehrmanns nährten wahrscheinlich die ehrliche Hoffnung, das Kind zu gegebener Zeit ganz legal adoptieren zu können. Um die Idylle perfekt zu machen, stellte sich dann weitere fünf Jahre später bei Ehrmanns doch noch der ersehnte eigene Nachwuchs ein: Am 10. November 1931 kam als Krönung des häuslichen Glücks die kleine Minna Christine zur Welt, weswegen die Ehrmanns die kleine Mariana aber nicht weniger liebten als zuvor."

„Ich wünschte, du wärst etwas weniger zynisch, Benedikte …" Rita schaute versonnen auf den Pfirsichstein auf ihrem Teller. Sie würde ihn mitnehmen, in einen Blumentopf pflanzen und später in den Garten setzen, den sie eines Tages haben würde.

Benedikte blinzelte irritiert, denn es hatte gar nicht in ihrer Absicht gelegen, zynisch zu sein. Aber auch die malerischsten Idyllen pflegten ihre Schattenseiten zu haben.

„Marianas kleine Christine haben wir also entdeckt. Und die Gründe, die sie ein paar Jahre später in den dunklen Keller einer Anstalt für Nervenkranke brachten, lassen sich nun auch ausmalen. Der Name Reinhard wurde immer mehr zu einem Stigma für das Kind. Als nach 1940 immer mehr Zigeuner spurlos von den Straßen verschwanden, begannen Ehrmanns sich ernsthafte Sorgen zu machen. Herr Ehrmann war höherer Finanzbeamter, wahrscheinlich halbwegs wohlsituiert. Es ist durchaus denkbar, dass in einem mittelprächtigen Städtchen wie Oldenburg, wo die gesellschaftliche Auswahl enge Grenzen hatte, Leute wie die Ehrmanns private oder gar freundschaftliche Kontakte mit einem sicher ebenfalls honorigen Mann wie Dr. Morgenstern pflegten. Als sich die dunklen Wolken dichter zusammenbrauten und die Gefahr greifbarer wurde, machte der Herr Doktor, der die Familienverhältnisse kannte, den Vorschlag, das Mädchen bei sich im Sanatorium zu verstecken, bis der Krieg, der ja nicht ewig dauern konnte, vorüber war. Mariana wurde bereits sechzehn und verfügte über eine gewisse Einsichtigkeit. Bedingung war freilich, dass ihre Zieheltern sie nicht besuchten und auch sonst keinerlei Kontakt mehr zu ihr halten durften."

Delius war sachlich. „Wir sollten nicht vorschnell urteilen. Die realen Gefahren der Zeit sind sicher nicht zu unterschätzen. Und ich halte es durchaus für möglich, dass der Doktor zu Anfang wirklich selbstlos handelte und nur das Beste für das Mädchen im Sinn hatte. Warum sollte er ein von Grund auf schlechter Mensch gewesen sein? Wahrscheinlich begann die Situation sich erst zuzuspitzen, als er Mariana ständig vor Augen hatte. Seine Frau war gestorben, sein kleiner Junge bedeutete ihm offenbar nicht allzu viel. Sein Sanatorium ging den Bach runter, seine Patienten wurden abgeholt. Nur Mariana blieb. Sie wurde der Mittelpunkt seines Lebens, sein schwarzer Engel, um den all sein Denken und Handeln kreiste. Sie wurde zum Objekt seiner Besessenheit."

Über Dr. Morgenstern selbst hatte Benedikte nicht viel herausgefunden. Nach 1947 war er nicht mehr existent gewesen. Verschwunden, verschollen, in Luft aufgelöst. Als die Nachkriegswirren sich gelichtet hatten, hatte man irgendwann versucht, die Meldekarteien wieder aufs Laufende zu bringen. Morgenstern war der Aufforderung zur Bestätigung seines Wohnsitzes nicht nachgekommen.

Auch auf Ermahnungen hatte er nicht reagiert. Er war nirgendwo wieder aufgetaucht, und nach dem Ablauf mehrerer Jahre und mehrerer Fristen war er von offizieller Seite als „unauffindbar, wahrscheinlich verstorben" deklariert worden. Bei alldem war selbstverständlich nicht auszuschließen, dass er dennoch nicht tot war. Er konnte ganz unbehelligt weitergelebt haben, vielleicht sogar ganz in der Nähe, ohne sich bei den Ämtern zu melden, möglicherweise mit falschen Papieren und einer neuen Identität. Er konnte sogar heimlich noch jahrelang in dem grauen Haus ein- und ausgegangen sein. Das wusste niemand. Das war reine Spekulation.

Benedikte hatte weitere Unerfreulichkeiten zu vermelden. Das Stammbuch der Ehrmanns war fruchtlos und trist. Frau Ehrmann war Ende 1944 an einer Lungenentzündung gestorben. Herr Ehrmann war zu diesem Zeitpunkt bereits in Russland vermisst, denn sein Alter hatte ihn nicht davor bewahrt, doch noch an die Front geschickt zu werden. Er schien nicht wieder aufgetaucht zu sein. Die inzwischen ebenfalls jugendliche Minna Christine war nach dem Tod der Mutter bei einer Tante in der Gartenstraße untergebracht worden. Im harten Winter 1946 war sie ebenfalls verstorben, im Zuge einer Grippewelle. So paradox es klang: Mariana mit all den Leiden ihrer Gefangenschaft schien tatsächlich das einzige Mitglied der Familie gewesen zu sein, das den Krieg und seine direkten Folgen überlebt hatte.

„Ob Dr. Morgenstern ihr vom Tod ihrer Verwandten erzählt hat?", überlegte Delius. „Vielleicht wollte er sie schonen."

„Schonen! Ich bin sicher, er hat ihr nicht einmal gesagt, dass der Krieg zu Ende war!" Rita stellte ihre Kaffeetasse so klirrend beiseite, dass sie einen Riss bekam.

Im gleichen Moment schob sich eine Wolke beiseite und die Terrasse wurde mit goldenen Strahlen geflutet. Benedikte räkelte sich auf ihrem Stuhl und trank den Rest Eiskaffee, der während der langen Ausführungen ganz lau geworden war. Sie schaute Rita und Delius erwartungsvoll an. Es war klar, was nun anstand.

Sein ganzes Leben war Liebe und Hingabe, und sein Herz war so groß, dass es kaum Platz in dem verdorrten Körper fand. Manchmal drohte es fast zu zerspringen. Er war der Retter der Unschuld und die Hoffnung der Gepeinigten. Er war der Ritter der bedrängten Schönheit, und ihr Knappe und Diener zugleich. Wenn er eine Blume brach, weinte ihm das Herz. Wenn er einer jungen Katze den Hals umdrehte, tat er es mit einem Seufzen, und wenn er den Singvogelküken in den Nestern hoch oben am Haus vorsichtig das kleine Genick brach, dann tat er es mit übermenschlichem Zartgefühl und größtmöglicher Hingabe.

9

Der Hinterhof lag genauso verlassen da wie vor zwei Tagen. Ein paar dünne Pflänzchen, die in den Ritzen der grauen Mauern wuchsen, reckten sich hoffnungsvoll dem Licht entgegen. Die Enge war bedrückend. Rita ließ sich als Erste durch den schmalen Fensterflügel gleiten. Mit dem Oberschenkel blieb sie an einem langen Nagel hängen, der ihr eine tiefe Schramme einbrachte. Das Haus zeigte seine Zähne. Es wollte sie beißen. Mit langen Krallen wehrte es sich gegen ihr Eindringen. Das Blut, das ihre dünne Sommerhose dort verfärbte, wo sie zerrissen war,

war hellrot wie ein Warnsignal. Rita biss die Zähne zusammen. Der Fluch blieb ihr vor Schmerz im Halse stecken.

Benedikte landete neben ihr, mit elegantem Schwung und ohne jeden Makel eines Stäubchens auf ihrer hellen Bluse. Sie strahlte stets eine beneidenswerte Intaktheit aus und pflegte auch aus den dunkelsten Abgründen und den tiefsten Morasten, in die das Metier sie gelegentlich führte, unberührt wieder hervorzugehen, gegen alle Anfechtungen gefeit und im Reinen mit sich selbst. An Rita hingegen blieb jeder Dreck haften. Sogar im Büro fand sie Gelegenheit, sich die Hände schmutzig zu machen, und sie holte sich an jeder Tischkante blaue Flecken. Benedikte hatte das Symptom gelegentlich psychologisch zu deuten versucht. Letztlich war sie zu dem simplen Schluss gekommen, dass bei Rita eine bestimmte Synapse im Gehirn nicht funktionierte, was bewirkte, dass sie zu abstraktem Denken ganz einfach nicht in der Lage war und die Beschaffenheit eines Dreckhaufens, den sie betrachtete, nur begriff, indem sie sich in ihm wälzte.

Rita presste ein Taschentuch auf ihr Bein. Benedikte sah sich um. „Was für ein Schweinestall!"

„Dachtest du, wir machen Witze?"

Delius, der sich endlich auch zu ihnen gesellte, ermahnte sie leise zu sein. Erneut betraten sie den Raum, in dem Marianas Leiden sich vollzogen hatte. Die Sonne stand in einem günstigeren Winkel. Es war etwas heller als bei ihrem letzten Besuch. Hinter dem traurigen Bettgestell fanden sich noch einige von den langen Nägeln, wahrscheinlich Marianas sorgfältig gehüteter Vorrat.

Benedikte zerrte das Bettgestell zur Seite und hockte sich hin. Etwa dreißig Zentimeter über dem Boden waren Kratzspuren in der Wand zu sehen. Aus den Fugen zwischen den brüchigen Steinen war der Mörtel gekratzt worden. Die Gefangene hatte im Laufe der Zeit an mehreren Baustellen gearbeitet. Rita holte ihr Taschenmesser hervor und schob die Klinge zwischen die Fugen. Der Stein war locker, in den Ritzen befand sich nur feiner Staub. Nach einigen Minuten feinmotorischer Manipulationen war der Stein so weit nach vorne gerückt, dass es möglich wurde, ihn mit den Fingerspitzen zu fassen. Dahinter kam ein winziger Hohlraum zum Vorschein, der aus der bröckeligen Masse herausgeschabt war.

In dem feuchten Grau ruhte ein feiner, goldener Glanz. Rita griff danach. Ein Kettchen, dünn wie ein Wasserfaden nach dem Regen, schlängelte sich durch ihre Hand, geschmeidig und glatt wie ein kleines Reptil. Das Metall war ein bisschen belegt von den vielen Jahren in dem Versteck. Ein schlichtes, ovales Medaillon hing daran. Als Rita es öffnen wollte, zerbrach der feine Verschluss, und der Deckel blieb ihr in der Hand liegen. Der schimmelige Fleck war vor langer Zeit einmal eine Photographie gewesen. Nun war nichts davon übrig als die Ahnung eines Stückchens Papier und ein bisschen dunkler Glanz. Auf der Innenseite des Deckels gab es eine winzige Inschrift, die unter dem fleckigen Belag fast verschwand.

Benedikte suchte ein Wattestäbchen und Babyöl aus ihrer Kosmetiktasche. Delius hatte die geschicktesten Finger. Er legte sich das Medaillon in die flache Hand und trat ans Fenster, um besser sehen zu können. Mit großer Vorsicht pinselte er an der Gravur herum. Nach einigen Minuten begann der dunkle Belag sich zu lösen. Rita beugte sich über seine Hand und kniff die Augen zusammen: *Unserer lieben Tochter Mariana, zum Andenken an die Hl. Firmung. 15. Mai 1941.* Irgendwie fühlte sie sich erleichtert, dass die Ehrmanns Mariana als ihre Tochter bezeichnet hatten und nicht etwa als Ziehkind oder Pflegetochter. So hatte es etwas Schönes und Gutes in ihrem Leben gegeben, an das sie sich in ihren verzweifelten Stunden hatte erinnern können. Die Pflegeeltern hatten sie geliebt. Das tat gut zu wissen, auch wenn die ganze Liebe ihr letztendlich nichts genutzt hatte.

Nun war der Raum nackt bis auf die Knochen. Die Geheimnisse, die er noch barg, würde er auch nicht preisgeben. Über die Menge des Schweißes und der Tränen, welche die Wände aufgesogen hatten, über die stummen Schreie des Mädchens, die sie ernst und schweigend absorbiert hatten, über die Fingernägel, die verzweifelt an ihnen gekratzt hatten und die vielen hilflosen Schläge mit der bloßen Faust, mit denen versucht worden war, sie zu erweichen, gab es nur Mutmaßungen und böse Träume.

Die Sonne war ein paar Grad tiefer gewandert und berührte bereits das Dach des gegenüberliegenden Hauses. Das Licht änderte sich schnell, wurde bläulich, gräulich. Alle schwiegen einen Moment. Es gab nichts mehr zu tun, wollte man sich nicht völlig ins vage Feld eigener Phobien begeben. Benedikte ergriff die Flucht nach vorn. Sie erinnerte sich, dass Rita eine Tür erwähnt hatte, die sich nicht öffnen ließ. Sie verließen Marianas Gefängnis.

Der lange Flur war wie das Innere einer Schlange, an dessen Ende sich der Torbogen wie ein Maul öffnete, mit den langen Zähnen des Gitters, das den Weg in die höheren Ebenen versperrte. Vergeblich rüttelten sie an dem Schloss und an der eisernen Kette. Die Treppenstufen dahinter führten hinauf ins Grau, bis sie nach ein paar Metern an einem Absatz eine Kehre machten und aus dem Blickfeld verschwanden. Schlechter Geruch drang von oben herab, ohne dass sich die Ursache genau definieren ließ, ein Gemisch aus feuchtem Kalk, Urin von Ratten und Katzen, Abfall aller Art, modrigem Staub, verwesender Materie, bleichenden Knochen, faulem Fleisch von toten Taubenküken, die aus ihren Nestern gefallen und am Boden verhungert waren.

Benediktes Blick fiel auf die steinernen Stufen. Sie entdeckte die Zigarettenkippen, die in einer Ecke lagen, als hätte dort jemand gesessen und sich die Zeit mit Rauchen vertrieben, während er auf etwas gewartet hatte. Rita fühlte eine leichte Übelkeit in sich aufsteigen … *die Schritte* … wahrscheinlich hervorgerufen durch den Mangel an frischer Luft. Sie sah Benedikte schräg an.

„Komm, du denkst doch wohl nicht, dass die von dem gleichen Typen stammen, der sich auf meinem Balkon herumtreibt?"

„Das hast du gesagt! Das war gerade ganz allein deine eigene Idee!"

„Aber das ist doch an den Haaren herbeigezogen! Weißt du, wie viele Menschen in dieser Stadt, darunter auch Penner und Junkies, sich eine Kippe nach der anderen anzünden? Einer von ihnen wird sich hier ausgeruht und dabei geraucht haben, das ist alles."

„Ja, genau! Und aus der Vehemenz deiner Worte spricht deine eigene Furcht. Haben wir diesen Punkt nicht schon heute Morgen diskutiert? Ich bin sicher, dass es einen Zusammenhang zwischen der Geschichte dieses Hauses und deinem heimlichen Verehrer gibt. Diese Indizien werde ich auf jeden Fall sicherstellen. Vielleicht lässt sich feststellen, ob es die gleiche Sorte ist wie auf deinem Balkon."

„Meinst du, dass Penner sehr an ihren Zigarettensorten hängen?", fragte Delius lakonisch.

Benedikte ließ sich nicht beirren. Sie holte ein kleines Emailledöschen hervor. Die darin befindlichen Haarklammern schüttete sie in ihre Tasche und sammelte stattdessen die Kippen ein. Es wurde rasch dunkler und die Ratten wagten sich näher an sie heran als noch vor ein paar Minuten. Ihre Stunde nahte, der fremde Geruch nach warmem und sich bewegendem Fleisch machte sie beißlustig. Delius drängte zum Rückzug. Die Schritte im Stockwerk über ihnen waren zu leicht, um sie zu hören.

Wie eine graue Spinne hockte er in seinem Versteck unter dem hohen Dach. Süße Stimmen drangen zu ihm vor, wie das Zwitschern von Vöglein in der Sonne. Der *Graumacher* streckte sich ein wenig, um die morschen Knochen einzurenken und die trockenen Sehnen zu dehnen. Dann begann er hin und her zu huschen. Treppab, treppab, dahin wo es dunkler war. Der Duft des Parfüms lag noch in den Gängen. Seine Nase reckte sich in die Luft und er witterte seine Beute, sein Liebchen, das ihm die Einsamkeit versüßte. Er witterte das frische Blut, das an dünnem, hautwarmem Stoff getrocknet war. Er war ein geschickter Jäger, der die Gunst der Stunde genau kannte. Er war schlau und wusste sie in Sicherheit zu wiegen. Er wartete geduldig auf die Nacht. Wie eine Spinne in ihrem Netz wartete er, dass die arglose Beute sich näherte. Wie eine Zecke im trockenen Geäst geduldete er sich, bis das blutvolle Opfer in Reichweite kam. Er öffnete und schloss seine dürren Finger in Vorfreude auf das, was sie bald streicheln würden.

10

An diesem Abend vertrieben sich Rita und Benedikte die Zeit mit Schweigeübungen. Selbst der Fernseher lief nicht. Sie wollten auf keinen Fall überhören, wenn sich auf dem Balkon etwas bewegte. Alle zehn Minuten lugten sie durch die Vorhänge. Aber der ungebetene Gast ließ sich nicht blicken.

Rita seufzte. „Ich glaube, wir sind ein bisschen durchgedreht."

Sie lag auf dem Sofa und stopfte Sahnetrüffel in sich hinein. Delius beschenkte sie nun täglich. Sie fand Mokkapralinen in ihrer Kaffeetasse und Pfefferminztaler auf ihrer Tastatur. Wenn sie lächelte, errötete er jedes Mal und begann in seinen Notizen zu wühlen oder Akten zu entstauben.

Benedikte grinste zweideutig. „Der gute Delius ist ganz schön gerissen, was? Er weiß genau, wie er dich ködern kann, und eines Tages bist du ihm verfallen, ohne es gemerkt zu haben!"

Rita machte sich nicht die Mühe, zu antworten. Es war müßig, sich mit Benedikte auf Gespräche dieser Art einzulassen, da sie sowieso immer das letzte Wort dabei hatte. Der Tag war lang gewesen und in ihrem Kopf summte es. Sie wünschte sich nichts weiter als eine traumlose Nacht. Sie ging zu Bett, während Benedikte sich noch ein Glas Wein einschenkte und sich dann in Ritas Arbeitszimmer verzog, um ihre Mails abzurufen und noch einen Artikel zu überarbeiten.

Am nächsten Morgen lag der Balkon genauso unberührt da, wie sie ihn am Vorabend hergerichtet hatten. Rita hatte Zwirnsfäden zwischen den Stangen des Geländers hin und her gespannt. Nicht einmal ein Eichhörnchen hätte hinaufgelangen können, ohne Spuren zu hinterlassen. Aber alles war unberührt. Milliarden kleiner Tautröpfchen hatten sich an den Fäden gefangen und glitzerten im Morgenlicht.

„Falscher Alarm", sagte Benedikte zufrieden und streckte sich. „Sicher hat er etwas Hübscheres gefunden als dich, hinter einem Fenster ohne geschlossene Vorhänge ... – Gehst du Brötchen und die Zeitung holen? Ich setze inzwischen Kaffee auf, wenn ich mich in deiner Küche zurechtfinde ..."

Manchmal bringt ein einzelner Stein eine ganze Lawine ins Rollen. Und manchmal bewegt der Zufall bedeutendere Dinge als das größte Bemühen. Das kann in einem solchen Ausmaß beängstigend sein, dass einige Menschen behaupten, es gäbe gar keinen Zufall, sondern alles sei vom Schicksal vorbestimmt – eine Überzeugung die sie brauchen, weil sie mit der schlichten Tatsache, dass ihr eigenes Handeln im großen Kosmos der Unwägbarkeiten völlig unbedeutend ist, nicht leben können.

Die Sonne blinzelte freundlich durch die Geranien auf dem Fensterbrett, als eine kleine Zeitungsnotiz alles veränderte und etwas so Ungeheuerliches in Bewegung setzte, dass alle bisherigen Erkenntnisse über das traurige Schicksal des Mädchens in dem Keller in einem ganz anderen Licht erschienen. Sämtliche Proportionen verschoben sich. Mariana war plötzlich nur noch die Spitze des Eisbergs. Rita hatte sich in den Regionalteil vertieft, als eine Erkenntnis bei ihr wie ein Blitz einschlug. Sie stieß einen überraschten Laut aus. Benedikte schaute misstrauisch von ihrem Brötchen auf. Unter der Rubrik „Heute vor 50 Jahren" fand sich an diesem Tag eine Notiz über das Ver-schwinden eines jungen Mädchens, die Rita mit lauter Stimme vorlas:

„Am letzten Dienstag, den 16. Juni 1956, verschwand in Oldenburg die siebzehnjährige Oberschülerin Mathilde Harmsen. Gegen 16 Uhr befand sie sich mit dem Fahrrad auf dem Weg von ihrer elterlichen Wohnung am Paradewall in Richtung Bürgerfelde, um am Melkbrink ein Kleid von der Schneiderin abzuholen. Auf dem Rückweg wollte sie Einkäufe erledigen. Mathilde Harmsen kam nicht wieder nach Hause und wird seither vermisst. Ihre Mutter, eine Kriegswitwe, ist verzweifelt. Mathilde wird wie folgt beschrieben: etwa 1,65 Meter groß, schlank, ovales Gesicht, regelmäßige Züge, dunkelbraune Augen, hüftlanges, dunkelbraunes Haar, das zum Zeitpunkt des Verschwindens zu einem Zopf geflochten war. Bekleidet war sie mit einem rotgestreiften Sommerkleid, hellblauer Strickjacke und weißen Sandaletten. Bei sich trug sie einen schwarzen Regenschirm. Wer hat Mathilde gesehen? Wer kann nähere Angaben über ihren derzeitigen Aufenthaltsort machen? Hinweise über ihren Verbleib nimmt jede Polizeidienststelle entgegen."

Benedikte fühlte sich unbehaglich, wenngleich sie noch nicht genau wusste, warum. Da war irgendetwas in der Beschreibung, das sie stutzen ließ, und sie ahnte, dass Rita, die nie lange überlegte, ob ein Gedanke ausgereift war, es auch bemerkt hatte und sogleich den Finger in die Wunde legen würde.

„Warum regst du dich so auf? Traurige Geschichte, natürlich, aber ziemlich lange her ...", sagte sie mit Schulterzucken. „Zu allen Zeiten sind Menschen verschwunden und junge Mädchen wahrscheinlich besonders oft. Und irgendwie kann man sich in den meisten Fällen auch denken, was mit ihnen passiert ist."

„Wie stellst du dir ein Zigeunermädchen vor?", fragte Rita.

„Wen meinst du? Mariana?"

„Meinetwegen Mariana. Wenn du sie beschreiben solltest, so wie du sie dir vorstellst, ganz klischeehaft ... Was würde dir als Erstes einfallen?"

„Ich weiß zwar nicht, worauf du hinauswillst und vielleicht möchte ich es auch gar nicht wissen … Aber gut: Ich stelle mir ein junges Mädchen vor, schlank und nicht allzu groß geraten. Hübsch wahrscheinlich auch. Lebhafte, dunkle Augen, lange dunkle Haare …"

Sie stockte, denn während sie sich selbst reden hörte, wurde ihr klar, worauf Rita hinauswollte. Ohne darüber nachzudenken hatte sie Mariana mit dem Mädchen aus der Vermisstennotiz vermischt.

„Das meine ich! Gleicher Typ, gleiche Statur. Die beiden könnten optisch wahrscheinlich Schwestern gewesen sein. Und wenn Mathilde mit dem Fahrrad vom Paradewall zum Melkbrink gefahren ist …"

Rita ging vollkommen in ihrer Idee auf. Der Eifer machte sie für vernünftige Argumente unzugänglich. In ihrem Schreibtisch wühlte sie nach einem Stadtplan, den sie auf dem Frühstückstisch ausbreitete, Brettchen und Brötchen darunter begrabend. Wenn die Vermisste den kürzesten Weg zum Melkbrink genommen hatte, musste sie unweigerlich die Grafenstraße gekreuzt haben. Möglicherweise war sie sogar direkt an dem grauen Haus vorbeigefahren. Auf jeden Fall hatte sie seinen Einzugsbereich geschnitten, und wahrscheinlich nicht nur dieses eine Mal, denn wenn sie mit ihrer Mutter am Paradewall gelebt hatte, hatte es sicher viele Anlässe gegeben, die sie an dem Gebäude vorbeigeführt hatten.

Glitzernde Goldfische schwammen schwerelos durch die Morgenluft. Rita starrte auf das Mobile, das unter der Decke langsame Kreise zog. Benediktes defätistische Bemerkungen drangen nicht bis zu ihr vor. Es war wie bei einer Schatzsuche. Sie fühlte immer, wenn sie auf eine heiße Spur gestoßen war. Das war wie eine Art Magnetismus, der sie kribbelig werden ließ. Es kam immer wieder vor, dass Menschen einfach so vom Erdboden verschwanden. Einige von ihnen tauchten nie wieder auf, andere entdeckte man Jahre später in Tiefkühlschränken, unter Zementböden oder verscharrt im eigenen Garten. Erstaunlich war auch, wie viele von ihnen gar nicht vermisst wurden, oder wenn sie vermisst wurden, mit welch simplen oder gar hanebüchenen Theorien man ihr Verschwinden erklärte. Wer machte sich schon die Mühe, ernsthaft nachzudenken?

Männer gingen für gewöhnlich die berühmten Zigaretten holen oder in der Stammkneipe ein Bier trinken oder fuhren mal eben zum Baumarkt an der Ecke um Spaxschrauben der Stärke acht für das neue Kellerregal zu besorgen, und – schwupp – waren sie verschwunden, um irgendwo in der Karibik eine Strandbar zu eröffnen. Rentner und alte Großmütterchen verschwanden oftmals ganz still und leise, und man entdeckte es erst, wenn der Briefkasten überquoll oder die Stromrechnungen nicht mehr bezahlt wurden. Und dann stellte sich heraus, dass jemand sie im letzten Sommer erschlagen oder erdrosselt hatte, um in Ruhe die Wäscheschränke zu durchwühlen und nach den Sparstrümpfen zu suchen. Dann war das Erstaunen meist groß, und die Nachbarn schüttelten die Köpfe, weil sie gedacht hatten, die alte Dame von nebenan sei ohnehin schon lange tot gewesen.

Schlimm war es, wenn Kinder verschwanden, denn dann konnte niemand ernsthaft behaupten, dass sie sich irgendwo eine neue Existenz aufbauten, weil ihr Dasein zwischen Küche und Kindergarten sie gelangweilt hatte. Wenn junge Mädchen nicht nach Hause kamen, konnte man sich meist schnell denken, was dahinter steckte, und in diesen Fällen war das Hoffnungbewahren und Nichtverzweifeln besonders mühsam. In den Polizeiämtern der

Welt schlängelten sich die verstaubten Akten dieser Fälle kilometerlang durch die Archive, still und grau wie Mumien, nur manchmal leise seufzend, wenn ein Luftzug durch die morschen Blätter fuhr …

Rita wusste, was sie zu tun hatte. Mit Delius würde sie alle Jahrgänge des Kuriers einzeln durchblättern, von der ersten bis zur letzten Seite, wenn es sein musste auch die ganze Nacht hindurch, und suchen, ob die verschwundene Mathilde wieder aufgetaucht war oder ob es im Laufe der Zeit weitere ungeklärte Vermisstenfälle junger Mädchen gegeben hatte. Leider konnte sie Benedikte nicht mit einplanen, denn die hatte ihre Verpflichtungen für den kulinarischen Almanach zu erfüllen und würde den ganzen Tag nicht zur Verfügung stehen.

In der fensterlosen Bewahranstalt der Vergangenheit wurde jede Minute lang und länger. Beinahe blieb die Zeit stehen. Die alten Jahrgangsordner waren staubtrocken und zentnerschwer. Einen nach dem anderen zog Rita aus den Regalen, beginnend mit den ersten Ausgaben nach Ende des Zweiten Weltkriegs. Das Papier war dünn und gelblich, die Druckqualität schlecht, die Seiten knisterten beim Umblättern. Ein paar Jahre später wurden die Ausgaben dicker, das Papier besser. Relevant waren nur die Stadt- und Regionalseiten, die Vermisstenfälle junger Frauen. Das entscheidende Kriterium war das äußere Erscheinungsbild, das zumindest in den Grundzügen, also Haarfarbe, Augenfarbe und Statur übereinstimmen sollte.

Für die digitalisierten Jahrgänge hatte Delius ein sehr effektives Schlagwortsystem entwickelt. Wenn er fündig wurde, nannte er Rita Jahrgang und Datum, und sie suchte den entsprechenden Ordner heraus und legte ihn zur Seite auf einen Stapel wie ein Mahnmal, der langsam wuchs und sich düster gegen die weiße Wand abhob. Es wurde halb sechs, ehe sich die Tür öffnete und Benedikte erschien, in der Hand ein verdächtiges Päckchen. „Hier, für euch arme Kellerkinder ... Habt ihr Teller hier unten? Das sind hausgemachte Apfeltaschen. Einige der Wirtsleute glauben, sie könnten uns bestechen, indem sie uns pfundweise Proviant für den Heimweg aufdrängen ... Ich hoffe, ihr seid inzwischen recht fleißig gewesen."

Delius zog nur stumm die Stirn in Falten. Er druckte gerade die Liste aus, die er zusammengestellt hatte. Rita machte sich auf den Weg zum Kaffeeautomaten, wo sie drei dampfende Becher holte. Nun erst merkte sie, wie hungrig und müde sie war. Jedes Zeitgefühl war ihr verloren gegangen. Tausende von Seiten hatten sie umgeblättert, ihre Finger waren schmierig von alter Druckerschwärze und vor ihren Augen flimmerte es. Sie setzte sich auf den bequemsten der alten Drehstühle, reckte sich und verschränkte die Hände im Nacken. Sie wusste natürlich, wie viele Ordner auf dem Stapel lagen, aber einen genaueren Einblick hatte Delius ihr noch nicht gegeben. Einen einzigen „Fall" hatte sie selbst bei ihrer Wühlarbeit entdeckt, im Jahrgang 1963, als sie schon fast soweit gewesen war, ihre Theorie zu revidieren, alles hinzuschmeißen und nach draußen an die frische Luft zu gehen.

Auch Delius' Gesicht war fahl, das endlose Starren auf den Bildschirm hatte seinen Augen zugesetzt. Benedikte gab ein paar Details ihres Ausflugs zum Besten, hauptsächlich, um den beiden Gelegenheit zu geben, sich etwas zu entspannen. Der Kaffee öffnete Rita die Augen und sie zog den Stapel über den Tisch heran. Delius lächelte müde. Es war wohl mehr ein Reflex als ein wirkliches Lächeln, denn was folgen sollte, verdiente keine Leichtigkeit.

„Dann fangen wir also an… Mathilde und Mariana mitgerechnet, haben wir jetzt insgesamt acht Mädchen, die zumindest ins gleiche Schema passen würden, mit sehr großen Zeitabständen zwischen den einzelnen Fällen, aber trotzdem. Lasst uns die Bilder der Vermissten anschauen. Die Ähnlichkeiten sind frappierend …“

Er zog den Jahrgang 1963 aus dem Stapel und blätterte einen Moment. „Wenn wir Mariana als das erste Opfer einer Serie sehen wollen und Mathilde als das zweite, dann haben wir hier die Nummer drei, immer vorausgesetzt, dass wir in der kurzen Zeit keinen Fall übersehen haben …

Das Mädchen hieß Monika Stellmacher, 20 Jahre alt, vermisst seit dem 13. Februar 1963. Das war sieben Jahre nach Mathilde. Monika war eine junge Ehefrau und Mutter. Auch sie lebte nahe der Innenstadt, und zwar in der Brüderstraße. Sie hatte einen zweijährigen Sohn. Ihr Mann war Dachdecker, Monika machte den Haushalt. Am 13. Februar hatte sie einen Zahnarzttermin und brachte ihren Jungen gegen 17 Uhr zur Oma, die nur zwei Straßen weiter wohnte. Die Zahnarztpraxis befindet sich in der Amalienstraße, aber es ist nicht zwingend notwendig, dass Monika den kürzesten Weg genommen hat. Vielleicht hat sie das Unangenehme mit dem Angenehmen verknüpft und ist durch die Innenstadt gebummelt? Die Grafenstraße liegt zwar nicht exakt auf der Strecke zwischen ihrer Wohnung und der Praxis, aber auch nicht sehr weit davon ab, und irgendwo in der Nähe wird sie auf jeden Fall vorbeigekommen sein. In dem Artikel wird Monika wie folgt beschrieben: Mittelgroß, schlank, aparte Gesamterscheinung. Schwarze Augen. Überschulterlange Haare, dunkel und gelockt. Hellblaues Haarband. Bekleidet mit einem ebenfalls hellblauen

Wintermantel und hohen Stiefeln. Darunter ein dunkelblaues Wollkleid. Das Foto zeigt sie im Alter von achtzehn Jahren, mit kürzerem Haar. Sie hat es danach wohl wieder wachsen lassen. Das Gesicht ist sehr symmetrisch und fein, fast wie das einer mandeläugigen Madonna."

Rita schaute das Foto eindringlich an. Eine schöne Seele mit großen Augen. Dichte, dunkle weiche Locken. Im Schultheater hätte man ihr sicher die Rolle der Carmen gegeben, oder die der Esmeralda …

„Ich habe es gewusst …", sagte sie leise und wandte den Blick ab. Ihre Augen waren ohne Triumph. Delius sah sie lange an, als betrachte er sie zum ersten Mal wirklich, oder zumindest unter einem bestimmten Gesichtspunkt, der ihm vorher nie in den Sinn gekommen war und der ihn ein wenig erstaunte oder verwirrte. Dann fuhr er fort: „Die Nächste, Nummer vier: Seit dem 12. Dezember 1971 wird die Schülerin Dagmar Kloth vermisst. Sie war bei ihrem Verschwinden erst fünfzehn Jahre alt. In der Zeitung steht wörtlich: Dagmar Kloth sieht älter aus, fast schon erwachsen. Sie kann als außergewöhnlich hübsch bezeichnet werden."

Er zog den entsprechenden Ordner hervor und schlug ihn da auf, wo ein dünner, blauer Papierstreifen zwischen den Seiten lag. „Auch von Dagmar ist ein Bild abgedruckt."

Benedikte stieß einen kleinen Pfiff aus. „Donnerwetter, was für ein Bild von einem Mädchen! Für fünfzehn hätte ich die auch nicht gehalten. Tolle Haare, lang und dunkel. Große dunkle Augen. Hübsch geschminkt. Fast wie eines von den italienischen Models, die man in den Siebzigern in den Modezeitschriften sah."

Delius schaute auf seinen Notizblock. „Dagmar wohnte mit ihren Eltern in der Zeughausstraße. An dem betreffenden Tag wollte sie sich mit ein paar Klassenkameradinnen in der Innenstadt treffen, bummeln gehen, Weihnachtseinkäufe machen. Gegen 18 Uhr trennten sich die Freundinnen. Das wurde wahrscheinlich überprüft. Um diese Zeit ist es im Winter schon lange dunkel. Dagmar verschwand auf dem Nachhauseweg. Soll ich die Beschreibung ihrer Kleidung vorlesen?"

Benedikte schüttelte den Kopf. Sie war wortkarg geworden.

„Wir sind leider noch längst nicht fertig …" Rita zog den nächsten Ordner heran und öffnete ihn. Wieder das Bild einer jungen Frau mit dunklem Haar. Delius gab ihnen die dazugehörigen Informationen:

„Nummer fünf. Fünfeinhalb Jahre nach dem Verschwinden von Dagmar Kloth wurde die neunzehnjährige Annette Montez vermisst, und zwar seit dem 30. Mai 1977. Dem Namen nach könnte ihr Vater ein Spanier sein. Von ihm wird sie die dunklen Augen und Haare geerbt haben. Annette Montez hat zwei Wochen vor ihrem Verschwinden die Abiturprüfung bestanden und jobbte nun in einem Süßwarengeschäft in der Innenstadt, um etwas Geld für ein geplantes Studium zurückzulegen. Nach Geschäftsschluss ging sie nicht zu ihren Eltern, sondern wollte ihren Freund besuchen, der in der Rosenstraße eine Wohnung hatte. Dort kam sie jedoch nie an. Annette Montez war mit 1,59 Meter klein und zierlich, bekleidet mit einer grünen Cordhose und orangefarbenem Pulli. Darüber trug sie eine braunkarierte Tweedjacke mit Webpelzkragen. Zunächst wurde der Freund verdächtigt, mit ihrem Verschwinden etwas zu tun zu haben, denn er war eifersüchtig und neigte zu Überreaktionen. Der Verdacht erhärtete sich jedoch nicht. Annette blieb verschwunden."

Benedikte verlangte nach einer kleinen Pause. Die ganze Sache ließ sich zwar schön in eine Reihe ordnen, schien aber insgesamt doch sehr abstrus. Zwischen den „Fällen“ Mariana und Annette lagen über dreißig Jahre, und in Anbetracht der noch verbleibenden Ordner war das Ende der Kette längst nicht erreicht. Sie seufzte und betrachtete Rita und Delius beinahe gramvoll.

„Ihr habt sehr selektiv nur genau die Vermisstenfälle aussortiert, die ins optische Schema passen. Das kann aber auch Zufall sein, denn gleichzeitig habt ihr hundert andere Fälle, in denen blonde oder rothaarige Mädchen verschwunden sind, nicht berücksichtigt. Genauso gut hätte man alle rothaarigen Verschwundenen aussortieren und behaupten können, es handle sich um eine Reihe ...“

Delius schwieg und Ritas gern gebrauchtes Nicht-Argument „Ich weiß aber, dass ich Recht habe, ich fühle es!“, wurde auch dadurch nicht stichfester, dass sie es wiederholte.

Benediktes Vernunft war beharrlicher. „Die Übereinstimmung zwischen den Fällen ist auf den ersten Blick so überzeugend wie ein Schlag aufs Auge, der den Betrachter für weitere Details blind macht. Gerade deshalb sollten wir die Unwahrscheinlichkeit des Ganzen umso mehr im Hinterkopf behalten. Ihr habt euch das alles gut zurechtgebastelt. Eure Theorien klingen so furchtbar einleuchtend – und so furchtbar absurd!“

„Es wäre sinnvoll, weiterzumachen“, sagte Delius, mit einem weiteren undeutbaren Seitenblick auf Rita, den diese aber nicht bemerkte. „Lasst uns zunächst einfach nur die Fakten der Vermisstenmeldungen betrachten. Das Muster bleibt auch in den nächsten Fällen gleich. Immer der gleiche Typ Mädchen und immer verschwinden sie im Innenstadtbereich, unbemerkt und still, ohne dass es jemals konkrete Hinweise gibt. Keine einzige von ihnen taucht wieder auf. Auch ihre Leichen wurden nie gefunden. Sie bleiben einfach wie vom Erdboden verschluckt …

Natürlich liegen zwischen den einzelnen Fällen sehr lange Zeiträume. Zwischen Mariana und Mathilde sind es etwa zehn Jahre, vielleicht auch mehr, denn den genauen Todeszeitpunkt Marianas kennen wir ja gar nicht. Zwischen Mathilde und Monika liegen achteinhalb Jahre. Da kommt man nicht so schnell auf eine Serie. Die Mädchen sehen sich alle irgendwie ähnlich. Gut, das hätte jemandem auffallen können. Aber vielleicht auch gerade nicht, weil eben soviel Zeit dazwischen liegt. Sitzen nach acht oder zehn Jahren noch die gleichen Beamten in den zuständigen Stellen? Wohl kaum. Und wer erinnert sich spontan an Fälle, die so lange zurückliegen? Wir müssen bedenken, dass erst im Laufe der achtziger Jahre allmählich die Umstellung auf computergestützte Datenverarbeitung erfolgte. Vorher gab es nur maschinengetippte Formulare, handschriftliche Notizen und Zettelwirtschaft: Lose Blätter, die in den Ablagen herumflatterten, irgendwann in Pappordner geheftet wurden und in den Archiven verschwanden."

„Die Nächste bitte, Delius, damit wir damit durchkommen." Rita hatte das dringende Bedürfnis, ihre Tasche zu packen und das Archiv zu verlassen. Die Luft war unerträglich stickig. Sie wollte nach draußen, sich irgendwo in einen Biergarten setzen, ein großes Bier bestellen und an nichts mehr denken.

„Gut. Die sechste hieß Petra Hauschildt. Dieses Mal liegen fast auf den Tag genau sieben Jahre zwischen den Fällen. Petra Hauschildt, sechzehn Jahre alt, verschwand am 3. Juni 1984 auf dem Weg von der Schule nach Hause. Sie ging auf die Cäcilienschule und hatte am späten

Nachmittag noch eine Sportstunde. Ihr Elternhaus lag auf der anderen Seite der Innenstadt, in der Huntestraße. Petra verließ die Schule nicht zusammen mit ihren Freundinnen, sondern blieb im Eingang stehen, um das Ende eines heftigen Gewitterregens abzuwarten. Sie hatte keinen Schirm dabei. Man verabschiedete sich an der Schultür. Petras Sporttasche wurde später nahe dem Eingang zum Schlossgarten gefunden. Das war das einzige Mal, dass ein Gegenstand aus dem Besitz eines der Mädchen wieder auftauchte. Aber es half trotzdem nicht weiter. Petra Hauschildt blieb verschwunden. Sie war zierlich und schlank und trug die langen, dunklen Haare dauergewellt und antoupiert. Ihre Kleidung bestand aus einer Designerjeans in Karottenform, einem T-Shirt mit Michael-Jackson-Aufdruck und einem hellen Sommerblazer mit Schulterpolstern. Hier ist ein Bild von ihr, falls ihr es sehen wollt."

Benedikte schaute nur flüchtig. Rita kannte das Bild schon.

„Nummer sieben. Diesmal nach nur knapp vier Jahren. Am 2. April 1988 verschwand Gülcan Öztürk."

„Ein türkisches Mädchen?"

„Ja. Sie wird den Vorstellungen des Mädchenfängers entsprochen haben. Gülcan war achtzehn Jahre alt und machte eine Lehre als Floristin in einem Blumengeschäft in der Peterstraße. Wir können uns vorstellen, wie sie ausgesehen hat: Schwarze Haare, dunkle Augen. Bekleidet war sie mit Jeans und einem roten Pullover mit Perlenstickerei. Ihre Eltern verdächtigten zunächst einen Cousin zweiten Grades, das Mädchen entführt zu haben, weil er sich schon längere Zeit gegen den Willen der Familie heimlich mit Gülcan getroffen hatte. Aber auch diese Spur verlief im Sande.

Und zum Abschluss: die Nummer acht. Am 1. September 1999 verschwand die zweiundzwanzigjährige Vanessa Driemann. Über elf Jahre lagen seit dem letzten Fall zurück. Es sei denn, wir haben etwas übersehen oder einer der Fälle ist nicht in der Zeitung und vielleicht auch gar nicht bei der Polizei gelandet. Das ist ja durchaus möglich. Vanessa war schlank und dunkelhaarig. Sie sah sehr jung aus für ihr Alter, fast kindlich, was vielleicht an den langen Zöpfen lag, die sie sich geflochten hat. Sie lebte nicht in Oldenburg, sondern in Delmenhorst, in einer Wohngemeinschaft. Sie studierte im zweiten Semester Deutsch und Geschichte und wollte den Nachmittag in der Unibibliothek verbringen, wo sie sich mit einer Bekannten verabredet hatte. Die Bekannte wartete umsonst. Später wurde nicht ganz klar, ob Vanessa wirklich erst an diesem Morgen oder schon am Vorabend nach Oldenburg gefahren war und sich die Nacht in einer Disco der Innenstadt um die Ohren geschlagen hatte. Ihre Mitbewohner hatten sie noch gar nicht vermisst. Erst drei Tage später erstattete ihre ältere Schwester Suchanzeige bei der Polizei. Vanessa war Diabetikerin und brauchte Medikamente. Wie wir uns denken können, hat man auch von Vanessa nichts mehr gehört."

Delius faltete seine Liste zusammen und reihte sich in das Schweigen ein.

Er war nie allein. Er hatte viele Freunde, gute Freunde, Wegbegleiter. Die streunenden Katzen, die Ratten und Mäuse. Die Nachtvögel und die Dämmerungstiere. Die Seelen mit den großen Augen, die ohne Angst ins Dunkel blicken. Und er hatte seine schönen Liebsten, die bei ihm wohnten, die bei ihm schliefen. Ganz hoch unter seinem Dach, dort wo die Fledermäuse sangen, dort wo die streunenden Katzen ihre Jungen warfen und die Küken aus den Schwalbennestern holten. Seine Liebsten, seine Schwestern, seine Königinnen der Nacht, mit langen Haaren, die Augen geschlossen, friedlich ruhend unter seiner Obhut, die er kämmte, die er küsste, die er herzte, die er drückte und von deren Gesichtern er die Fliegen vertrieb.

11

„Vanessa Driemann. Das war vor fast sieben Jahren", sagte Rita.

„Ja, sieben Jahre …", wiederholte Delius. „Das heißt, dass seitdem schon ziemlich viel Zeit verstrichen ist. Es bedeutet, dass bald wieder der Moment gekommen sein kann."

„Es bedeutet gar nichts. Die Abstände zwischen den einzelnen Vermisstenfällen sind so unregelmäßig, dass jeder Versuch, anhand dessen eine Einschätzung vorzunehmen, absolut sinnlos wäre", widersprach Benedikte.

„Nein, zeitlich können wir gar nichts vorhersagen. Das ist von Kriterien abhängig, die nur *er* selber kennt … Wir haben andere Anhaltspunkte. Wir wissen, nach welchen optischen Gesichtspunkten er die Mädchen auswählt. Und bei den Übereinstimmungen, die wir hier haben, bin ich überzeugt, dass die Äußerlichkeiten für ihn das Ausschlaggebende sind. Die Mädchen müssen einem bestimmten Typ entsprechen. Alle sehen irgendwie aus wie Mariana, auch wenn wir Mariana nie gesehen haben. Mariana ist sein Trauma und sein Ideal. Wenn wir uns die Fotos der verschwundenen Mädchen anschauen …"

Benedikte starrte auf das Bild der letzten Vermissten.

Ein richtiges Schneewittchen, weiß wie Schnee und schwarzhaarig wie Ebenholz. Waren das nun Beweise?

Delius hielt einen Moment inne. Schon vorhin war ihm etwas aufgefallen, das so offensichtlich war, dass niemand es bemerkte. Ein altbekanntes Phänomen. Die Wahrnehmung ist stets auf das Ungewöhnliche, das Neue und Nichtalltägliche gerichtet und übersieht gern die Dinge, die sich tagtäglich im vertrautesten Umfeld bewegen.

„Ich weiß, wie wir Mariana sehen können."

„Willst du eine Seance abhalten?", fragte Benedikte zynisch.

„Gleich werdet ihr es verstehen. Ich brauche alle Fotos der Mädchen aus den Zeitungen. Die Auflösung lässt zwar zu wünschen übrig, aber wenn ich sie etwas bearbeite und die Kontraste verstärke, könnte es gehen."

Er verfiel in ungewohnte Hektik, wie ein Erfinder, bei dem der Groschen gefallen war. Seine sonst so ordentlichen Haare waren zerzaust. Ein Foto nach dem anderen legte er auf den Scanner und scannte es ein. Nebeneinander erschienen sie auf dem Bildschirm: Monika, Dagmar, Annette, Petra, Gülcan und Vanessa. Mathilde fehlte, denn von ihr war kein Foto in der Zeitung gewesen.

„Jetzt werde ich die eingescannten Gesichter auf dem Bildschirm so drehen, dass sie alle von vorne zu sehen sind. Die fehlenden Daten werden von dem Programm ergänzt. Das dauert einige Minuten."

Die Gesichter begannen sich langsam zu drehen und erschienen auf erstaunliche Weise dreidimensional. Rita und Benedikte waren begeistert.

Delius lächelte. „Ich habe da so meine Quellen … In Hamburg kenne ich jemanden, der am Institut für physische Anthropologie tätig ist. Die arbeiten mit diesem System. Er hat beide Augen zugedrückt, als ich es mir kopiert habe. Damit werden Schädelknochen und andere menschliche Überreste rekonstruiert. Die Kriminalpolizei benutzt inzwischen das gleiche Programm."

Auf dem Bildschirm schauten die sechs Mädchen jetzt direkt geradeaus. Delius öffnete ein neues Fenster, in das er die Gesichter nacheinander verschob, wobei er sie möglichst exakt übereinander platzierte. Die Augenlinie bildete dabei den zentralen Referenzpunkt.

„So, und jetzt lassen wir dem Rechner noch einen Moment Zeit. Das Programm wird die Daten zusammenrechnen und einen Mittelwert erstellen. Das Ergebnis wird das Gesicht anzeigen, das dem Mittelwert aus ihnen allen entspricht."

„Also nicht wirklich Mariana?"

„Nein, nicht wirklich. Natürlich nicht. Aber trotzdem wird es Mariana sein. Ihr Idealbild. Das, was sie ausmacht. Die charakteristischen Punkte, die bei allen Mädchen vorhanden sind, werden verstärkt. Sie werden sich durchsetzen. Andere Dinge, die etwa nur eine von ihnen hat – so wie hier das kleine Muttermal auf der Wange von Gülcan – treten in den Hintergrund."

„Aber Delius, darin liegt doch eindeutig ein Denkfehler! Dr. Morgenstern muss seit Jahrzehnten tot sein. Er war aber der Einzige, der Mariana kannte. Woher sollte ein anderer wissen, wie sie ausgesehen hat?"

Delius schwieg. Es war nicht möglich, diese Frage zu diesem Zeitpunkt zu beantworten. Der Bildschirm flackerte. Vor ihren Augen schob sich ein Gesicht zurecht, das die perfekte Symbiose aus all den Vermissten bildete.

„Das ist Mariana?", fragte Rita mit großen Augen.

„Das ist Rita!", rief Benedikte verblüfft.

Auch Delius saß mit offenem Mund da, obwohl er es

längst gewusst hatte. Er klickte ein paar Mal mit der Maus und nahm etwas Kontrast weg. Die Gesichtszüge wurden ein bisschen weicher, die Haare waren nicht mehr ganz so blockartig schwarz.

Benedikte schaute Rita mit schmalen Augen an, als würde sie in ihrem Gesicht die konkreten Ähnlichkeiten mit den verschwundenen Mädchen markieren. „Ich habe es geahnt: Du bist genau sein Typ!"

Rita hob die Achseln, völlig überrumpelt. „Ich könnte mir die Haare blond färben", sagte sie etwas hilflos.

„Zu spät", erwiderte Benedikte. „Er ist längst hinter dir her."

Der Abend war angestrengt heiter. Benedikte quartierte sich eine weitere Nacht bei Rita ein. Sie kochten Spaghetti, lachten mehr als angebracht und bemühten sich eifrig, das ganze Thema zu umgehen. Rita trank mehr als ihr guttat, aber sie war die Sache so herzlich leid, dass sie einfach nur abschalten wollte. Sie verlangte nach nichts anderem als tiefem Schlaf.

Der Mond war rund wie eine Silberschale und alles blieb ruhig. Kein Besuch auf dem Balkon. Keine Zigarettenkippen, keine abgerissenen Blumen. Der Frieden war so schön und glatt wie die trügerische Oberfläche eines Sees in einer windstillen Nacht, der man die Strömungen und Untiefen nicht ansieht.

Zeit war für ihn kein Begriff. Die Zeit des Begehrens war genauso kostbar und süß wie die Zeit des Besitzens. Es kam nicht darauf an, die Beute schnell zu erlegen, sondern darauf, den Moment auszukosten und so weit wie möglich in die Länge zu ziehen. Das Warten war wie ein köstlicher Aperitif vor dem noch erleseneren Menü. Die

Vorfreude auf das seidige Haar und die warme Haut war schon fast genauso köstlich wie die Berührung selbst. Er konnte warten. Er hatte alle Zeit der Welt.

12

Hinter der eisernen Tür im Keller des grauen Hauses war die Welt zuende. Die Welt des Lebens und des Lichts bestand hier nicht. Andere Gesetze beherrschten den Raum. Das Tageslicht fiel blass und gedämpft durch die Fenster, vor denen Dreck und Spinnweben wie dicke Polster lagen. Es war ein Geisterhaus, umherirrende Seelen in den Winkeln, Hort der lautlosen Stimmen und der huschenden Kreaturen. Am Tag war es hier stiller als auf dem Mond, und bei Nacht gab es mehr Geräusche als auf einem Jahrmarkt.

Wenn draußen die Sonne schien, war das Haus tot und leer. Nach Anbruch der Dunkelheit begann es zu leben, fing an sich zu bewegen, zu atmen und Luftströme zu produzieren. In der modrigen, feuchten Luft, die die Wände imprägnierte, tanzten Gespenster. Fast konnte man sie sehen. Dinge, die am Morgen jedem normalen Verstand irreal erschienen, gewannen mit der abendlichen Dämmerstunde an Kraft und konnten sich beinahe manifestieren. Aus den dunklen Ecken krochen Laute, die bei Tage niemand hörte, und vereinten sich zu einem morbiden Konzert: Das leise Pfeifen der Ratten, huschende, trippelnde Füße überall. Dicke Spinnen zogen ihre Fäden wie Netze aus grauen Gedanken, unsichtbare Käfer raschelten im Staub und Asseln schmatzten den Moder von den Steinen.

Der Dachboden war groß und weit, eine Welt für sich,

ein ganzes Universum, ein kleines Spielfeld der Evolution, wie eine entlegene Insel, die seit Jahrzehnten niemand mehr betreten hatte. Ganze Imperien von Schaben lebten hier, kleine, schwarze, flinke Käfer, Bakterienkolonien, Schleimpilze und ein sich ausbreitender Schwamm, unter dessen Schirmherrschaft ein wahrer Mikrokosmos bizarrer Lebewesen gedieh, die unter einem Mikroskop wie Bewohner einer fremden Galaxie erscheinen würden.

Im Sommer war es trocken und warm. Das graue Holz der dicken Balken roch wie ein verstaubter Wald. Der Blick ging hoch und weit, wie in einer Kathedrale, die in ewigem Dämmerlicht lag. Nur selten fiel ein fadenfeiner Sonnenstrahl durch die kleinen Luken oder bahnte sich dort einen Weg, wo der Mörtel zwischen den Ziegeln fehlte.

Hier und da, ganz verloren in der Weite, standen noch alte Möbel und Gerätschaften, Überbleibsel einer vergangenen Ära. Klapprige Medizinschränke mit kaputten Türen ächzten leidvoll in ausgeleierten Scharnieren. In einem zusammengekrachten Wandschrank lagen mottenzerfressene Decken und leinenes Bettzeug, das bei der geringsten Berührung zu Staub zerfiel. Berge von alten Akten dienten den Bakterien als Brutstätte und den Silberfischen als Nahrung.

Der Blick ging weiter in Richtung Osten, wo sich in mittelalterlichen Kirchen das Allerheiligste befand. Dort erhob sich eine große Wand, mächtig wie der Himalaya, erhaben wie der Montblanc, unbezwingbar wie die Nadelspitzen der Dolomiten und ewigwährend wie der heilige Berg Kailash. Ein großartiges Bauwerk, das nur dem Uneingeweihten profan erscheinen mochte. Es war die Mauer, die den Garten Eden umgab, die zinnenbewehrte Festung, die das himmlische Jerusalem vom irdischen Jammertal trennte. Und nur die Blinden, die in ewiger Finsternis des Geistes lebten, und die Leugner, die nicht sehen wollten, erblickten hier etwas anderes. Ihnen zeigte sich ein großer Haufen alter Kisten und Kartons, ein Berg aus Brettern, Vorhängen und Spinnweben, grob zusammengezimmert von ungeschickter Hand, eine Wohnstatt der Ratten und der Kakerlaken.

Hier lag in perfekter Tarnung die Königskammer, in der die Herrscherinnen des stillen Reiches ruhten. Die Kammer war geschmückt mit den edelsten Gaben, mit Edelsteinen und Geschmeiden, dargebracht in höchster Demut und Liebe, was ihren Glanz noch erhöhte. Überall glitzerten und leuchteten, strahlten und flimmerten maßlose Schätze, neben denen Gold, Weihrauch und Myrrhe verblassten. Hier fand sich alles, was an Kostbarkeiten auf den Straßen der Welt zu finden war: Glänzendes Stanniol aus unzähligen Zigarettenschachteln, Alufolie und Metallpapier bedeckten die Wände wie Tapeten aus reinstem Silber und Gold. In der Dämmerung schimmerte es so köstlich wie die Hoffnung auf das Paradies. Tausende von Glasscherben in allen Farben zierten die Vorsprünge und Mauerkanten. Wenn das Licht sich in ihnen brach, flirrte die Luft wie ein belebter Regenbogen. Ein Teppich aus Blüten bedeckte den Boden: Rosen, Stiefmütterchen und Flieder, Geranien und Rhododendren, alles was es in den öffentlichen Anlagen zu ernten gab. Dazwischen Vogelfedern aller Größen und Farben, zierliche Schneckenhäuschen, schillernde Käferflügel, verdorrte Schmetterlinge und ungezählte Metallringe von Getränkedosen. Abgezogene Felle von Ratten und Katzen bildeten duftweiche Polster, die zum Ruhen und Verweilen einluden, und der Balg einer großen Eule verlangte danach, dass zierliche Füßchen sich auf ihn stellten.

Die Betten standen in einer langen Reihe, würdevoll und still, alte Krankenhausbetten, verschönert von liebevollen Händen, mit unendlicher Mühe und der Hingabe eines ganzen Lebens, bis ins letzte Eckchen mit glänzendem Stanniol umwickelt. Das war königlich, majestätisch. Viele große und kleine Kothaufen bewachten die Ecken der Gruft, teils längst zu Stein geworden, teils frisch gesetzt und duftend. In einigen steckten Zigarettenkippen. Der Graumacher war ein guter Hirte. Er markierte sein Revier, das Zentrum seines ganzen Seins, und hielt alles Böse davon fern.

In den Betten ruhten s i e friedlich in ihrem königlichen Schlaf. So ruhig, ergeben und willfährig, so dankbar und ewig bereit, sich ihrem Wächter hinzugeben. Und so still, so still, so still … Lange Haare lagen wie welke Ranken auf den Kissen, flossen wie dunkles Wasser über die Bettkanten, rabenschwarz, von schwärzlichem Braun, dunkel wie Bitterschokolade. Kleine Käfer krochen darin herum, aber nicht sehr viele. Dicke, staubige Decken verhüllten die Elfenbeinleiber der Königinnen. Unter ihnen lebte es noch viel mehr. Aber das war den Blicken der unwerten Welt gnädig entrückt. Auf der Höhe, wo die Herzen der Königinnen aufgehört hatten zu schlagen, dufteten große Buketts von Rosenblättern. Überwältigende Präsente von Glasscherben und bunten Steinen erfreuten sie. S i e waren die strahlendsten Königinnen der Welt und er ihr ergebenster Diener.

Der Graue kam und ging wie ein Schatten. Er brauchte nicht viel Nahrung. Er war leicht wie eine Feder, nährte sich von Käfern und den Spinnweben an den Wänden. Er aß tote Tauben, die er in den Dachrinnen entdeckte, und tote Katzen, einerlei, ob er sie bereits verendet fand oder ob er ihnen selbst den Hals umdrehte. Oft fraß er auch tote Spatzen und Elstern und manchmal sogar seinen eigenen Kot.

Ein einziges Mal hatte er sich nicht beherrschen können und einer von i h n e n in den Finger gebissen aus lauter Liebe und Ergebenheit, in den kleinen Finger. Er hatte ihn abgebissen und verspeist. Natürlich hatte sie ihm verziehen, denn sie war geduldig und milde, wie all seine Königinnen. Nicht einmal ihr Blick hatte sich verfinstert, und auch ihr langes Haar, das er sich um den Hals wickelte, wenn er, sie eng umschlingend, neben ihr ruhte, hatte sie ihm nicht entzogen. Sie schenkten sich ihm, so wie er sich ihnen schenkte. Sie waren viele, doch im Grunde waren sie alle nur eine. Die gleiche Seele wohnte in ihren Leibern, die ihre Tempel waren. Das gleiche dunkle Haar krönte ihre Häupter wie geschmeidige Schlangen, in Ringeln und glänzenden Strähnen – die Kleidung Evas, der schönste Schmuck der Königinnen. Sie waren viele, doch sie trugen alle den gleichen Namen: M a r i a n a. Sie waren keine Individuen, sondern allesamt Inkarnationen des gleichen Ideals. Schwestern. Mehr noch, eineiige Mehrlinge, die hier zusammengekommen waren, um ihrem Diener zu dienen.

Der Graumacher kam auf leisen Sohlen. An den Füßen alte Pantoffeln, auf dem Leib einen abgetragenen Anzug, der aus einem Altkleidercontainer oder einem Müllsack stammte. Manchmal ergatterte er auf diese Weise auch Blusen und Kleider für seine Damen, mit denen er sie bedeckte. Er war nicht nur ihr Knecht und ihr Mundschenk, nicht nur ihr Leibwächter und Beschützer, sondern auch ihr Schneider, ihr Friseur, ihr Gärtner, ihre Kammerzofe und ihr Liebhaber. In den kalten Nächten wärmte er sie mit seinem eigenen Leib, eine nach der anderen, damit sie nicht fröstelten, und im Sommer fächelte er ihnen Kühlung zu.

Sein Haar war starr vor Dreck und sein Atem roch nach Aas. Seine Hände tasteten über das Stanniol an den Wänden und glätteten es, um die Perfektion der Bühne zu wahren. Alles war vom Besten, alles von vollendeter Schönheit und Harmonie, damit es i h r e r würdig war.

In einer Plastiktüte brachte er ihnen neue Geschenke: Abgerissene Azaleenblüten – rot wie die Liebe, zart wie die Sehnsucht, duftend wie die Speise der Toten. Er überschüttete sie, ließ die Blüten auf sie herabrieseln wie einen lauen Regen, wie eine köstliche, warme Umarmung aus Farbe und Duft. Er schwang die Arme wie ein Komponist. Er war der Dirigent einer großartigen Oper, die niemand hörte als er selbst. Das unsichtbare Orchester spielte in den höchsten Tönen, die Geigen brillierten, die Saiten der Harfen perlten wie Wasserfäden. Seine Stimme erhob sich in die staubige Luft, rostig und ungeübt, aber voll guten Willens, überschäumend und hell wie die Stimme einer Lerche am Morgen, die sich in die unendliche Weite des Himmels schwang und dann gequält und überanstrengt zerbrach. In einer Ecke ließ er die Hosen herunter und setzte einen frischen Haufen – Zeichen unendlichen Wohlgefühls – und die Königinnen lächelten. Ja, sie lächelten, das sah er ganz genau!

13

Der Juni ging vorüber und nichts geschah. Der Sommer war strahlend und hell. Sie sprachen nur noch wenig über die Angelegenheit. Das graue Haus war nur noch ein graues Haus. Wie auf ein geheimes Zeichen rührten sie nicht mehr daran. Wenn man sich still verhält, beginnt die Angst sich zu langweilen und verschwindet aus den dunklen Ecken. Manchmal reichte es aus, das Böse erkannt zu haben und zu wissen, wo es sich versteckte, um ihm aus dem Weg zu gehen – ohne den Wunsch zu verspüren, es nachdrücklich zu bekämpfen. Hatte nicht auch das Böse einen Platz in der Welt? War die Welt nicht sogar interessanter mit einem gewissen Quäntchen Bösem darin?

Benedikte fuhr weiterhin jeden Tag mit Gerdes über die Dörfer und ließ sich nur selten im Archiv blicken. Rita hielt sich so wenig wie möglich in geschlossenen Räumen auf. Die Arbeit in den Kellerräumen war eine unvermeidliche Plage, aber Delius´ unaufdringliche und zuvorkommende Art machte die langen Stunden erträglich. Sie gewöhnten sich an, nach Feierabend noch in einen Biergarten zu gehen oder Eis zu essen. Rita war ihm dankbar, denn ihren eigenen vier Wänden gegenüber hatte sie so etwas wie eine leichte Phobie entwickelt, die hartnäckig zu werden drohte. Die Zimmer waren zu beengt und zu vollgestopft, und manchmal glaubte sie abends das Umhertapsen leiser Pfoten zu hören. Dann fürchtete sie, die räudige Katze könne wieder hinter der Küchentür oder im Wäscheschrank lauern. Das Alleinsein setzte ihr zu, vor allem wenn es draußen dunkel wurde und die nächtliche Stille einsetzte. Solche Anwandlungen hatte sie früher nie gehabt.

Der 14. Juli war ein Freitag. Eigentlich war längst Feierabend. Trotz der Spätnachmittagshitze saßen Rita und Benedikte noch im Büro. Das Halbmondfenster war aufgeklappt, der dünne Lufthauch brachte jedoch kaum Kühlung. Es war fast windstill. Ein Gewitter lag in der

Luft. Wenn sie an diesem Tag das Büro verließen, begann der wohlverdiente und heißersehnte Sommerurlaub. Benediktes Vater besaß in den Niederlanden in der Nähe von Alkmaar ein komfortables Ferienhaus und sie waren übereingekommen, zehn Tage gemeinsam dort zu verbringen. Als Abwechslung zum Strandvergnügen waren Ausflüge geplant, nach Leiden und Utrecht der Kultur und nach Amsterdam des Vergnügens wegen.

Schweigend arbeiteten sie vor sich hin, jede in eigene Welten vertieft. Rita konnte sich nur schwer konzentrieren. Die Hitze setzte ihr zu. Sie hatte das Gefühl, langsam zu ersticken. Ihre Fähigkeit zur Verdrängung stieß an natürliche Grenzen. Sie war immer mittendrin in den Dingen, die sie umgaben und berührten. Sie träumte schlecht. Nicht jede Nacht, aber regelmäßig genug, um sich ernsthaft zu beunruhigen. Es waren auch keine gewöhnlichen Alpträume, die plump und tosend daherkamen, sondern eher subtile Ängste, die sie im Dunkeln plagten wie kleine Nadelspitzen, die genau an den Stellen stachen, wo die Nerven lagen. Manchmal hörte sie das schwarze Pferd noch schnauben, und zwar nicht nur, wenn sie schlief. Manchmal scharrte es mit seinen Hufen im Sand, so vollkommen real, dass sie glaubte, es stünde hinter ihr. Ein anderes Mal liefen Katzen und Ratten durch ihr Bett, und als sie erwachte, meinte sie, in der Küche Geräusche zu hören. Es kam auch vor, dass sie mitten im Traum die Augen öffnete. Dann war der Himmel über ihr unendlich blau, und phantastisch bunte Wolken von Blüten regneten auf sie herab: Rosen, Geranien, Vergissmeinnicht – dazwischen Vogelfedern und blank klingelnde Metallringe.

Der Spanner war nicht wieder auf ihrem Balkon erschienen. Nicht einmal mehr der fette Nachbarskater wälzte sich in den Blumenkästen, seit er vor vierzehn Tagen kastriert worden war. Sie konnte auch wieder ungestört frühstücken, denn Mariana stand nicht mehr jeden Morgen neben ihr und schaute zu, wie sie sich Kaffee eingoss und Butter aufs Brötchen schmierte. Sie war zurückgekehrt ins Reich der Unsichtbaren. Trotzdem war sie natürlich nicht wirklich fort. Sie existierte, solange der Stein mit ihrem Namen existierte.

„Du und Delius, ihr beide seid so stumm geworden wie Goldfische …“, murmelte Rita halblaut, durchaus unschlüssig über ihre eigene Position. Warum war sie nicht in der Lage, der Welt ein paar kleine Geheimnisse zu gönnen? Vielleicht musste sich wirklich nicht immer alles erklären lassen und es war ein Zeichen von Weisheit, wenn man ertrug, dass das weite Feld der Erkenntnis sich ein paar blinde Flecken bewahrte …

„Hast du was gesagt?“, fragte Benedikte mürrisch, während sie versuchte, ein Blatt Papier aus dem Drucker zu operieren, das während des Druckens steckengeblieben war. Sie gab dem Apparat einen Fausthieb, woraufhin er zu rattern begann und das zerknüllte Blatt endlich ausspuckte. „Ist eigentlich irgendwo in den Statuten dieses Hauses festgehalten, dass die Volontäre immer die miesesten aller ausrangierten Mistgeräte kriegen müssen?“

Ihr Genörgel erfüllte seinen Zweck. Sie hatte das Thema eindeutig satt. Ihre skeptische Natur ließ sich auf keine Halbwahrheiten ein und Phantasiegebäude betrat sie nur unter Widerspruch. Sie neigte nicht zu Träumereien. Ihre Gedanken waren voll und ganz in der Realität verhaftet, die in ihrem analytischen Verstand zu binärer Einfachheit erstrahlte. Es war in ihren Augen eine Verschwendung von Energie und Zeit, sich mit Dingen zu beschäftigen, die weder Hand noch Fuß hatten. Sie krabbelte auf dem Fußboden herum und begann, Ordnung in den Kabelsalat unter den Schreibtischen zu bringen. Verbissen zerrte sie an den Kabeln und fluchte vor sich hin.

Rita schwieg. Sie starrte auf ihre Papiere, ohne etwas zu sehen. Ihre Gedanken waren tiefschwarz. Vielleicht wäre es am besten, das Volontariat hinzuschmeißen und zurück nach Bremen zu gehen … Bremen war weit genug … Dort würde das Pferd sie nicht finden und sie könnte wieder ruhig schlafen. Dann würde etwas völlig Neues beginnen. Möglicherweise würde sie Gärtnerin werden und nie wieder in alten Akten wühlen, in denen zwischen allen Seiten papierne Leichen lagen, wie totgepresste Blumen, die einem unter den Händen zerbröselten, so sachte man sie auch berühren mochte …

Nach sehr langen zehn Minuten kam Benedikte wieder unter dem Tisch hervor, zerzaust aber ruhiger und schaute Rita an. „Was ist, sagst du jetzt gar nichts mehr?"

Die Nachmittagssonne war goldrot geworden und schien Benedikte gerade ins Gesicht. Ihre honigblonden Haare standen in Flammen, eine Aureole umgab ihr Haupt wie bei einer mittelalterlichen Heiligen. Nichts wäre unpassender gewesen. Auch die Sonne konnte sich täuschen. Rita schwieg beharrlich, denn der Kloß in ihrem Hals war sehr groß.

„Tu mir einen Gefallen, wenn du den unbedingten Drang hast, etwas loszuwerden, dann sprich es bitte aus! Ich kann keine Gedanken lesen. Immer wenn ich es versuche, platzt mir der Kopf!", polterte Benedikte.

Rita senkte ihren Blick noch tiefer. In ihren Augenwinkeln glitzerte es. Benedikte seufzte. Im Grunde war ihre Grobheit auch nichts weiter als die Umgehensweise mit einer unbequemen Last, auf die sie gerne verzichtet hätte. Zum Glück war sie klug genug, ihre eigenen

Strategien stets zu durchschauen, und empathisch genug, wirkliches Mitgefühl zu empfinden. Sie ging um den Schreibtisch und strich Rita übers Haar.

„Hör mal zu, sogar Delius hat aufgegeben … Wir haben alles recherchiert, was wir konnten. Aber ich denke, es reicht nicht aus, um damit zur Polizei zu gehen. Ich habe angenommen, wir wären uns da einig? Die lachen uns doch aus! Die halten uns für ein paar blöde Hühner, die sich wichtig machen wollen.“

„Das weiß ich selber. Aber ich kriege es einfach nicht raus aus meinen Kopf! Nachts träume ich wirres Zeug, immer laufe ich die Treppen runter, so viele Stufen, und es hört einfach nicht auf. Manchmal kriege ich keine Luft mehr …“

Benedikte war besorgt. „Ist dieser Typ wieder auf deinem Balkon gewesen?“

Rita schüttelte den Kopf. Es war nichts, das sie hätte erklären können, und inzwischen hielt sie es für besser, es auch nicht mehr zu versuchen. Der Schatten des grauen Hauses war auf sie gefallen, das war alles. Er war kühl und fröstelig und folgte ihr mit zäher Haftung, wohin auch immer sie ging. Sie kam sich vor wie unter einer gläsernen Glocke, unter der die Atmosphäre bedrückender und weniger unbeschwert war als im normalen Leben. Die Träume und Phobien, von denen sie sich verfolgt sah, waren so vielfältig und unkonkret, dass die Konturen ihrer Ursache verschwammen. Was blieb, war das Unwohlsein, das tief unter der Oberfläche saß, unter der Haut, unterbewusst … *sie sind alle tot, alle tot* … Aus den Augenwinkeln glaubte sie manchmal, seltsame Beobachtungen zu machen, etwas zu sehen, was nicht mehr dort war, wenn sie genau hinschaute. Sie wunderte sich über Kleinigkeiten wie die Tatsache, dass ihr überall und ständig abgerissene Blumenblüten unter die Füße gerieten. Das war ihr vorher nie so aufgefallen. Selektive Wahrnehmung. Kleine Dinge umnetzten sie, ein toter Vogel vor der Haustür, weiße Schmetterlinge in einem Spinnennetz … – auf den ersten Blick nicht erklärbar, auf den zweiten Blick nicht bedeutsam genug, um erklärungsbedürftig zu sein.

„Muss ich mir Sorgen machen?", fragte Benedikte erneut. Rita schüttelte den Kopf.

„Dann lass gut sein, Rita. Von mir aus können wir uns nach dem Urlaub noch mal daransetzen, wenn es draußen regnet und wenn wir ohnehin nichts anderes zu tun haben. Aber bitte nicht mehr heute!"

Delius hatte seinen Kopf durch die Tür gesteckt und sich mit der ihm eigenen Lautlosigkeit ins Zimmer geschoben.

„Eigentlich wollte ich mich nur verabschieden. Aber ich höre schon, bei welchem Thema ihr gerade seid, und darum gebe ich auch noch meinen Senf dazu: Natürlich hat Benedikte recht, wenn sie meint, dass unsere sogenannten Erkenntnisse zu mindestens neunzig Prozent unausgegorener Kram sind. Das wissen wir alle. Die restlichen zehn Prozent sind allerdings bedenklich, und ehrlich gesagt, gerinnt mir das Blut in den Adern, wenn ich mir vorstelle, dass auch nur ein Zehntel unserer Vermutungen gerechtfertigt sein könnte … Wir sollten das Ganze nicht auf die leichte Schulter nehmen. Jetzt sind ein paar Wochen vergangen, ohne dass etwas passiert ist, gut. Und je mehr Zeit verstreicht, umso dünner und brüchiger erscheinen einem die Dinge, von denen man noch wenige Tage zuvor völlig überzeugt war. Aber eines kann ich euch versichern: Die Sache mit dem Computerbild, das Rita so ähnlich sah, war kein Witz. Mit so etwas scherze ich nicht."

Ritas Miene war leidend. Er lächelte beschwichtigend.

„Im Moment können wir wohl nichts tun. Ihr seid ja erstmal ein paar Tage weg, wenn ich recht informiert bin. Und danach gehen wir die ganze Sache noch mal durch. Ich kann ja in der Zwischenzeit schon darüber meditieren. Wann fahrt ihr los?“

„Montag früh …“, sagte Benedikte, dankbar, dass Delius aufgetaucht war. Seine gleichförmige Freundlichkeit hatte zugegebenermaßen etwas Beruhigendes. Genau das, was Rita brauchte. Sie klickte ein paar Mal mit ihrer Maus, fuhr den PC herunter und schnappte sich ihre Tasche.

„Ich muss wirklich los. Ich muss unbedingt noch in die Stadt, ein paar Sachen besorgen, sonst kann ich den Urlaub nicht genießen …“

„Eine Shopping-Attacke in letzter Minute?“

Benedikte lächelte. „Genau. Also bis Montag, Rita. Viertel vor acht bei mir. Und pünktlich, wenn ich bitten darf! Ich habe keine Lust, zu hetzen und am Ende den Zug trotzdem zu verpassen … Dir auch schöne Ferien, Delius. Sieh zu, dass du ein bisschen Sonne auf die Nase bekommst!“

Die Tür klappte hinter ihr zu. Delius lehnte sich an den Schreibtisch, die Hände etwas nutzlos herunterhängend, wie immer, wenn er keine Akten umarmte. Er konnte sich noch nicht recht entschließen zu gehen. Er schaute Rita zu, die ihre Hefte und Unterlagen von einer Ablage zur nächsten und dann wieder zurückräumte. Sein Lächeln war ein wenig besorgt.

„Montag fahrt ihr also? Das ist sehr gut. Eine Luftveränderung tut dir sicher gut. Hauptsache, du lässt dich von Benedikte nicht ärgern. Sie ist manchmal ziemlich grob, auch wenn sie es natürlich nicht so meint … – Wie lange bleibt ihr weg?“

„Zehn Tage." Ritas Miene hellte sich auf und so etwas wie ein kleines Strahlen trat durch die Wolken. „Stell dir vor, zehn Tage Sonne und Strand, blauer Himmel, Tulpenfelder, glückliche Kühe, Goudakäse, Erdnussplätzchen und zwischendurch ein kleiner Joint im Coffee-Shop …"

Sie weidete sich an Delius' Gesichtsausdruck, der ihr den Gefallen tat, entgeistert dreinzuschauen. „Jedem das seine, da bin ich liberal … Aber wenn ihr wieder da seid, melde dich mal bei mir. Du hast ja meine Telefonnummer."

Er hüstelte, denn er selbst hatte ihr die Nummer ins Notizheft geschrieben. „Dann können wir noch mal in Ruhe überlegen. Ich möchte die Sache auch nicht so einfach unter den Tisch fallen lassen. Wenn man eine solche Entdeckung macht, dann ist man auch verantwortlich für sie. Und wenn Benedikte keine Ambitionen hat, sich zu beteiligen, dann eben nicht."

Rita fühlte sich beruhigt. Es war einfach nur eine Recherchearbeit, viel Herumgewühle im Archiv, eine Menge altes Papier und ein Quäntchen Phantasie …

„Gehst du auf deinem Heimweg eigentlich noch jeden Tag durch die Grafenstraße?", fragte Delius einer plötzlichen Eingebung folgend.

„Nicht mehr." Rita ließ den Kopf hängen. „In den letzten Wochen habe ich immer einen Umweg gemacht, ein paar Straßen weiter, um das Haus zu meiden …"

„Das ist gut. Das Beste, was du tun kannst. Vielleicht lässt sein Interesse nach, wenn er dich längere Zeit nicht sieht."

Er ging zur Tür. Rita gab ihm einen Kuss auf die Wange und wünschte ihm schöne Ferien. Er war so perplex, dass er die Flucht ergriff.

Rita wühlte noch einen Augenblick auf ihrem Schreibtisch herum, schaltete dann ebenfalls ihren PC aus, griff das neue, zitronenfarbene Jäckchen, das sie in einem Lagerverkauf erstanden hatte und mit dem sie in Amsterdam für Furore sorgen wollte, vom Kleiderhaken, nahm ihre Handtasche und schnallte ihren kleinen Rucksack auf den Rücken. Sie schaltete das Licht aus, dann schloss sie die Tür und drehte den Schlüssel herum. Urlaub, Gott sei Dank. Nichts wie weg!

Das Geschwätz der Welt interessierte ihn nicht. Er war er. Er hatte keine Persönlichkeit, die er verteidigen musste, das machte die Sache für ihn leichter. Er musste niemandem seine Existenz beweisen. Er w a r. Nichts focht ihn an. Er atmete. Er lebte. Er liebte. Er begehrte. Und er bekam alles, was er sich wünschte. Sein Reich war sehr groß. Es kannte keine Grenzen. Der alte Dachboden war ein ganzes Universum. Und e r war das Schwarze Loch dieses Universums, das alle Dinge in sich hineinsog, die es haben wollte.

14

Die Flure waren schon wie ausgestorben. Wahrscheinlich war sie die Letzte. Rasch nach Hause, noch einen Kaffee trinken, duschen, umziehen ... Die kleine Reisetasche stand schon gepackt im Schlafzimmer. Es war später geworden als geplant. Sie musste sich beeilen. Der Zug nach Bremen ging in anderthalb Stunden. Ritas Wochenende war bis ins kleinste Detail verplant und das war gut so. Am Samstag stand der Geburtstag ihrer Mutter an. Und am Abend lockte eine Party: „Sound of the Eighties" im Pier2. Ihre Schwester hatte Karten besorgt. Ein kleiner

Ortswechsel, ein paar bunte Lichter und das Leben geriet wieder in seine Fugen.

Ritas Schritte hallten auf den alten Linoleumstufen. Unten im Foyer wurden sie von einem strapazierfähigen Teppichboden verschluckt. Als sie die große Eingangstür öffnete, nickte der Pförtner ihr kurz zu, ohne wirklich aufzusehen. Draußen war die Luft noch drückender geworden. Rita fühlte sich schachmatt, ihr Kreislauf war nicht auf der Höhe. Sie verspürte keine Lust, die Füße zu mehr Geschwindigkeit anzutreiben als nötig. Wind kam auf und ließ ihre Haare fliegen. Papierfetzen und Straßenstaub drehten sich in kleinen Wirbeln. Es wurde rasch dunkler. Schwarzgraue Wolken mit schwefeligen Rändern – eine perfekte Bühne für den Weltuntergang. Die Katastrophe war abzusehen: In Kürze würde der Regen losplatzen und ihre neue Jacke ruinieren, und sie würde völlig aufgeweicht nach Hause kommen. Die meisten Passanten hatten sich schon verkrümelt oder waren in Cafés geflüchtet. Die Straßen waren gähnend leer. Erste schwere Tropfen klatschten auf den Boden und ließen Dampf vom heißen Teer aufsteigen. Ein monumentales Grollen brachte die dicke Luft zum Erbeben. Die Mündung der Grafenstraße lag direkt vor ihr. Es wäre geradezu lächerlich gewesen, auch unter diesen Umständen einen Umweg zu machen, nur um nicht an dem grauen Haus vorbeizugehen. Ihre Füße bewegten sich ganz von selbst und entschieden sich für den kürzesten Weg. Man musste sich den Tatsachen stellen … *es ist nicht gut* … Es war nicht gut, sich von irrationalen Ängsten leiten zu lassen. Das zog nur immer noch größere Ängste nach sich, bis ein ganzer Rattenschwanz davon entstand. Das wusste jeder Hobbypsychologe. Und am Ende hatte man mehr Angst vor der Angst als vor dem Objekt der Furcht selber.

Da war das Haus. Es ragte auf wie ein Berg, steingewordene Beklemmung unter bleischwerem Himmel. Die Tropfen fielen schon dichter, aber der richtige Platzregen ließ noch auf sich warten. Rita wechselte die Straßenseite und beschleunigte ihren Schritt, um so schnell wie möglich an dem Komplex vorbeizukommen. Die Mauern schwiegen, die vergitterten Fenster blickten scheel, das wehrhafte Dach glänzte wie eine Rüstung. Plötzlich zuckte ein Blitz und in seinem Licht glaubte sie eine Gestalt zu erkennen – nicht an einem der Fenster, sondern direkt an der Straße, vor dem großen Portal, ein bewegliches Wesen, eher tierhaft als menschlich, das dem Licht seinen Kopf entgegenreckte. Einen Moment lang erinnerte es sie an die bizarren Wasserspeier alter Kirchtürme … *was für ein Unsinn, was für ein Unsinn* … Dann wurde es wieder dunkel und die Umrisse der Gestalt verschmolzen mit dem Grau der steinernen Wände.

Hatte sie sich getäuscht? Es war unsinnig, darüber nachzudenken. Sie war ja schon daran vorbei. Sie hatte es ja schon hinter sich gelassen. Dennoch stieg leichte Panik in ihr auf. Ihr Atem ging rasch, wie nach einem Sprint. Mit den Füßen patschte sie in eine große Pfütze, die sich im Rinnstein gebildet hatte. Aber ganz egal … *nur weiter, weiter* … An der Straßenecke leuchtete das rote Licht der Ampel wie ein hoffnungsvolles Herz. Sie war schon fast da. Ein paar Autos warteten mit laufenden Motoren. Rita atmete auf. Wo Menschen waren, war Sicherheit. Sie blickte nicht zurück. In ihrem Nacken kitzelte es und ein heftiges Frösteln überlief ihre Arme. Achtzig Meter noch bis zur ersten Passage, die direkt in die Fußgängerzone führte. Dort war immer Leben. Sie konnte in ein Café gehen und warten bis der Guss vorüber war. Sie konnte einen Kaffee bestellen, ihre Haare ordnen und Atem schöpfen. Sie schaute sich nicht mehr um, sonst hätte sie vielleicht den unscheinbaren Schatten bemerkt, der sich an ihre Fersen heftete, schutzsuchend zwischen geparkten Autos und den Beeten der Straßenbegrünung, und der sie nicht mehr aus den Augen ließ.

Delius war noch nicht nach Haus gegangen, denn dort erwartete ihn nichts. Das Archiv war gemütlicher. Er saß immer noch vor dem Bildschirm, auf den er gewohnheitsgemäß starrte, während vor seinem inneren Auge ein ganz anderer Film ablief. Eine Grille hatte sich ins Archiv verirrt und zirpte ununterbrochen und nervtötend. Die ganze Sache brauchte einen Abschluss. Rita war in den letzten Tagen sehr still gewesen. Das musste sich wieder ändern. Ihr unbeschwertes Lachen fehlte ihm.

Er breitete seine Aufzeichnungen aus. Ohne eine systematische Analyse würde man nicht weiterkommen. Punkt eins: Wann waren die Mädchen verschwunden? In welchen Monaten? Und zu welcher Tageszeit? Was war gleich? Wo lagen die Unterschiede?

Der Fall Mariana war grundsätzlich anders zu bewerten. Also begann er mit Mathilde. Sie verschwand mitten im Sommer, an einem Nachmittag. Am helllichten Tag. Seltsam. Die Straßen mussten zu dieser Zeit doch belebt sein. Ein Wochentag, mitten im Sommer. Mathilde war mit dem Fahrrad unterwegs gewesen. Sie hatte ein Kleid und eine Strickjacke getragen. Sandalen. Und einen Regenschirm. Einen Regenschirm …

Das war ein Anhaltspunkt! Das vermisste Mädchen hatte einen schwarzen Regenschirm bei sich gehabt – wahrscheinlich eines von diesen riesigen, altmodischen Ungeheuern, die ein ganzes Leben lang halten. Es hatte also schlechtes Wetter gegeben. Kein strahlender Sonnentag. Das veränderte die Lage. Die Wahrscheinlichkeit, dass die Straßen vor Leben überquollen, war geringer. Vielleicht hatte ein nicht endender Nieselregen die Menschen vergrault oder es hatte einen Wolkenbruch gegeben. Mit dem Fahrrad, vielleicht noch mit Einkaufstaschen am Lenker und mit dem Regenschirm in einer Hand war Mathilde ziemlich unbeweglich gewesen. Ob sie so überhaupt hatte fahren können? Möglicherweise hatte sie das Rad geschoben, um sich irgendwo unterzustellen. Die Straßen waren leer gewesen, der Regen hatte geplätschert und sie hatte an einer Ecke oder in einem Durchgang gestanden und gewartet …

Das passte. Delius begann den Mädchenfänger zu verstehen. Er begann zu spüren, wie er tickte. Er liebte das schlechte Wetter. Dann waren die Straßen weniger belebt. Wenn es in Strömen goss, hatte er freie Bahn. Nicht völlig freie Bahn natürlich, doch die Chance, nicht beachtet zu werden, erhöhte sich. Er musste die Mädchen draußen auf der Straße erwischen und zwar in der Nähe seines Hauses. Das graue Haus war sein Wohnsitz, sein Stützpunkt, sein Nest. Das war die Grundannahme, auf der alle Folgerungen basierten. Es lag zentral zwischen Bahnhof und Innenstadt und alle Mädchen, die sie der Serie zugeordnet hatten, waren zum Zeitpunkt ihres Verschwindens in seiner Nähe gewesen. Es war wie das Zentrum eines Spinnennetzes und die Straßen in einem bestimmten Radius waren die Fäden, auf denen er hin- und herhuschte. Dieses Feld verließ er nicht. Schließlich konnte er seine Opfer nicht auf der Schulter durch die halbe Stadt schleppen. Sein Aktionsradius war ziemlich begrenzt. Er traute sich nicht allzu weit von seinem Unterschlupf weg. Vielleicht war er eine auffällige Erscheinung. Er scheute den hellen Tag, er fürchtete die Menschen. Er brauchte die sichere Zuflucht in der Nähe. Er hatte sich in dem grauen Haus verkrochen wie eine Spinne in einer dunklen Ritze und verließ es nur für unerlässliche Verrichtungen, wobei er die Dunkelheit und Schlechtwettertage wahrscheinlich bevorzugte. Tagsüber lag er auf der Lauer. Vielleicht hinter den Fenstern im ersten Stock. Von dort aus hatte er einen guten Überblick. Die Straßen zwischen Bahnhof und Innenstadt waren für gewöhnlich sehr belebt. Er sah die Mädchen vorübergehen. Viele Mädchen. Er spähte durch die dreckigen Scheiben, lugte hinter Vorhängen hervor. Er äugte durch die Ritzen wie eine hungrige Katze. Vielleicht krabbelte er bei Dunkelheit sogar durch die Kellerfenster in die Nischen und saß direkt unter den Rosten. Dann gingen sie geradewegs über ihn hinweg und er konnte beinahe ihre zarten Fußknöchel berühren, wenn sie zufällig einen Moment stehen blieben. Er konnte ihren Duft riechen und ihre Stimmen hören, wenn sie mit Freundinnen flüsterten oder kicherten, oder wenn sie leise und gedankenverloren summend alleine gingen. Dann war er ihnen ganz nahe, so nahe …

Er wählte sorgfältig aus. Sie mussten seinem Typ entsprechen. Sie mussten wie Mariana sein, mit langem Haar und dunklen Augen. Andere interessierten ihn nicht, sie ließen ihn gleichgültig und sein Blut blieb kalt. Nur Mariana erweckte sein Interesse. Wenn er Glück hatte, sah er sie öfter. Dann kostete er jeden Sekundenbruchteil aus, in dem sie näher kam, sog mit aller Kraft die Luft ein, die sie durchschritt, um sie dann mit einem riesigen Herzschmerz wieder verschwinden zu sehen. Er erwartete die flüchtigen Begegnungen wie ein schmachtender Jüngling, er sehnte sie herbei mit jeder Faser seines Herzens – sofern er etwas besaß, das man als Herz bezeichnen wollte.

Vielleicht folgte er den Mädchen gelegentlich sogar ein Stück. Vielleicht bis vor ihre Haustüren, denn sie alle wohnten im näheren Umkreis. Ungesehen spürte er ihnen nach, in den Dämmerstunden, an dunklen Tagen mit schwerem Himmel und nassen Straßen, an denen man keinen Hund vor die Türe jagte und niemand auf ihn achtete. Er beobachtete sie. Er machte sich Appetit. Manchmal hinterließ er Blumengrüße auf ihren Schwellen, über die sie sich am nächsten Morgen erstaunt und angewidert beugten. So wie er es bei Rita getan hatte. Ein Schmeicheln, das Gänsehaut verursachte. Liebesgaben, die wie blanke Kieselsteine im Magen lagen.

In ihre Häuser drang er nicht ein, das wäre gefährlicher Leichtsinn gewesen. Vielleicht hatte er nie in seinem Leben ein anderes Haus betreten als das eigene, und schon der bloße Gedanke daran machte ihm Angst. Er musste die Mädchen erwischen, wenn sich die Gelegenheit ergab. Er wartete, bis sie zu ihm kamen, in die Nähe seines Hauses – alleine in der Dämmerung, wenn der Regen dicht wie Perlenschnüre fiel. Wenn das geschah, hatte er gute Karten. Viele Zufälle mussten sich fügen, um eine gute Gelegenheit zu bilden. Lange musste er darauf harren. Manchmal sehr lange. Jahre lagen zwischen den einzelnen Fällen.

Delius konnte die Blitze nicht sehen, die draußen den schwefeligen Himmel erhellten. Nur das tiefe Donnergrollen drang zu ihm vor. Er hielt einen Moment inne. Ein kratzendes Unbehagen nistete sich unter seiner Haut ein. Leise betrat er den Flur und ging die Stufen der Kellertreppe hinauf. Durch die gläserne Tür des Haupteingangs sah er, dass der Tag sich verfinstert hatte. Alles Blau und Gold war verschwunden, der Sommerhimmel hatte sich verwandelt, war bleiern und farblos geworden. Dicke Regentropfen zerplatzten auf dem sommerheißen Fußweg. Delius klopfte an die Scheibe des Pförtners, der mit dem Kopf auf der Brust eingenickt war.

„Haben sie gesehen, wann Frau Toski gegangen ist?"

„Frau Toski?" Der Pförtner fuhr sich durch die Haare, die ihm in die verschlafene Stirn gefallen waren. „Wissen sie, wie viele Leute hier arbeiten? Wer ist denn Frau Toski?"

„Eine der Volontärinnen. Mittelgroß, lange dunkle Haare. Trug heute eine gelbe Jacke, ziemlich auffällig."

„Ach die ... Ja, die ist vorhin hier rausgegangen. Die fällt mir immer auf, denn da schaut man ja gerne hin." Der Pförtner grinste. „Eine kleine Italienerin, was?"

Delius räusperte sich. „Nein, Frau Toski ist keine Italienerin."

Der Portier schien etwas enttäuscht. Er zwinkerte. „Ihre Freundin, ja? Auf die sollten sie gut aufpassen, sonst schnappt ihnen die bald einer weg!"

„Wann ist sie denn gegangen? Jetzt gerade?"

„Nein, nicht jetzt gerade. Vor etwa zwanzig Minuten, würde ich sagen. Oder vor einer halben Stunde. Ich habe nicht auf die Uhr geschaut. Ich habe schließlich noch andere Dinge zu tun. Sonst noch was?"

Delius wandte sich ab. Der Regen fiel nun dicht wie ein Vorhang, silbern und glatt. Es kühlte merklich ab. Das bläuliche Licht der Blitze machte die Straße fremd. Wenn Rita wirklich vor einer halben Stunde gegangen war, dürfte sie inzwischen zuhause angekommen sein. Wenn sie nicht getrödelt hatte, war sie wahrscheinlich nicht einmal mehr nass geworden. Er sah Gespenster. Natürlich konnte er versuchen, sie zu Hause anzurufen, um zu fragen, ob alles in Ordnung sei. Oder besser nicht. Das wäre zu aufdringlich, zu verräterisch. Sie könnte ihn belächeln. Vielleicht würde sie es auch Benedikte erzählen, die in solchen Fällen eine sehr unangenehme Art hatte, die Augen zusammenzukneifen, als verspotte sie die ganze Welt … Nein, alles war in Ordnung. Kein Grund zur Sorge. Außerdem ging Rita schon seit längerer Zeit nicht mehr durch die Grafenstraße, wie sie selbst versichert hatte.

Delius zögerte noch einen Moment, dann hob er die Schultern und verkrümelte sich wieder in den Keller, um noch ein bisschen zu arbeiten.

Rita war noch nicht zuhause. Der Regen war stärker geworden. Wie aus Kübeln prasselte es auf sie herab. Sie hatte die Ampel erreicht, rasch die Straße überquert und fühlte sich ein bisschen wohler. Der seltsame Schatten vor dem Portal des grauen Hauses hatte sie furchtbar erschreckt … *eine Art Affe, ein krummes, gebücktes Wesen, das sich an Blitz und Donner zu ergötzen schien …*

Die Lichter der City waren nahe. Die Angst schwand ein wenig. Unter dem kleinen Vordach eines Geschäftshauses suchte Rita Schutz. Sie wollte nur ein paar Minuten warten, bis der Regen etwas nachließ. Sie fühlte bereits dünne Rinnsale in ihren Nacken laufen. Autos fuhren vorbei oder hielten an, wenn die Ampel auf rot sprang. Alles floss im Regen dahin, die Straße ein breiter Strom. Nur eine Minute, dann würde sie weiterlaufen – ohne Pause bis zur Haustür, die Treppe hinauf – mit einer Hand die gepackte Tasche greifen und gleich wieder losrennen. Lieber wollte sie eine Stunde durchnässt im Bahnhofscafé sitzen und auf den Zug warten, als alleine in der stillen Wohnung zu bleiben. Duschen konnte sie auch bei ihren Eltern. Sie fürchtete sich vor dem Echo im Hausflur, vor dem hohlen Klang der Schritte auf dem

Steinboden, vor dem ohrenbetäubenden Prasseln der Tropfen an ihrem Küchenfenster. Was, wenn der Unbekannte wieder auf den Balkon kletterte und durch die Scheiben spähte? Oder wenn er leise an der Türe scharrte? Waren auch wirklich alle Fenster verschlossen?

Unter ihrer Jacke begann Rita zu zittern. Vielleicht wäre es gut, Delius anzurufen. Benedikte lieber nicht, die hockte sicher schon über ihrer Hausarbeit und hatte so schlechte Laune wie eine gebadete Katze. Aber Delius, ja … Vielleicht hatte er sogar Lust, sich noch auf einen Kaffee am Bahnhof mit ihr zu treffen. Wahrscheinlich wischte er noch immer Spinnweben von den Akten. Er würde sich freuen, ihr Gesellschaft leisten zu können.

Rita nahm den Rucksack ab und wühlte nach ihrem Handy. Notizheft, Kalender, eine Wasserflasche, ein Apfel, zerknülltes Bonbonpapier, CDs und Stifte, alles kam zum Vorschein, nur das Handy nicht. Sie fluchte leise. Dann wusste sie es plötzlich wieder. So ein Mist! Sie hatte es im Büro liegen lassen. Der Akku war leer gewesen. Sie hatte das blöde Ding in die Steckdose gestöpselt und ins zweite Fach des Bücherregals gelegt, wo es noch immer sanft ruhte. Verdammt! Und nun? Sollte sie zurücklaufen? Es hatte nicht den Anschein, als ob der Himmel wieder aufklaren würde. Die Wolken hingen tief und der Abend ging in eine frühe Dämmerung über. Auf der anderen Seite der Kreuzung lag dunkel wie ein tiefer Schlund die schlecht beleuchtete Einmündung der Grafenstraße. Auf keinen Fall noch einmal da hindurch! Andererseits wollte sie nicht das ganze Wochenende auf das Handy verzichten und am Montag früh hatte sie auch keine Zeit, es noch zu holen, wenn sie pünktlich bei Benedikte sein wollte … Elendes Mistding!

Rita seufzte. Ihr blieb nichts übrig, als in den sauren Apfel zu beißen. Durch die Grafenstraße würde sie auf keinen Fall noch einmal gehen. Sie konnte den üblichen Umweg durch die Kaiserstraße machen. Sie würde nur schnell das Handy holen und unten im Archiv schauen, ob Delius noch da war. Vielleicht begleitete er sie ja zu ihrer Wohnung, wenn sie ihn bat. Er konnte ihr ja nie was abschlagen.

Sie hängte sich den Rucksack wieder um, der Regen wurde etwas dünner, und sie lief los, schräg über die Kreuzung, die nun völlig leer war, in Richtung Kaiserstraße.

Nach Mathilde kam Monika. Verschwunden an einem 13. Februar um 17 Uhr nachmittags. Wahrscheinlich ein kalter, trüber Tag. Im Februar war es um 17 Uhr bereits stockdunkel. Oder nicht? Zumindest sehr dämmrig. Das passte. Es war möglich, anhand der bekannten Fakten ein theoretisches Netz zu stricken, in dem sich die Fäden zumindest nicht verhedderten oder einander völlig entgegenliefen. Und das wiederum sprach für eine gewisse Glaubwürdigkeit des Konstruktes.

Nach Monika kam Dagmar. Dagmar Kloth, ein 12. Dezember, 18 Uhr abends. In der Dunkelheit. Was also geschah genau, wenn endlich alle Umstände passten und der Unbekannte sein künftiges Opfer in einer passenden Situation antraf? Wie ging er vor?

Er war ein ungehobelter Typ. Er gehörte nicht zur eleganten Sorte der Säusler und Verführer, die ein junges Mädchen in der Mittagspause auf der Parkbank kennenlernten und zu einem Eis einluden, um sich in ihr Vertrauen zu schleichen. Er war kein Überredungskünstler und kein Charmeur, der sie dazu brachte, ein Stückchen mit ihm zu gehen oder in sein Auto zu steigen. Er war nicht gutaussehend und gewandt, denn sonst hätte er die Mädchen ja ganz einfach ansprechen können. Dann hätte er nicht auf Schlechtwetter warten müssen. Seine Taktik war so plump wie ein Stein, wortlos und konsequent wie ein Fausthieb. Er schlug überraschend zu. Er fiel über die Mädchen her, überwältigte sie, hinderte sie am Schreien und Strampeln und schleifte sie davon, hinein in seine Beutekammer, wie ein räuberisches Insekt, das seinen Hunger stillen will. Er wählte sorgfältig aus, wie aus einer exquisiten Speisekarte, und nur das Beste war für seinen Geschmack gut genug.

Er konnte nicht planen, sondern entschied sich von einem Moment zum anderen, witterte wie eine Ratte, ob die Luft rein war, wog in Sekundenschnelle ab zwischen Gefahr und Gratifikation. Er wusste um die Gefahren des unbedachten Augenblicks und behielt sie in seinem sechsten Sinn. Er musste improvisieren, flexibel sein. Er war nicht geistlos. Sein Geist war sicher wirr, gemessen an den Anforderungen der Welt, aber für seine Zwecke war er brauchbar, ausreichend. Sein Verstand ließ ihn überleben und gab ihm eine Richtung vor. Wahrscheinlich folgten alle Taten einem großen, tiefen Sinn, der sich nur ihm selbst erschloss.

Seine Lebensweise war heimlich und unsichtbar. Er verschmolz mit seiner Umgebung. Niemand bemerkte ihn. Vielleicht, weil er so unscheinbar oder so abstoßend war, dass ihn niemand ansehen mochte. Konnte seine Erscheinung so widerwärtig sein, dass alle Welt betroffen die Augen von ihm abwandte? Er hatte gelernt, die Menschen zu meiden. Ein scheues Kind, das sich versteckte. Eine wunde Seele, die sich vor seinem Nächsten fürchtete. Ein kleiner Junge, der das Liebste, was er hatte, im geheimsten Versteck der Welt verbarg, damit man es ihm nicht wegnehmen konnte …

Delius starrte etwas angestrengt ins helle Licht der

Schreibtischlampe. Annette Montez war im Frühsommer verschwunden, am 30. Mai. Nach Ende ihres Arbeitstages, also gegen Abend. Natürlich war es Ende Mai zu dieser Zeit noch hell. Aber nach Geschäftsschluss leerten sich die Straßen der Innenstadt meist überraschend schnell. Es gab so etwas wie eine tote Stunde … *tote Stunde, schönes Wort* … Das zeitliche Vakuum zwischen Geschäftsschluss und dem Beginn der abendlichen Flanierstunde zwischen den Bars und Cafés, deren Lichter wie Glühwürmchen an allen Ecken der City hockten. Annette hatte ihren Freund in der Rosenstraße besuchen wollen. Die Rosenstraße kreuzte sich tatsächlich mit der Grafenstraße, in etwa achtzig Meter Entfernung von dem grauen Haus. Und schließlich konnte es auch Ende Mai dunkel und regnerisch sein. Das war selbstverständlich eine Spekulation, kein bisschen hieb- und stichfest…

Der Fall Petra Hauschildt hatte 1984 einige Wellen geschlagen. Er war in der Presse ziemlich breitgetreten worden. Zwischenzeitlich war sogar das Gerücht einer Entführung aufgekommen, doch Lösegeld war niemals verlangt worden. Petras Vater, Franz Hauschildt, hatte damals zu den bekannteren Gesichtern vor Ort gehört … *Hauschildt Möbel und Kücheneinrichtungen* … Ein ziemlich großer Laden. Außerdem hatte er im Stadtrat gesessen. Von Petra waren an mehreren Tagen verschiedene Fotos mit detaillierten Beschreibungen ihrer Kleidung und ihrer Gewohnheiten erschienen, um die Chancen erhöhen, dass eventuelle Zeugen sich erinnerten. Es war Juni gewesen – die Tage lang und hell. Aber ausgerechnet an dem Abend, als Petra verschwunden war, war ein schweres Gewitter niedergegangen.

Manchmal war es gut, laut zu denken. Delius starrte die Wand an, als fordere er sie zum Dialog auf: „Es regnete also in Strömen. Die Leute stoben von den Straßen…"

Die Wand schwieg. Delius ließ sich nicht beirren. „Petra wartete längere Zeit im Eingang der Schule, bis sie genug davon hatte und sich irgendwann auf den Heimweg machte. Vielleicht hatte der Regen noch nicht ganz aufgehört, aber sie wollte nicht mehr warten. Möglicherweise ging ein erneuter Schauer nieder und sie flüchtete sich in verschiedene Hauseingänge – immer ein paar Meter weiter, um dann wieder ein Weilchen zu warten. Ihre schicke Kleidung war sicher teuer gewesen, und sie wollte sich die Dauerwelle nicht ruinieren …"

Delius hielt einen Moment inne. In einer Ecke knackte es leise. Das Archiv stimmte seinen Theorien zu. „Petras Tasche wurde später am Schlossgarten gefunden. Wenn sie dort in einem der kleinen Pavillons oder ganz einfach unter einem Baum Schutz gesucht hat, ist es sicher nicht allzu schwierig gewesen, sie hinter ein Gebüsch zu zerren und später, wenn die Dämmerung sich senkte, in die Grafenstraße zu befördern, immer die langen Schatten nutzend, auch wenn sicher dreihundert Meter Strecke dazwischenlagen …"

Delius nahm seine Aufzeichnungen und blätterte eine Seite weiter. Gülcan Öztürk war am 2. April verschwunden. Ebenfalls nach Geschäftsschluss, denn sie hatte als Auszubildende in einem Blumenladen gearbeitet. War es Anfang April um diese Zeit schon dunkel? Delius hütete sich, die Sache zu banalisieren. Er durfte keine Schnee- und Graupelschauer als Tatsache voraussetzen, nur um nach Gutdünken an seiner Theorie zu stricken. Aus dem kleinen Absatz im Nordwest-Kurier ließ sich nichts über das Wetter ablesen. Er erhob sich und fischte den entsprechenden Jahrgangsordner aus dem Hochregal. *2. April …* Die Seite mit der Wetterkarte – unentbehrlich für jedes

Blatt, sei es groß oder klein. Da war es: Starke Bewölkung, zeitweise kräftige, mit Graupel durchmischte Schauer. In der Nacht: Glättegefahr. Für die Jahreszeit zu kalt … *Mädchenfängerwetter …*

Das letzte bekannte Opfer, Vanessa Driemann, hatte anscheinend die ganze Nacht in Oldenburg zugebracht, um in die Disco zu gehen oder Freunde zu treffen. Niemand hatte das hinterher so genau gewusst.

„Wahrscheinlich kam sie mit einem der späteren Züge an. Es war längst dunkel und sie wollte in die City. Da kann sie vom Bahnhof durchaus durch die Grafenstraße gegangen sein…" Ein Stadtplan lag ausgebreitet auf dem Schreibtisch und Delius beugte sich zum zwanzigsten Mal an diesem Abend über ihn. Vanessa hatte die Auswahl zwischen drei Straßen gehabt, die alle ziemlich gradlinig auf den Cityring führten. Die Grafenstraße war eine davon, die mittlere. Dann wäre sie direkt an dem Haus vorbeigekommen. Und falls sie sich für eine der Parallelstraßen entschieden hatte, hätte sie sich trotzdem zwischen den Radialfäden des Netzes befunden.

Und was war mit Rita? Seit langer Zeit ging sie regelmäßig an dem Haus vorbei. Die Grafenstraße lag als direkteste Verbindung zwischen ihrer Wohnung und dem Pressehaus. Natürlich war sie ihm aufgefallen. Vielleicht wusste er auch schon, wie sie roch. Vielleicht hatte er schon einmal ihr Haar berührt, heimlich und verstohlen, während sie an der Ampel stand oder auf einen Bus wartete und glaubte, ein Schmetterling habe sie gestreift. Vor ein paar Wochen kam ihm der Zufall zu Hilfe: Rita hatte begonnen, sich für das Haus zu interessieren. Sie war ihm nahe gekommen und er hatte konkrete Pläne gefasst. Er war ihr schon lange auf den Fersen …

Delius schaute auf die Uhr. Die Zeit war verflogen.

Nach 21 Uhr. Sobald Rita aus dem Urlaub zurück war, würde er sich der Sache ernsthaft annehmen … Er packte seine Aktentasche zusammen und machte sich auf den Heimweg, wo eine winzige Wohnung mit einem kahlen Arbeitszimmer darauf wartete, ihn in die Arme zu schließen.

Er war auf der Fährte, er hatte sie gefunden. Ihr Duft stieg süß in seine Nüstern und machte ihn euphorisch. So lange hatte er gewartet! Und nun kam sie zu ihm, ganz freiwillig zu seinem Haus, ging vorüber, blickte ihn an. War es nicht wie ein Gruß, wie ein Locken? Hatte sie ihm nicht fast noch gewinkt? Sie hatte sich nicht verändert, in all den langen Jahren nicht. Ihr Haar glänzte wie Pech, ihre Schönheit hatte keine Falten bekommen. Sie war ewig gleich, ewig schön, ewig jugendlich. Sein Jungbrunnen, sein ewiges Leben, seine große Liebe. Seine Einzige. M a r i a n a.

15

Warum kam niemand darauf, an einem Tag wie diesem die Straßenlampen ein Stündchen früher anzuschalten? Die Kaiserstraße war nicht besser beleuchtet als die Grafenstraße. Zudem gab es kaum Geschäfte und Ladenräume. Die Etagen der Bürogebäude waren längst dunkel, die Pforten geschlossen, die Straße so leer wie die Steppe … *das war keine gute Idee gewesen* … In der Ferne knallte eine Autotür, ein Wagen fuhr ab. Rita hielt sich nicht mit Nachdenken auf. Die Dämmerung schritt fort und auch der Regen wurde wieder stärker. Keine Hoffnung auf einen späten Sonnenstrahl. Es grummelte erneut. Wenn sich wenigstens das Gewitter verziehen würde … Bereits nach zwanzig Metern hatte sie das Gefühl, nicht alleine zu sein … *Umkehren?…* Sie erstarrte und schaute sich um. Niemand war zu sehen. Wahrscheinlich bildete sie sich etwas ein. Es war ja kein weiter Weg … Ihre Füße setzten sich wieder in Bewegung. Der Himmel schüttete ganze Eimer auf sie herab. Ihr Haar glich einem Wasserfall, sie konnte kaum die Hand vor Augen sehen. Am liebsten hätte sie sich einen Moment irgendwo untergestellt, sich verkrochen, mit dem Rücken zur Wand. Aber lieber kam sie triefnass am Ziel an und fing sich einen dicken Schnupfen ein, als sich unnötig lange aufzuhalten … Wieder glaubte sie, hinter ihrem Rücken Geräusche zu hören, humpelnde, schlurfende Schritte, als ziehe ein Lahmer sein Bein nach. Nur nicht stehen bleiben, weitergehen, weitergehen …

Ein dunkler Wagen rollte langsam vorbei. In seinem Schatten huschte etwas, nutzte die Deckung, sodass Rita es nicht bemerkte. Die dicken Reifen tauchten tief in eine Pfütze, die so groß war wie ein See. Rita wurde von oben bis unten geduscht, Schlammspritzer bedeckten ihre gelbe Jacke. Musste das denn auch noch sein! Am liebsten wäre sie dem Wagen hinterhergerannt und hätte gegen die Kotflügel getreten. Ihr Atem ging hektisch. Nun hatte der Wagen die Straßenecke erreicht und bog rechts ab. Später erinnerte Rita sich noch an das Ticken des Blinkers im Halbdunkel. Sie schaute an sich hinunter. Ihre helle Hose war ruiniert, auch wenn es darauf, ehrlich gesagt, gar nicht mehr ankam. Dennoch beugte sie sich einen kleinen Sekundenbruchteil vor, um mit der Hand über die Flecken zu wischen. Im gleichen Moment nahm sie wahr, dass etwas sich verändert hatte.

Der Geruch nach Regen und nassen Pflastersteinen trat

in den Hintergrund. Etwas anderes wurde dominanter, überströmte ihn mit übelkeitserregender Penetranz. Es roch nach Kot und Urin, nach saurem Schweiß und ungewaschener Wäsche, nach altem Fisch und Ziegenbock und gammeligen Zigaretten. Ein Kloß bildete sich in ihrem Hals. Sie hätte spontan kotzen können. Es war d a s, vor dem sie sich gefürchtet hatte. Sie wusste es. Es war da und stank wie die Pest. Fäulnis und Auflösung in einem Körper gefangen, wie ein dunkles Ticken im Kopf, wie ein Schlag in den Magen.

Es überlief sie heiß und kalt zugleich. Die Gänsehaut auf ihren Armen wurde schmerzhaft. Sie kam nicht einmal mehr dazu, sich aufzurichten. Vollkommen lautlos sprang das Ding sie an. Es war so grau, dass sie es erst sah, als es ihr schon an der Kehle hing. Es sprang sie an wie ein Raubtier, wie ein Jaguar, wie ein Panther, wie eine riesengroße Ratte. Nur biss es nicht zu. Mit all seinen Gliedmaßen klammerte es sich an sie und warf sie nieder, mit einer Wucht, die auch einen Ackergaul zu Boden geworfen hätte. Sie wollte schreien, aber jeder Laut blieb ihr in der Kehle stecken. Der Gestank nahm ihr den Atem, sie musste würgen. Der Schock machte sie stumm, und das Entsetzen lähmte ihre Kräfte … *so musste sich ein Reh fühlen, wenn der Wolf es riss …*

Der Gedanke an Widerstand war nur ein dünner Faden in ihrem Hirn, der es nicht mehr schaffte, sich in die Muskeln ihrer Hände und Beine fortzusetzen. Eine krallenbewehrte Klaue lag auf ihrem Hals und sie fürchtete, dass ihr Kehlkopf umgehend zerquetscht werden würde, wenn sie auch nur den geringsten Laut von sich gab. Der Jäger, der sie niederdrückte, war aber kein Wolf oder Panther, sondern tatsächlich ein Mensch. Oder besser gesagt, eine Art Mensch. Ein menschenartiger Zweibeiner, der ebenso gut aus einem Zoo oder einem Raritätenkabinett hätte ausgebrochen sein können. Verkrümmt und verwachsen, gleichzeitig unglaublich flink und behände. Seine Schnelligkeit machte den Mangel an realer körperlicher Masse wett.

Noch einmal presste er sie zu Boden. Hart schlug Rita mit dem Kopf auf das Pflaster. Alles drehte sich, leuchtende Punkte tanzten vor ihren Augen … *nur nicht ohnmächtig werden* … Nur nicht die Kontrolle über den eigenen Körper verlieren … *das wäre das Ende* … Ihre Angst war für einen Moment fast ausgeschaltet. Das machte der Schock. Ihre Arme und Beine waren schwer und schlaff, irgendwie taub, wie gelähmt. Ihre Reaktionsfähigkeit war stark eingeschränkt. Sie versuchte möglichst flach zu atmen, denn der Gestank ihres Peinigers rief in ihr eine starke, wellenartige Übelkeit hervor. Sie fühlte sich wie verknotet. Er hatte tausend Hände. Dann wurde ihr klar, dass er ihre Knie mit einem geschickten Handgriff zusammengebunden hatte, mit einem alten Strick, der in den Kniekehlen schmerzte. Eine der Klauen befand sich weiter an ihrer Kehle. Sie versuchte den Kopf so weit wie möglich in den Nacken zu legen, um seinen Atem nicht zu inhalieren. Sie hatte das Gefühl, als würden mit jedem Atemzug ganze Armeen widerwärtiger Krankheitserreger in sie eindringen. Ein dünner Lichtstrahl fiel auf sein Gesicht. Es war kaum menschlich zu nennen, denn jede Regung fehlte darin, stumpf und grau wie ein Klumpen Lehm aus dem Moor. Das Schrecklichste von allem aber waren die Augen. Sie waren tot. Jeder Funke in ihnen war schon vor langer Zeit erloschen, grauschleierig und starr wie Glasmurmeln. Mit einem Ruck stand Rita auf den Beinen. Halb wurde sie geschleift, halb musste sie gehen, mit kleinen Mauseschritten, denn die zusammengebundenen Knie ließen ihr wenig Spielraum. Er schnappte mit den Zähnen wie eine Ratte vor dem Zubeißen und gurrte wie eine heisere Taube. Seine Krallen an ihrem Hals waren schwer und drückten soweit zu, dass die Luft knapp wurde. Sie reichte gerade aus, um sich auf den Beinen zu halten. Kein Licht, kein Auto in der Nähe. Die Fenster der Häuser wie leere Augen, die ihre Lider schlossen vor den unliebsamen Dingen. Die ganze Welt war nachtschattengrau.

Rita merkte kaum, wohin er sie zog. Die hellen Flecken vor ihren Augen wirbelten auf und begannen sich zu drehen. Er ging nicht zurück zur Kreuzung, wo sie vielleicht auf Hilfe hätte hoffen können. Er zerrte sie in eine Einfahrt, die zwischen zwei hohen Häusern in die Hinterhöfe führte. Sie stieß sich das Schienbein und wenn die Klaue an ihrer Kehle nicht gewesen wäre, hätte sie laut geschrien. Aber der Schmerz war gut. Er machte sie schlagartig wacher. Dafür fühlte sie so etwas wie Dankbarkeit.

Die Stärke seines Eisengriffs lockerte sich nicht eine Sekunde. Die Erfahrung hatte ihn gelehrt. Er wusste alles über die Jagd. Er war ein weiser, alter Jäger. Er wusste, dass die Rehe zu flüchten versuchten, wenn sie die Gelegenheit witterten. Das nahm dem Ganzen die Schön-heit, die Erhabenheit. Dann musste er sie immer wieder zu Boden werfen, musste ihnen wehtun, damit sie schwiegen. Manchmal wollten sie es nicht anders. Sie waren das Wild und er der alte, graue Wolf mit dem zottigen Pelz. Keiner jagte besser als er. Er kannte das Spiel. Die Regeln waren so alt wie die Geschichte der Jagd. Er wusste, wie er sie behandeln musste. Nur sie selber wussten es nicht. Mit ihrer dummen Angst machten sie alles zunichte. Er musste sie zu dem Glück zwingen, das im Akzeptieren ihrer Rolle lag.

In den Höfen hallten ihre Schritte von den dunklen

Mauern der Häuser wieder, aber kein Fenster öffnete sich. Rita verlor die Orientierung. Ihr primäres Anliegen lag darin, einen Moment den Gestank von sich zu drücken, um tief durchatmen zu können. Nach vielen kleinen Schritten erreichten sie einen Parkplatz, der halbleer in die Nacht hineinträumte. Nie hatte sie gewusst, dass es so einfach war, durch die Höfe zu schleichen. Vom Parkplatz aus führte eine Durchfahrt auf die nächste Straße. Noch einmal lebte das Grollen auf. Der heftige Regen war einem durchdringenden Nieseln gewichen. Obwohl es immer noch nicht vollkommen dunkel war, lag die Dämmerung schwerer auf den Dächern als sonst. Eine einzelne Straßenlaterne flackerte auf und begann trübes Licht zu verbreiten. Regenglänzende Autos, abgerissene Blütenblätter im Rinnstein. Sie hatten die Grafenstraße erreicht. Vor ihnen erhob sich die endlos lange, graue Mauer. Vergitterte Fenster blickten auf sie herab. Sie waren am Ziel angelangt. Der Graue zerrte Rita in den schmalen Seitengang. Die Hintertür, die in den Keller führte, war diesmal nicht verschlossen. Rita wollte nicht hinein. Sie wehrte sich so heftig sie konnte. Er stieß sie die Stufen hinunter. Sie landete am Türrahmen und knallte vor die Tür, die sich bereitwillig öffnete. Sie rang nach Atem. Muffige Luft umhüllte sie. Angekommen. Der bekannte Geruch nach Ratten und feuchten Wänden. Alles war genau wie an dem Tag, als sie den Keller zum ersten Mal betreten hatte. Nur dunkler. Viel dunkler. Sie sah ihre eigenen Füße nicht. Keine Orientierung, kein oben und unten. Die Welt begann sich zu drehen. Die zwei hellen Punkte, die sie sah, waren seine Augen, in denen nun das Weiße überwog. Sie waren die Fixsterne in einem Universum von Dunkelheit, um die sich alles drehte. Ihre Knie wurden weich. Dann fühlte sie gar nichts mehr.

Sein Gesicht in ihren nassen Haaren, sein Geruch auf ihren Kleidern. Ihr Duft in seiner Nase, ihr Leben in seinen Händen. Sie war ganz leicht wie ein kleines Vöglein und ganz weich wie ein neugeborenes Kätzchen. Sie duftete wie tausend Blumen, zart wie Forsythien, Vergissmeinnicht und Männertreu. Er lockte sie. Sie gab sich hin, voll Freude, hatte jede Gegenwehr längst aufgegeben. Endlich hatte sie ihn erhört. Er holte sie heim in sein Reich. Nach Hause, wohin sie gehörte, in den goldglänzenden Palast der Freude und der Ewigkeit. Zu ihren Schwestern, zu Ihresgleichen. In das große Himmelreich unter dem Dach des grauen Hauses, wo er ihr ewig dienen würde.

16

Als Rita erwachte, weigerte sich ihr Verstand zunächst, die Situation im Detail zu erfassen. Sie begriff nur langsam, stückchenweise. Als Erstes war da wieder der Gestank, in den sich jetzt aber etwas anderes mischte, etwas noch ungleich Furchterregenderes, Beängstigenderes, das sich in einer körperlichen Abscheureaktion niederschlug und sie eine Weile krampfhaft würgen ließ.

Sie befand sich in einem immensen Raum, dessen Grenzen verschwammen, als triebe sie in einem uferlosen, dunklen Teich. Es musste eine Art Dachboden sein, mit hölzernen Dielen, unabschätzbar groß, ohne Anfang und Ende. Durch die kleine Luke hoch über ihr drang nur ein spärlicher Schimmer. Waren ihre Augen wirklich geöffnet? Oder sah sie nur die dunkle Innenseite ihrer Lider? Weiter als drei Meter im Umkreis reichte der Blick nicht. Danach war die sichtbare Welt zuende. Ein ganz kleines

Refugium war es nur, das sie von der Dunkelheit trennte. Es war sehr warm. Den ganzen Tag hatte die Sonne auf das Dach gebrannt. Es roch süßlich, ekelhaft, nach Rattendreck und Fäkaliengrube und nach etwas anderem … *nach Tod* … Dabei wusste sie gar nicht, wie der Tod roch, und dennoch war sie sicher, dass es nichts anderes sein konnte.

Die Erkenntnis war wie ein Schlag in den Magen. Ritas Zähne schlugen aufeinander, ohne dass sie es beherrschen konnte. Sie war durchnässt bis auf die Haut, die dreckigen Kleider klebten an ihr und sie fühlte sich verschnürt wie ein Paket, wie eine achtlos weggeworfene Puppe auf dem staubigen Fußboden. Ganz alleine war sie, nur ihr eigener Atem, der etwas röchelnd ging, unterbrach die Stille, viel lauter als gut war. Ab und zu knackte es über ihr im Gebälk und manchmal raschelte es nahe am Boden, aber außerhalb ihres Blickfeldes. Die Schwärze ringsum war ihr größter Feind. Sie hatte Schwierigkeiten, sich zu orientieren. Sie schloss die Augen und blieb lange Zeit unbewegt liegen, der Schock machte sie starr und in ihrem dröhnenden Kopf zerbröckelte kränkelnd die vage Hoffnung, gleich aus einem Traum zu erwachen.

Als sie die Augen wieder öffnete, fiel durch das Dach ein matter Schein, groß und rund, eine Silbermünze im nachtschwarzen Universum … *eine Straßenlampe* … Erst langsam kamen ihre Gedanken ins Lot. Natürlich war es keine Straßenlampe, sondern der volle Mond. Um Himmels Willen! Wie viel Zeit war vergangen? War sie ohnmächtig gewesen? Wenigstens trug sie noch alle Kleidung. Sogar der Rucksack befand sich noch auf ihrem Rücken und ihre Handtasche war auch da. Er hatte darauf geachtet, dass nichts liegen blieb.

Sie sehnte sich nach einem Schluck Wasser. Im Rucksack hatte sie ihre Wasserflasche und einen Apfel. Aber ihre Handgelenke waren zusammengebunden. Sie konnte nichts tun. Sie lag da wie ein Käfer, der auf den Rücken gefallen war. Der Gestank klebte an ihrer Kleidung und auf ihrer Haut, und wenn es ihr möglich gewesen wäre, hätte sie aufgehört zu atmen.

Sie wartete lange. Wartete und lauschte. Dann rollte sie sich vorsichtig auf die Seite, in Zeitlupentempo, jeden Laut vermeidend. Sie horchte wieder, bis sie glaubte, taub zu werden. Nichts regte sich. Wo war dieses D i n g? Er schien sich seiner Sache ganz sicher zu sein. Er ließ sich nicht blicken. Sie hörte ihn nicht, nicht sein grässliches Pfeifen, das ihr immer noch in den Ohren schrillte. Nicht sein abstoßendes Gurren und Locken, das er ihr die ganze Zeit ins Ohr geblasen hatte, während Rita von ihm durch die Straßen gezerrt worden war.

Dort wo sich der letzte Regen einen Weg zwischen den Ziegeln gebahnt hatte, tropfte es durchs Dach, eintönig und nervenzerrend. Nur das Rascheln am Boden wagte sich inzwischen näher heran. Viele kleine Schritte umkreisten sie – ein Getrippel und Getrappel wie von einer ganzen Armee, die allmählich mutiger wurde. Das waren Ratten, und beängstigend dicht neben ihrem Gesicht tauchte eine begierige Nase aus dem Dunkel auf. Sie warteten, hungrig und etwas ungeduldig. Sie lauerten auf den Moment, in dem das durchnässte Menschenbündel aufhörte zu zappeln und zu atmen und sich endlich fressen ließ. Sie warteten, dass auch ihr Körper begann, diesen appetitlichen, durchdringend süßen Duft zu verströmen … Rita riss sich zusammen und versuchte, sich aufzusetzen, so harmlos wie möglich, selbstvergessen und inoffensiv. Wer wusste schon, ob ihr Entführer nicht die ganze Zeit nur wenige Meter neben ihr hockte und sie mit seinen kleinen, starren Augen, die wie ein Skalpell die Dunkelheit zu zerschneiden vermochten und jede ihrer Regungen und Bewegungen sezierten, beobachtete… Aber das war Unsinn. Er war nicht da, definitiv nicht. Sie roch ihn nicht. Der Gestank auf dem Dachboden war zwar bestialisch, aber sein Eigengeruch war anders. Wenn er in der Nähe wäre, würde sie es merken.

Allmählich begannen ihre Sehnerven sich auf die Dunkelheit einzustellen. Der Raum war tatsächlich riesig, seine Grenzen lagen weit jenseits der Kapazität ihrer Augen. Der Strick schnitt sich hart in ihre Handgelenke. Es war ein dicker, nicht dehnbarer Hanfstrick. Ihr kleines Taschenmesser befand sich in einer Seitentasche des Rucksacks. Aber es war unmöglich, es hervorzuholen. Was konnte sie tun? Ihre Hände waren schmal und biegsam. Handschellen hatten bei ihr keine Chance. Wenn es ihr gelang, die Fessel nur ein ganz klein wenig zu lockern, konnte sie hoffen … Sie zerrte, sosehr sie konnte. Das Seil schürfte die weiche Haut ihrer Handgelenke auf. Es brannte höllisch, die stacheligen Fasern kratzten in den Wunden. Rita biss die Zähne zusammen und versuchte, keinen Laut von sich zu geben. Sie bemühte sich auch, nicht zu weinen. Vielleicht konnte er ihre Tränen riechen. Tränen schmeckten nach Angst und Verzweiflung, und vielleicht würde das seinen Appetit noch steigern.

Ritas Handy klingelte oft an diesem Freitagabend. Ihre Mutter rief an, ihre Schwester, Benedikte … Auch Delius wagte zu späterer Stunde einen Versuch, um sich letztendlich doch noch zu vergewissern, ob alles in Ordnung sei. Allerdings verließ ihn nach dem zweiten Klingeln der Mut, und er legte rasch wieder auf.

Benedikte hingegen ließ es etwa hundert- oder zweihundertmal läuten. Im Nachhinein gingen ihr die verleugneten Tränen in Ritas Augenwinkeln nicht mehr aus dem Sinn. Ihr Gewissen war recht ausgeprägt, ebenso wie ihr Pflichtbewusstsein. Dass sie sich nach außen hin um eine gewisse Nonchalance bemühte, änderte daran nichts … Aber Rita nahm nicht ab. Auch gut! Dann saß sie sicher schon am heimischen Kochtopf und tratschte mit ihrer Schwester. Benedikte wählte ein weiteres Mal die Nummer und als sich immer noch nichts tat, zuckte sie die Achseln. Sie schenkte sich ein Gläschen Wein ein. Dann wandte sie sich wieder ihrer Hausarbeit über Pressefreiheit und Persönlichkeitsrechte zu, die an diesem Wochenende unbedingt noch fertig werden und am Sonntagabend im Postkasten des Pressehauses landen musste, wenn sie sich keinen Ärger einhandeln wollte.

Ritas Mutter versuchte ebenfalls ihr Glück. Es war schon nach 22 Uhr und Rita war nicht aufgetaucht. Das Paprikagulasch, auf das sie sich so gefreut hatte, war im Brattopf verschmort und inzwischen auch schon wieder kalt geworden. Frau Toski war ein wenig traurig und ein wenig ärgerlich, und schließlich gab sie das Gulasch zur Strafe dem Hund zu fressen, der sich freute wie ein Honigkuchenpferd.

Zu guter Letzt klingelte noch Ritas Schwester an, um sich zu vergewissern, dass Rita zumindest am Sonnabend auftauchen würde und weder den Geburtstag noch die abendliche Party vergessen hatte. Weil Rita auch dieses Mal nicht reagierte, schickte sie ihr schließlich eine leicht gereizte SMS, die mit den schwesterlichen Worten „Wo zum Teufel bleibst du …“ begann.

Ritas Handy lag indessen weiterhin im zweiten Fach des Bücherregals in ihrem kleinen Büro und musste das alles schlucken, ungehört in dem stillen Gebäude, in dem das Klingeln verhallte wie die Stimme eines Singvogels in der Nacht.

Plötzlich veränderte die Luft sich wieder. Das war *er*. Erneut begann das leise Gurren und Schnurren, mit dem er seine Beute beruhigen und sich einschmeicheln wollte. Rita begann ihn zu verstehen. Es war eine Art Liebesspiel, eine Annäherung, Werbung, Verführung. Die widerwärtige und schrille Prelude zu einem Hauptakt, der im Dunklen lauerte. Je mehr sie sich wehrte, umso schneller würde er ihrem Leben ein Ende bereiten. Er suchte ja niemanden, der mit ihm sprechen oder ihm gar in die Augen schauen konnte. Er suchte nicht *sie* als Person, sondern nur ein warmes Objekt für seine Begierden, eine weiche Lumpenpuppe, die noch atmete, ein Spielzeug, das seine Liebe ertrug und seine Zärtlichkeiten hinnahm, ohne sich zu sträuben, das seinen Liedern lauschte, ohne aufzuheulen. Wenn sie ganz ruhig war, so als ob sie schliefe, würde er sie vielleicht noch eine Weile verschonen. Wenn sie hingegen zu schreien und zu treten begann, wie ihr Instinkt es vehement forderte, hätte sie keine Chance mehr. Panik wäre ihr sicheres Ende.

Er kam näher, die übelriechenden Partikel in der Luft verdichteten sich. Rita stellte sich tot wie ein junges Kaninchen vor dem Fuchs. Mit dürren Fingern berührte er sie. Es fühlte sich an, als krabbelten langbeinige Spinnen über ihre Arme und durch ihr Haar. Sie zwang sich, ruhig zu bleiben und es über sich ergehen zu lassen. Sein Ziegenbockgeruch umgab sie. Dann hockte er sich hinter sie, kramte etwas aus seinen Taschen hervor und strich ihr wieder übers Haar. Er begann tatsächlich, sie zu kämmen, wahrscheinlich mit einem verlausten Gerät, einem Kamm, den er irgendwo im Müll gefunden hatte. Dabei ging er erstaunlich vorsichtig zu Werke und Rita entspannte sich ein wenig. Vielleicht gefiel es ihm, dass sie noch warm war und sich trotzdem nicht wehrte. Er kämmte sie eine ganze Ewigkeit. Immer wieder ließ er seine dreckigen Krallen durch ihr langes, seidenweiches Haar gleiten. Dabei gurrte und lachte er wie ein etwas verrückter Junge, der seine lustvollen, verbotenen Spielchen trieb, in seinem geheimen Versteck, fern von der Welt der Erwachsenen.

Irgendwann hatte er genug vom Kämmen und Summen und huschte krummrückig davon, zurück ins Dunkel des Dachbodens. Die Luft wurde wieder reiner, wenngleich der widerwärtige, süßliche Grundgeruch, der im Staub und im Holz der Balken haftete wie eine klebrige Masse, erhalten blieb.

Rita konnte das Verrinnen der Zeit nur am Mond ablesen, der sich im Dachfenster langsam weiterschob. Bald würde er aus ihrem Sichtfeld verschwinden und völlige Finsternis zurücklassen. Sie wurde das Würgen in der Kehle nicht mehr los und musste sich mehrmals zwingen, sich nicht zu übergeben. Ihre Haare stanken nun genau wie seine Hände. Sie waren imprägniert mit seinen Ausdünstungen. Es war ekelhaft. Unermüdlich zerrte sie an den Fesseln. Die Haut darunter wurde mürbe. Als sich durch die Luke der erste schwache Anschein der Morgendämmerung ahnen ließ, gelang es ihr endlich, die linke Hand herauszuziehen. Die Gelenke waren blutig geschürft. Aber sie hatte die Nacht überstanden und begann mit der winzigen Chance zu taktieren, die sich abzeichnete.

Er war der Meister der kunstvollen Einleitung. Alles stand schon bereit. Das königliche Bett war gemacht. Er streute Blumen und Federn, Schneckenhäuschen, Käferflügel und tote Singvögel – ein köstliches Bukett, das beinahe den erhabenen Duft der Königinnen zu überbieten vermochte. Sein Sinn für Schönheit und Erlesenheit war vollkommen. Es dürstete ihn nach dem Paradies. Die Lippen der Königinnen baten darum, dass er sie benetzte mit köstlichem Honig und schneereiner Milch. Wasser und Wein flossen in Strömen. Der Zeremonienmeister lud ein zum großen Fest.

17

Die Helligkeit kam mit zähem Ringen. In der Mitte des Raumes erkannte Rita eine hölzerne Wendeltreppe, die ein Stockwerk tiefer in das zentrale Treppenhaus münden musste. Dorthin war der Schatten nach seinem letzten Besuch verschwunden. Sie streifte die Fesseln von den Händen. Dann schnallte sie den Rucksack ab, fischte das Taschenmesser heraus und säbelte mit zitternden Händen an dem Strick, der ihre Knie zusammenhielt. Die Beine taten entsetzlich weh, als sie sie langsam wieder streckte. Sie nahm einen großen Schluck Wasser. Dann goss sie ein wenig über ihre wunden Handgelenke und biss die Zähne zusammen. Die kleinste Berührung trieb ihr Tränen in die Augen.

Auf der Treppe wurde es laut. Rita schlang sich den Strick wieder um die Knie und versuchte die gleiche Position einzunehmen wie zuvor. Ganz ruhig blieb sie liegen. Die Haare fielen ihr übers Gesicht. Er sollte ihre Augen nicht sehen. Zwischen den Strähnen hindurch starrte sie ihn an, um endlich wissen, womit sie es zu tun hatte.

Das D i n g trug tatsächlich einen Anzug. Fleckig, speckig und fadenscheinig, aber es war eindeutig ein Anzug, den er womöglich vor langer Zeit aus einem Altkleidersack gefischt hatte. Aus der Ferne betrachtet war er kleiner und die Furcht schwand ein wenig. Zumindest war er kein Monstrum, sondern wirklich ein Mensch. Und Menschen hatten Schwächen. Er huschte treppauf und treppab. Er keuchte und ächzte und zerrte an einem großen Objekt, das er die Stufen hinaufbeförderte. Zwar bewegte er sich flink wie eine Katze, doch er war ein alter Mann. Ein wirklich sehr alter Mann. Ein Greis mit spärlichen, dünnen Haaren, die wirr wie Spinnweben den Schädel umgaben.

Ein Poltern ließ die Dachbalken erzittern. Mit einer letzten Anstrengung hatte er ein Metallgestell auf die Holzdielen geschmettert. Es war ein altes Eisenbett … *Marianas Bett …* Rita erkannte es sofort. Der Rest der rostigen Hundekette, die daran befestigt war, klirrte über den Boden. Es gab keinen Zweifel, für wen das Bett bestimmt war. Er zerrte es quer durch den Raum bis zu einer grob gezimmerten Wand, die aus Brettern, alten Kartons und anderem Abfall zu bestehen schien. Hinter einem Vorhang aus alten Decken befand sich eine Öffnung, ein verstecktes Tor. Dort hinein schob er das Eisenbett. Einen kurzen Moment hob sich der Vorhang. Sogleich drang eine dichte, stinkende Wolke hervor. Dort war die Kloake des Hauses, die Grube der Ausscheidungen, die Höhle fleischlichen Leids. Zwischen halbgeschlossenen Lidern erhaschte Rita einen Blick. Zwei Sekunden reichten, um zumindest einen Bruchteil des Schrecklichen zu erahnen.

Mehrere Betten standen nebeneinander, alle von der gleichen Art, wahrscheinlich alte Bestandsbetten aus der Zeit des Hauses als Sanatorium. Auf den Matratzen lagen Menschen, oder besser: Menschliche Hüllen. Eingesunkene Formen, die vor langer Zeit mit Leben gefüllt gewesen waren. Ritas Blick fiel auf eine welke Hand und ein eingetrocknetes Gesicht – so dunkel wie die Mumie des ägyptischen Königs, die sie als Kind in einem Museum gesehen hatte. Die Überreste von gestorbenen Menschen … *Das waren s i e …* Das waren die verschwundenen Mädchen. Hier bewahrte er sie auf. Mariana, Monika, Dagmar, Petra, Gülcan … Namenlos geworden und alle gleich. Sein kleines privates Mausoleum, in dem er sie hütete, sie konservierte und sich an ihnen delektierte.

Es war ein kalter Schlag ins Gesicht. Ritas Atem wurde flach und sie spürte wieder Übelkeit in sich aufsteigen. Wenn sie nicht in Kürze auch dort landen wollte, musste sie handeln. Sofort! Es gab nichts mehr abzuwarten. Wenn er das Bett aufgestellt hatte, würde er sie auch hineinlegen wollen. Und lag sie erst einmal darin, würde sie es nicht lebendig verlassen. Vielleicht würde er sie sogar schon vorher umbringen, damit sie sich nicht so sträubte.

Der Vorhang war wieder gefallen. Auf der anderen Seite der Bretterwand polterte es. Das Bett wurde über die Dielen geschlurft und an seine vorgesehene Position gebracht. Das war harte Arbeit. Er war beschäftigt. Das war ihre Chance, die einzige, die er ihr lassen würde.

Sie hielt den Atem an und erhob sich so leise sie konnte. Dann setzte sie einen Fuß vor den anderen … *ganz leise, ganz leise …* Sie biss die Zähne zusammen, um die schmerzenden Knie nicht zu spüren, und betete, dass die Dielen nicht knarrten. Bis auf ein paar Meter kam sie an die Treppe heran. Dann streifte ihr Fuß ein Bröckchen Mörtel, das zwischen den Dachziegeln herausgefallen war. Es gab ein scharrendes Geräusch. Schlagartig hörte das Gepolter auf. Er hatte Ohren wie ein Luchs. Durch die Bretterwand hörte sie, wie er vor Überraschung zischte. Mit einem Krachen ließ er das Bettgestell fallen und raste los, sprang wie ein Besessener über die Betten der Königinnen und riss den Vorhang beiseite.

Rita flog wie ein Vogel. Ihre Beine schmerzten unendlich. Dritter Stock. Zweiter Stock. Immer weiter … *trepp-ab, treppab* … Als sie den ersten Stock erreichte, konnte sie endlich wieder ohne Brechreiz atmen. Das Portal des Haupteingangs würde sich nicht öffnen lassen, es war sinnlos, darauf zu hoffen. Ihre Gedanken rasten. Weiter, weiter … *endlos viele Stufen hinab* … nach unten in den Keller! Wenn sie den Raum erreichte, durch den sie immer eingestiegen waren, hatte sie vielleicht eine Chance.

Der Graue war ihr dicht auf den Fersen. … da waren die Schritte! … Er pfiff so schrill wie eine Fledermaus im Anflug. Er sprang die Stufen hinab, leichtfüßig und trittsicher wie eine junge Gemse. Er brauchte nicht auf seine Füße zu achten, sie fanden von ganz allein den Weg, den sie hundertfach kannten. Rita hingegen stolperte fast über ihre eigenen Beine, kurzatmig, von einer Panik getrieben, die ihr Herz bis zum Halse schlagen ließ. Die Eisengittertür, die das Treppenhaus vom Keller abriegelte, stand offen. Sie stieß sich die Schulter und verlor fast das Gleichgewicht. Wieder tanzten Lichtpunkte vor ihren Augen. Er war schon dicht hinter ihr, streckte die langen Arme aus, setzte zum Sprung an. Wenn er sie jetzt erwischte, war alles vorbei. Ihre Kräfte würden nicht reichen, um sich gegen ihn zu wehren. Und er würde nicht zögern, seine Klauen und Zähne in ihr Fleisch zu graben. Er würde kein Bedauern empfinden, ihr das Genick zu brechen. Ihr Herz musste ohnehin aufhören zu schlagen. Das war ein Teil des Spiels. Sie war nicht die Erste, die zu entkommen versuchte. Sein stinkender Atem erreichte ihren Nacken. Das offene Fenster befand sich fast am anderen Ende des langen

Flures. Sie würde es nicht erreichen. Er war schon zu nah. Die nächste offenstehende Tür lag in Richtung Hinterhof. Rita stürzte hinein und schlug die Tür von innen zu. Sie war aus dickem, stellenweise morschem Holz und hatte Eisenbeschläge. Der Graue polterte stumpf davor. Zu Ritas Füßen lag eine alte Schaufel. Blitzschnell klemmte sie sie unter die rostige Metallklinke. Das würde nicht lange halten, gab ihr aber einen kleinen Moment zum Atemholen. In einer Ecke lagen mehrere Bretter. Eines hatte genau die richtige Größe, um es durch die zwei Eisenklammern zu schieben, die sich zu beiden Seiten der Tür in der Wand befanden – ein hölzerner Riegel, von dem ihr Leben abhing.

Erschöpft ließ sie sich zu Boden sinken. Tränen liefen ihr übers Gesicht. Sie konnte sie nicht mehr zurückhalten. Draußen tobte und polterte das graue Monstrum. Wider Erwarten war die Tür stabil. Nach ein paar Minuten gab er Ruhe. Nur die Duftnote in der Luft verriet, dass er sich noch immer auf der anderen Seite befand. Dort setzte er sich auf den Boden und wartete darauf, dass das dumme Mädchen sich besann und in seine Arme zurückkehrte. Wieder begann er mit seinen Gurreliedern, seinem Liebeswerben, seinen lockenden Gesängen. Rita hielt sich die Ohren zu. Das Fenster war vergittert, der triste Hof wie ausgestorben. Sie saß in der Falle.

Draußen begann ein schöner Tag. Delius nutzte die Gunst der frühen Stunde, um im Archiv ungestört an seinen Programmen zu arbeiten. Eine Thermoskanne mit starkem Kaffee stand neben dem Bildschirm, daneben Päckchen mit belegten Broten, die zu einem sauberen Stapel getürmt waren. Keine Kekse, keine Schokolade. Wenn Rita nicht neben ihm saß, hatte er sich gut im Griff und hielt seine Nachgiebigkeit leiblichen Freuden gegenüber in vernünftigen Grenzen. Vielleicht war das der Grund, warum sie ihm jetzt schon fehlte.

In ihrem hübschen Appartement schob derweil Benedikte vorsichtig die Zehen unter der Bettdecke hervor und setzte sie auf den kleinen chinesischen Seidenläufer, den sie als Bettvorleger benutzte. Noch zu verschlafen, um sich der Realität des beginnenden Tages in ihrem ganzen Umfang bewusst zu sein, trug sie ein leichtes Lächeln auf den Lippen. Dann wurde ihr klar, dass sie mindestens zehn bis zwölf Stunden an ihrem PC würde verbringen müssen, wenn sie ihre Arbeit halbwegs vernünftig abliefern wollte. Das Lächeln verschwand. Sie zog sich einen Morgenmantel über, ging ins Bad, putzte ihre Zähne und schmierte sich eine doppelte Portion Feuchtigkeitscreme ins Gesicht. Auf weitere Schönheitshelfer konnte sie an diesem Tag gut und gerne verzichten, denn so wie sie die Lage einschätzte, würde sie ohnehin keine Zeit haben, das Haus zu verlassen.

Dann dachte sie an Rita. Sie nahm sich das alles viel zu sehr zu Herzen. Die ganze Geschichte war kalt wie ein tiefgefrorener Fisch. Eine Reihe unglückseliger Zufälle. Es gab nicht den *EINEN* Mädchenfänger. Manchmal geschahen eben völlig unabhängig voneinander Dinge, aus denen man dank subjektiver Denkweise und einer Begeisterung fürs Fabulieren und für Schnitzeljagden, gemischt mit einem Faible für Gänsehaut, sehr schön eine scheinbar logische Kette bilden konnte, die es in Wirklichkeit niemals gegeben hatte … Und sollte es den *EINEN* doch gegeben haben, war er in der Zwischenzeit natürlich tot und das Problem hatte sich von selbst zu den Akten gelegt … Amen!

Dann hatte Benedikte plötzlich die Vision von Puzzleteilchen, die durch die Gegend flogen, von einem Windstoß herbeigewirbelt und dann achtlos fallengelassen, sodass man kaum bemerkte, dass sie tatsächlich zu dem gleichen Puzzle gehörten. Zigarettenkippen in allen Ecken. Silberpapierkügelchen, die im Wind den Fußweg entlangsprangen. Rosenblätter in den Pfützen. Tulpen- und Geranienblüten in der Luft, auch das war der Wind … – In letzter Zeit wehte der Wind erstaunlich viele Dinge vorbei. Spuren, die keine waren, weil das alltägliche Leben in seiner unendlichen, unbeschwerten Gewissenlosigkeit die gleichen zu hinterlassen pflegte. Zum Beispiel die totgefahrene Katze am Bordstein, die sie gestern direkt vor dem Haupttor des Pressehauses gesehen hatte. Vielleicht hatte auch jemand dem Tier den Hals umgedreht …

Eine steile Falte teilte Benediktes Stirn. Was für ein Unsinn! Aber Ritas unterdrückte Nervosität in den letzten Wochen hatte tatsächlich etwas Infektiöses, wie eine Sommergrippe, von der man erst nach längerer Zeit merkte, dass man sich angesteckt hat. Wie viele Zufälle lagen eigentlich im Rahmen des Normalen? Gab es darüber Erhebungen? Und ab wann hörten Zufälle auf, zufällig zu sein?

Benedikte machte sich an der Kaffeemaschine zu schaffen. Wenn sie die erste Tasse intus hatte, würde sie noch einmal versuchen, Rita zu erreichen.

Rita zitterte an allen Gliedern. Es war kühl in dem Keller und die feuchte Kleidung auf ihrer Haut war noch immer nicht ganz getrocknet. Außerdem fühlte sie sich unendlich müde. Sie schnallte ihren Rucksack ab und trank einen Schluck Wasser. Für den Moment war sie in Sicherheit. Dann biss sie ein Stück von ihrem Apfel ab, der viele

Druckstellen bekommen hatte. Mehr bekam sie nicht hinunter. Außerdem wusste sie nicht, wie lange sie hier unten würde sitzen müssen. Sie musste ihre spärlichen Vorräte einteilen.

Es war Samstag früh. Die Uhr an ihrem Handgelenk war zuverlässig. Erst kurz nach sieben. Wer würde sie vermissen? Wer würde nach ihr suchen? Ihre Eltern hatten sie gestern Abend erwartet, doch das sollte noch nicht viel heißen. Vielleicht riefen sie auf ihrem Handy an, um zu fragen, wo sie blieb. Aber übermäßige Sorgen würden sie sich nicht machen. Vielleicht würden sie nachdenklich werden, wenn sie am Nachmittag nicht auftauchte, um ihrer Mutter zu gratulieren. Aber nach ihr suchen würden sie nicht. Es stimmte leider, dass sie nicht immer die Zuverlässigkeit in Person war. Es kam schon mal vor, dass sie sich gehörig verspätete. Wirklich vermissen würde sie Benedikte, und zwar am Montag früh, wenn der Zug ohne sie abfuhr. Aber bis dahin waren es zwei Tage und Nächte, und sie hatte nicht die Absicht, solange hier zu sitzen. Sie fühlte sich dreckig und stinkend, durstig und verzweifelt. Ihre Gedanken kreisten um das graue Ungeheuer, das auf der anderen Seite der Tür hockte und begonnen hatte, mit langen Fingernägeln an dem Holz zu kratzen und dabei zu miauen wie ein verlorenes Kätzchen.

Die Tür war dick und das leise Kratzen hörte nicht auf. Die Sonne stieg unerbittlich höher, hell und mitleidlos, denn was scherte es sie, worauf sie ihr Licht warf? Sie kannte keine Vorurteile und wärmte den Mörder ebenso wie sein Opfer. Das Fenster war der einzige Ausweg. Also musste sie zum Fenster hinaus, um jeden Preis. Die beiden Flügel, in denen zersplitterte Scheibenreste steckten, ließen sich problemlos öffnen. Das Gitter hingegen war von kalt lächelnder Solidität. Deutsche Wertarbeit, für tausend Jahre gemacht … Rita strich sich die Haare aus dem Gesicht und atmete tief ein. Dann begann sie um Hilfe zu rufen, so laut sie konnte. Aber nichts rührte sich draußen, außer ein paar Spatzen, die verschreckt aufflatterten. Auch das Kratzen an der Tür verstummte nur einen kurzen Moment, um danach mit der gleichen Monotonie und Ausdauer wieder einzusetzen, begleitet von hochtönigen Jammerlauten, die in den Ohren schmerzten.

Wenn sie durch die Gitterstangen langte, konnte sie mit den Fingerspitzen den Rost über der Nische berühren. Mehr nicht. Aus der Ecke holte sie eine der Holzlatten und versuchte ihn damit hochzudrücken. Es war mühevoll und schweißtreibend. Nach einer halben Stunde gelang es ihr tatsächlich, ihn ein Stückchen zu verschieben – aber was nützte das, solange das Gitter ihr den Weg versperrte. Dann rief sie abermals um Hilfe, fast eine ganze Stunde lang, bis ihre Stimmbänder zu schmerzen begannen und sie heiser wurde. Niemand war da, der sie hätte hören können. Die wenigen Fenster auf der Hofseite der gegenüberliegenden Gebäude schienen niemals geöffnet zu werden. Sie war so hungrig, dass sie am liebsten den ganzen Apfel auf einmal gegessen hätte, doch das wäre nicht klug gewesen. Es war besser, nur einmal abzubeißen. Der Tag war noch lang. Den Rest packte sie wieder in den Rucksack, um nicht in Versuchung zu geraten. Das Wasser aus der halbvollen Flasche schmeckte lau und fade. Einmal ging sie auf Zehenspitzen zur Tür, denn dort war es wohltuend still geworden. Vielleicht hatte er sich zurückgezogen. Vielleicht ging er anderen Tätigkeiten nach. Womit könnte er sich beschäftigen in diesem Haus? Vielleicht jagte er Tauben. Oder Ratten. Auch er musste ja mal essen.

Zum Fußboden hin schloss die Tür nicht dicht ab. Durch einen handbreiten Spalt strömte ein kalter Luftzug herein. Rita ging in die Knie und lugte erwartungsvoll hindurch, in der Hoffnung, nur schwarzes Nichts zu sehen. Dann wurde ihr eiskalt. Von der anderen Seite blickten ihr die furchtbaren Glasmurmelaugen direkt ins Gesicht. Er war nicht fort. Er hatte sich auf den Boden gelegt und bewachte die Tür wie ein treuer Hund, der ganz genau wusste, dass seine Herrin nicht ewig dort drinnen bleiben konnte. In der Nacht hatte er begonnen, seine Haufen in der Nähe der Tür abzusetzen. Er markierte sein Revier, machte seine Besitzansprüche geltend. Sein Duft würde sich bald mit dem ihren vermischen.

Rita sprang auf und flüchtete in die hinterste Ecke. Der Raum war relativ groß und L-förmig geschnitten, so dass es einen Bereich gab, den der Graue von seinem Platz aus nicht einsehen konnte. Der Gedanke, dass er jede ihrer Bewegungen beobachtete, sie begaffte und belauerte wie ein Jäger, machte sie krank. Sie setzte sich auf den staubigen Boden. Das Gesicht in die Hände vergraben, verharrte sie lange Zeit. Mit Verzweiflung beobachtete sie, wie die Sonne den Zenit verließ, langsam wieder zu sinken begann und endlich hinter den Dächern der Häuser verschwand.

Am Abend dieses Tages schien die Zeit länger als sonst in der Dämmerstunde zu verharren. Die Uhren tickten langsamer, die Vögel schwiegen, die Insekten hatten aufgehört zu summen. Die Sekunden zogen sich endlos dahin, bevor sie zu Minuten wurden. In Benediktes Wohnung tropften schwarze Gedanken von den Wänden. Der Tag am Schreibtisch hatte ihre Laune auf den Nullpunkt sinken lassen, und die Aussicht, den morgigen Sonntag ebenso zu verbringen, machte sie launisch und unausstehlich. Rita hatte sie den ganzen Tag nicht erreicht. Vielleicht hatte sie ihr Handy ganz zuunterst in ihre Handtasche gewühlt und das Klingeln wurde von Krimskrams und Papiertaschentüchern erstickt. Oder sie stimmte sich bereits auf die Party ein, trank Bier und tanzte bei aufgedrehter Musik mit ihrer Schwester vor dem Kleiderschrank herum.

Benedikte nahm die halbvolle Flasche aus dem Kühlschrank. Sie liebte Rotwein gut gekühlt, und schenkte sich ein großes Glas ein. Als die Wirkung einsetzte, kramte sie ein paar DVDs aus ihrer Sammlung hervor, um einen entspannten Abend zu genießen. Das graue Haus ging ihr nicht mehr aus dem Kopf und sie verfluchte den Tag, an dem sie seinen Keller betreten hatte.

Seit es dunkler wurde, ließ ein starker Schüttelfrost Ritas Glieder erzittern. Die Kälte machte sie ganz steif. Erschöpfung und Überreizung waren zu groß, als dass sie dagegen hätte angehen können. Ein bisschen Bewegung, und sei es nur ein Auf- und Abgehen auf beengtem Raum, wäre vielleicht hilfreich gewesen. Doch ihr fehlte der Mut. Ihr Wille wurde schwach … *ein Kaninchen in der Schlinge* … Ihre Knie zitterten, wenn sie nur ans Aufstehen dachte. Nun kam die Nacht und alles würde noch schlimmer werden. Hier unten würden nicht einmal die Mondstrahlen sie erreichen. Völlige Dunkelheit erwartete sie. Als Kind hatte sie sich im Dunkeln gefürchtet … *Hexen, die nach ihr griffen, Gespenster, die in den Ecken saßen* … Das Gefühl war das gleiche wie früher … *eine dürre Hand, die sich unter dem Bett hervorstreckte* … Das Gefühl schmeckte immer gleich, bitter, etwas schleimig, und – wenn die Tränen zu fließen begannen – leicht salzig. Damals hatte sie sich nur beruhigt, wenn ein kleines Licht im Zimmer anblieb, eines dieser Lämpchen, die man direkt in die Steckdose steckte, in Form einen orangefarbenen Sterns … *ihr Stern* …

Heute würde sie ohne Stern auskommen müssen, und ohne den kleinsten Funken Hoffnung.

Der Gedanke setzte ihr zu und verstärkte das Zittern noch. Ihr Körper begann zu streiken. Sie musste ein wenig Ruhe finden, an etwas Schönes denken, ein paar Minuten dösen und träumen, damit ihr Verstand nicht ganz im Strudel der Dunkelheit verschwand. Mit den Händen fegte sie den gröbsten Dreck beiseite, rollte sich auf dem harten Boden zusammen und legte ihren Kopf auf den Rucksack. Es war warm und stickig. Die Dämmerung verging. Der Schlaf kam wider Erwarten schnell. Fieberschauer plagten sie auch im Traum. Ratten und schwarze Käfer verfolgten sie und jagten sie durch dunkle Gänge viele Stufen hinab durch ein endloses Labyrinth, das im Nichts endete.

Mitten in der Nacht, als die Dunkelheit am vollkommensten war, wurde Rita von einer Stimme geweckt. Aus der Richtung, in der sich die Fensternische befand, drang ein Wispern und Flüstern. Zuerst glaubte sie, es sei eine Katze. Aber natürlich war *er* es. Bei Nacht konnte er das Haus verlassen und sich unbesorgt im Hof herumtreiben. Er hatte den Rost beiseite geschoben und kauerte nun in der Nische, nur durch die Gitterstäbe von ihr getrennt. Sie sah ihn nicht, doch sie spürte, dass er da war. Sie roch ihn. Es war, als säße er direkt neben ihr. Sie wagte nicht zu atmen. Ihr Lager war vom Fenster aus nicht einsehbar. Seine nachtgewohnten Augen suchten nach ihr. Es war windig, und mit den Luftzügen, die durch die zerbrochene Scheibe drangen, wurde auch sein Duft hineingeweht, durchmischt von Zigarettenqualm und Kotgeruch. Rita konnte den Drang zu Schreien nur unterdrücken, indem sie sich die eigene Faust in den Mund schob und ganz fest darauf biss. Sie drückte den Kopf in den Rucksack und rollte sich zusammen. Trotz des Scharrens und Miauens am Fenster fiel sie wieder in einen unruhigen Schlaf.

Der zweite Tag verlief ähnlich wie der erste. Als Rita erwachte, schmerzte ihr ganzer Körper. Sie war durchgeschwitzt und schmutzig. Das Zittern setzte wieder ein. Ihre Kehle war trocken, zwischen ihren Zähnen knirschte grober Staub. Mühsam setzte sie sich auf und strich sich die Haare aus dem Gesicht. Es lohnte kaum, den Tag zu beginnen, denn nichts an ihrer Situation hatte sich geändert, außer dass ihr Wasser knapper wurde und ihre Hoffnung schwand. Sie fühlte sich unendlich erschöpft, und der gefährlichste Feind, die Gleichgültigkeit begann sich in ihrem Kopf breitzumachen.

Am Vormittag verausgabte sie sich abermals damit, um Hilfe zu schreien. Diesmal versagte ihre Stimme bereits nach zwanzig Minuten. Ihre Kehle schmerzte … *nun war sie stumm* … Mit einer verirrten Faser ihres Verstandes überlegte sie, ob sie aus einer der Holzlatten in der Ecke nicht einen langen Nagel ziehen solle, um ihren Namen in die Wand zu ritzen, falls man irgendwann mal nach ihr suchen würde. Jetzt verstand sie Mariana vollkommen. Heiße Tränen rannen ihr über die Wangen und hinterließen dunkle Streifen in dem Staub, der ihre Haut bedeckte. Sie schniefte. Dann aß sie den ganzen Rest des Apfels, weil sie es nicht anders aushielt und weil er vor ihren Augen verfaulte. Das Wasser rationierte sie gewissenhaft. Nur ab und zu ein Schlückchen, nicht zu viel auf einmal. In einem der zahlreichen Seitentäschchen ihres Rucksacks entdeckte sie noch ein paar Bonbons, die sie über den Tag verteilt langsam lutschte. Eins sparte sie für die Nacht auf und ein zweites für den kommenden Morgen. Weiter konnte sie nicht denken.

Es war ein Spiel, ein gutes, altes Spiel, das alle Zeiten überdauerte. Er liebte es, es machte ihm Freude. Zufrieden grollte er vor sich hin. Das Reh flüchtet, der Jäger folgt ihm. Es flüchtet über Stock und Stein, über Treppen und Stiegen. Er pirscht und schleicht ihm hinterher, mit der Nase in der Luft und geschärften Sinnen. Das Herz des Rehs klopft vor Angst. *Sein* Herz droht vor Sehnsucht zu zerspringen. Das Reh verbirgt sich in einem Hain, hinter Hecken und Ecken und staubigen Türen. Er folgt ihm wie ein Schatten. Es weint und schluchzt. Er singt vor Liebe. Es versucht zu entkommen, doch seine Arme sind lang und seine Augen scharf. Er hetzt es, bis es in die Knie geht und ihm großäugig seine zarte Seele offenbart. Er tanzt und jauchzt: ein altes Ritual. Jagdzauber. Das alte Spiel der Liebe.

18

Nur langsam lüftete der neue Morgen seine Schleier. Frühnebel hielt die Sonne in Fängen. Widerwillig kam die Helligkeit, bleiern und trist drang das fahle Licht durch das schmutzige Fenster. Rita erhob sich mit steifen Gliedern. Ihre Hände und Füße waren eisig und sie bekam die Augen kaum auf. Abermals hatte das Monstrum einen Teil der Nacht in der Fensternische verbracht. Dort hatte es geraschelt, leiser als das Rascheln einer Maus im Gras. Aber sie wusste, dass *er* es war. Das stinkende Raubtier. Einmal hatte sie vorsichtig um die Mauerecke gelugt, einen Blick riskiert. Sein dunkler Schatten presste sich gegen das Gitter. Als er spürte, dass sie wach war, verdoppelten sich sogleich seine Bemühungen. Leise begann er zu gurren und zu locken, sang ihr kleine Lieder, überaus freundlich, so liebevoll, dass es ihr eisige Schauer über den Rücken jagte.

Nun drang frische Morgenluft durch das zersplitterte Fenster. Der Rost war wieder zugeschoben. An den Glasscherben entdeckte sie eine dünne Spur frischen Blutes. Er hatte seinen Arm durch die Scheibe gestreckt und lautlos nach ihr geangelt. Dabei hatte er sich einen Kratzer geholt. Außerdem hatte er ihr Geschenke gebracht: In der Nische lagen Blumen, vermischt mit einer ganzen Anzahl wohlgeformter Kügelchen aus Silberpapier. Obenauf ruhte ein Vöglein, eine kleine Schwalbe, die er aus ihrem Nest in einer Mauerritze gefischt hatte. Ganz leicht und zart hatte er ihr das Genick gebrochen. Nun schlief sie auf dem Gabentisch, das Köpfchen zur Seite geneigt wie eine welke Blüte, die Augen geöffnet, als schaue sie geradewegs in den Himmel hinein. Rita übergab sich, krampfhaft und schmerzvoll, denn ihr Magen hatte nichts, was er hergeben konnte.

Dann hockte sie sich wieder in ihre Ecke. Sie merkte, dass ihr Kreislauf schlappmachte. Sie nahm die Wasserflasche. Viel blieb nicht mehr. Wenn sie sparsam war, reichte es noch für diesen Tag. Wenn sie heute keinen Weg hinausfand, war sie verloren. Den Gedanken, die dicken Gitterstäbe aus dem Zement zu kratzen, nahm sie nicht wieder auf. Es war zu aussichtslos. Das kleine Taschenmesser, mit dem sie für gewöhnlich höchstens einen Apfel durchschnitt, war bereits nach einer Stunde intensiver Arbeit kaputtgegangen. Aus dem Fenster führte kein Weg. Folglich blieb nur die Tür.

Auf Zehenspitzen schlich sie sich hin und schaute abermals unter dem Türspalt durch. Der Flur war still und dunkel. Nichts bewegte sich. Er war nicht zu sehen, aber er war schlau. Er war wie ein Fuchs, ein kluger Jäger, der nachdachte und Fallen stellte, der lauerte und auf die Gunst der Stunde wartete. Er hatte viel gelernt im Laufe seines Lebens mit den Ratten und Katzen, den Tauben und Wanzen. Er war eine Ratte auf zwei Beinen, eine Taube ohne Flügel, ein übergroßer Kakerlak und ein scharfkralliges Katzenvieh, eine an die Umstände angepasste Symbiose der größten Überlebenskünstler der Welt.

Benedikte saß wie auf glühenden Kohlen. Sie hatte gewusst, dass etwas schiefgehen würde. Es war Montag früh. Ihre Reisetasche stand gepackt im Flur. Und noch immer hatte sie Rita nicht erreicht. Gestern Abend, als die Hausarbeit endlich fertiggestellt und ausgedruckt war, hatte sie einen Spaziergang unternommen, um den Umschlag beim Pressehaus einzuwerfen und ein wenig Luft zu schnappen. Über den Tag verteilt hatte sie Rita mehrere SMS geschickt, um sich vielleicht am Abend noch auf ein Eis oder einen Tee zu verabreden. Rita wollte am Sonntagnachmittag aus Bremen zurück sein. Anscheinend hatte das nicht geklappt.

Nun ließ sie abermals das Handy läuten, zehnmal, zwanzigmal … Dabei war es ohnehin längst zu spät! Keine Aussicht mehr, den Zug zu erreichen. Soviel zum Thema Urlaub! Einige Minuten lang überlegte Benedikte ernsthaft, ihre Tasche zu schnappen und alleine loszufahren. Rita konnte dann ja nachkommen, wenn sie noch wollte … Schwankend zwischen handfester Verärgerung und einem seltsamen Gefühl der Beklemmung, das sich in ihrer Kehle festsetzte, wartete Benedikte weitere zehn Minuten. Sie sah auf ihre Uhr. Nun fuhr der Zug ab … Nein, da stimmte etwas nicht! Mit halbem Herzen weinte sie dem Urlaub nach, doch der Gipfel des Zorns war überschritten. Ohne darüber nachzudenken, was sie eigentlich von ihm wollte, wählte sie die Handynummer von Delius. Das war immerhin noch eine Möglichkeit … Delius … Schon seit Tagen wurde sie den Verdacht nicht los, dass sich da etwas anbahnte …

Delius' Stimme klang auch zu früher Stunde bereits sehr sortiert, nach blankgeputzter Brille und frisch gebügeltem Hemd.

„Bist du zuhause? Und ist Rita zufällig bei dir?", platzte Benedikte heraus. Wenn eine Sache dringlich war, neigte sie dazu, auf Höflichkeitsformeln zu verzichten.

„Ich nehme an, Benedikte?"

„Ja, wer sonst! Ist sie bei dir?"

„Wie kommst du darauf, dass Rita bei mir sein könnte? Hast du dich vielleicht in der Nummer geirrt? Bist du sicher, dass du mit *mir* sprichst?" Delius war irritiert. Benedikte fürchtete, dass er wieder auflegen würde, und riss sich zusammen.

„Okay, schon gut, Delius. Ich meine es wirklich ernst. Ich stehe hier seit über einer Stunde zu Hause rum und warte auf Rita, und unser Zug ist schon weg, der Urlaub ist im Eimer und ich erreiche sie weder zuhause noch mobil … – Ist sie wirklich nicht bei dir?"

„Leider nicht, was ich sehr bedauere", sagte Delius gedehnt.

„Hast du sie noch wiedergesehen? Ich meine, nach Freitagabend im Büro?"

„Nein. Und du?"

„Nein, sonst würde ich ja nicht fragen … Du warst ja da, als ich gegangen bin. Wir haben noch rumgewurschtelt um den ganzen Kleinkram vom Tisch zu kriegen, der liegengeblieben war. Dann hast du die Nase zur Tür hereingesteckt, und kurz darauf bin ich gegangen … – Wie lange bist du noch bei ihr geblieben?"

„Vielleicht zehn Minuten, …" Delius überlegte. „Und du hast das ganze Wochenende nichts von ihr gehört?"

„Nein, gar nichts. Dabei habe ich wirklich x-mal versucht, sie zu erreichen, aber sie ist nie rangegangen. Irgendwann habe ich es aufgegeben. Ich hatte sehr viel zu tun. Seit Samstag früh habe ich an meinem Schreibtisch gesessen und gearbeitet, bis mein Kopf rauchte. Keinen Fuß habe ich vor die Tür gesetzt. Gestern Abend habe ich dann den ganzen Kram beim Kurier in den Briefkasten geworfen. Das war das einzige Mal, dass ich die Wohnung verlassen habe … Wenn Rita versucht hätte, mich anzurufen, hätte ich das mitgekriegt. Das Telefon steht schließlich auf dem Schreibtisch direkt vor meiner Nase. Ich dachte, sie würde sich in Bremen so gut amüsieren, dass sie einfach nicht ansprechbar ist. Wir mussten uns ja auch nicht unbedingt noch mal treffen. Es war ja alles besprochen."

„Was genau hatte sie am Wochenende eigentlich vor?"

„Dass sie am Freitag noch nach Bremen wollte, hast du ja mitgekriegt … Am Samstag hatte ihre Mutter Geburtstag, also den ganzen üblichen Kram, Kaffeetrinken und so … Und am Abend war eine Party angesagt, da wollte sie mit ihrer Schwester hin. Und gestern Abend wollte sie zurückkommen, ihre Reisetasche neu sortieren und heute früh pünktlich um 7 Uhr 45 vor meiner Türe stehen. Dann wollten wir noch schnell einen Kaffee trinken und danach zum Bahnhof."

Delius dachte an Freitagabend, an das Gewitter und an das dumpfe Gefühl, das ihn beschlichen hatte. „Hast du schon bei ihren Eltern nachgefragt? Ich meine, ob sie wirklich da gewesen ist?"

„Nein …" Benedikte war verblüfft über ihre eigene Dummheit. Wie war es möglich, dass sie daran nicht gedacht hatte?

„Hast du die Nummer? Dann mach das doch eben! Und ruf mich danach zurück. Wir müssen zumindest sicher sein, dass sie überhaupt wie geplant losgefahren ist. Ich hatte am Freitag kein gutes Gefühl, auch wenn sie mir versicherte, dass sie jetzt immer einen Bogen um die Grafenstraße mache …“

Benedikte spürte plötzlich wieder dieses Kribbeln. Delius hatte Recht. Sie wühlte in ihrer Handtasche und beförderte den Kalender zutage, in dem für den Notfall auch die Nummern von Ritas Eltern und ihrer Schwester verzeichnet waren. Nach drei Minuten rief sie Delius zurück.

„Rita ist gar nicht in Bremen gewesen. Ihre Mutter ist total besorgt. Rita hat sie nicht mal angerufen, um ihr zu gratulieren …“ Sie hielt einen Moment inne. „Delius, bist du noch da?“

Am anderen Ende der Leitung ließ sich nur ein *hmm* vernehmen.

„Delius, ich mache mir ernsthafte Sorgen. Da stimmt was nicht. Bist du zu Hause?“

„Nein, im Archiv …“ Seine Stimme klang beinahe etwas verlegen, vielleicht auch ein wenig traurig, denn ihm war klar, dass sein Leben bemitleidenswert scheinen musste. „Jetzt habe ich hier meine Ruhe und wollte die Zeit nutzen, um ein neues System für die Schlagwortsuche zu installieren …“

„In deinem Urlaub? Und um diese Uhrzeit?“ Benediktes Kinnlade fiel herunter. „Aber gut, ist ja deine Sache … Ritas Mutter hat mich jedenfalls gefragt, ob ich nicht in Ritas Wohnung nachschauen könne, ob alles in Ordnung ist. Könntest du vielleicht mitkommen? Ehrlich gesagt, würde ich mich wohler fühlen.“

Rita legte die Hand an die Holzlatte, die die Tür verriegelt hielt. Sie musste es wagen. Auf dem Flur war alles still. Unter der Tür war nichts zu sehen. Er war nicht mehr da. Seit mindestens einer halben Stunde war er fort. Sie musste die Gelegenheit nutzen, denn eine andere würde nicht kommen …

So sachte wie möglich legte sie ihre Hände um das Holz und schob es zentimeterweise aus den Halterungen. Nur keinen Lärm machen. Wenn es ihr gelang, die Tür zu öffnen, ohne dass er es bemerkte, hatte sie vielleicht eine Chance. Sie musste ja nur den Raum mit dem offenen Fenster erreichen. Wie weit mochte es sein? Der Flur war lang. Ein Stückchen hatte sie während ihrer Flucht zurückgelegt, aber nicht viel. Blieben vielleicht fünfzig Meter. Vielleicht ein paar weniger. Sie konnte sich nicht entsinnen, an wie vielen Räumen sie vorbeigelaufen war. Viele waren es nicht gewesen. Die Hälfte des Flures hatte sie noch nicht erreicht gehabt.

Vorsichtig schob sie das Brett weiter. Noch zwei Zentimeter, dann konnte sie es beiseite stellen und die Tür einen Spalt öffnen … Da stieg ihr plötzlich Zigarettenqualm in die Nase. Nahe dem Boden bildete sich ein feines Rauchwölkchen. Entsetzt wich Rita zurück. Um ein Haar hätte sie die Türe geöffnet! Sogleich erhob sich im Flur das Gurren und Miauen, das Zwitschern und Tirilieren, durchsetzt von quasi-menschlichen Lauten, menschlicher Sprache entlehnt und verfremdet, ein unermüdlicher Sänger, der sein Vögelchen lockte, ein staubgrauer Orpheus, der nach seiner Eurydike schmachtete. Er war wieder da, lag vor der Schwelle und wartete darauf, dass sie ihn einließ. Er schickte ihr Grüße, blies den Dampf, seinen duftenden Weihrauch und seine ätherische Myrrhe, unter der Tür durch, um sie zu verführen. Er wollte sie besänftigen wie der Imker seine schwärmenden Bienen. Er wollte ihr die Hand reichen und ihr ewigen Frieden anbieten. Durch den Türspalt sah er ihre Füße in den weißen Sandalen, die Zehnägel sorgfältig himmelblau bemalt. Er betete sie an, mit all seiner Unfähigkeit, seinem Entzücken auf menschliche Weise Ausdruck zu verleihen.

Rita zog sich ganz in ihren Winkel zurück, setzte sich auf den Rucksack und barg das Gesicht in den Armen. Sie schluckte krampfhaft, unterdrückte aber jeden Laut, um ihm die Genugtuung nicht zu gönnen und ihm keinen Anlass zu geben, sein Liebeswerben noch glutvoll zu verstärken.

Zwanzig Minuten später hastete Benedikte durch die Wallanlagen. Sie hatte erst in ihrer ganzen Wohnung nach dem Ersatzschlüssel suchen müssen, den Rita ihr vor ein paar Monaten anvertraut hatte. Schließlich war er in der Schublade aufgetaucht, in der sie einen Hammer, Nägel und ein paar Schraubenzieher aufbewahrte. Delius wartete bereits vor der Haustür.

„Sieht alles unverdächtig aus, jedenfalls von hier aus betrachtet“, sagte er. „Eines von diesen Häusern, in denen man himmlische Ruhe hat, weil sich niemand um den Nachbarn kümmert …“

Benedikte stocherte im Schloss herum. Sie eilten die Treppe hinauf. Ritas Wohnungstür öffnete sich völlig geräuschlos. Alles war ruhig, friedlich. Von draußen drang der Gesang von Amseln und Buchfinken durchs Oberlicht, das unvorsichtigerweise offen stand.

„Sie ist nicht hier …“, sagte Benedikte mehr zu sich selbst als zu ihrem Begleiter und streifte mit den Augen den Kühlschrank, den Herd, die Stuhllehnen, die Tischplatte.

„Das Geschenk!“ Auf dem Küchentisch lag zwischen Zuckerdose, Brötchenkrümeln und einer blauen Tasse, in der sich noch ein Restschlückchen Kaffee mit viel Milch befand, ein kleines Päckchen, eingeschlagen in Goldpapier mit fliederfarbener Schleife.

„Schau nur, Delius! Das Geschenk für ihre Mutter. Sie hat es nicht mal mitgenommen. Wahrscheinlich ist sie am Freitag gar nicht mehr hier gewesen!“

„Das fürchte ich auch.“ Delius hatte einen Blick in Ritas Schlafzimmer geworfen und wies auf eine kleine Reisetasche. Sie war gepackt, aber noch nicht geschlossen. Obenauf lag ein grünglitzerndes Paillettenoberteil.

„Alles bereit fürs Wochenende. Geschenk für Mami und ein heißer Fummel für die Partynacht …“

Benedikte zog den Vorhang vor der Balkontür zurück, um mehr Licht einzulassen. Ihr Blick fiel auf die rötlichen Fliesen. Ein kleiner Hügel aus Blättern und Blüten welkte in der Morgensonne. Stiefmütterchen, Jasmin, Oleander. Gelb und weiß mit ein paar blauen Tupfern aus Vergissmeinnicht. Wenn es in den letzten Tagen nicht so windstill gewesen wäre, hätte sich die ganze Pracht längst aufgelöst. Zwischen den Blüten lagen Kügelchen aus Silberpapier und ein seltsames rötlich-weißes Fellbündel. Delius öffnete die Tür und stupste es mit der Fußspitze an. Es war ein totes Katzenbaby, ganz schmutzig und steif.

„Das ist ja widerlich!“, stieß Benedikte hervor. „Und wir waren sicher, dass es aufgehört hat! Warum hat sie es uns nur nicht gesagt?“

„Wenn sie es gesehen hätte, hätte sie es gesagt, ganz bestimmt. Wahrscheinlich hat sie es am Freitagmorgen gar nicht bemerkt. Der Vorhang war zugezogen. Sie hat ihn gar nicht geöffnet, weil sie ohnehin mal wieder spät dran war.“

Sie entschlossen sich, nichts weiter anzufassen und verließen die Wohnung. Delius zog die Tür ins Schloss.

Er war der Herr über die Zeit. Sie gehörte ihm und gehorchte ihm, denn sie bedeutete ihm nichts. Sie arbeitete für ihn, denn er konnte warten. Er sog den süßen Duft ein, der warm wie ein Frühlingstag unter der Tür hindurch in seine Nase kroch. Ihr lieblicher Schweiß, mit einem Bukett von Mandel und Jasmin. Ihre köstlichen Tränen, die nach Seerosen dufteten. Ihre Angst, die der Furcht eines gefangenen Vögelchens glich, genau in dem Moment, wenn man es küsst, um ihm den Kopf abzubeißen. So köstlich war das Warten, so köstlich wie die Gerüche, die mit der Dauer des Wartens noch an Intensität zunahmen.

19

Kriminalhauptkommissar Bruns hatte sich zurückgelehnt und blätterte in einem dünnen Schnellhefter. Die Aufzeichnungen, die man ihm in die Hand gedrückt hatte, machten einen gewissenhaften und wohlsortierten Eindruck, fast ein wenig pedantisch. Die dabeiliegenden Fotos junger Mädchen waren aus Zeitungsartikeln gescannt und mit einem professionellen Programm ziemlich sorgfältig bearbeitet worden, sodass aus den pixeligen Zeitungsrastern brauchbare Bilder entstanden waren, etwas weichgezeichnet dort wo die Auflösung nicht reichte, aber eindrucksvoll ... *so viele hübsche Schwestern* ... Schließlich betrachtete er die kopierten Artikel selbst, die zu den Bildern gehörten, die wichtigsten Stichworte waren mit orangefarbenem Textmarker gekennzeichnet.

Vermisstenfälle aus den letzten fünfzig Jahren. Auf den

ersten Blick so wahllos, dass er nicht übel Lust gehabt hätte, die Mappe in seiner untersten Schublade verschwinden zu lassen. Doch das ging nicht, denn ihm gegenüber saßen zwei Personen, die es mit äußerster Dringlichkeit verstanden hatten, sich an allen formellen Hindernissen vorbei durch drei Vorzimmer zu katapultieren und eigenhändig an seine Tür zu poltern ... Er blätterte weiter. Wirklich wahllos das Ganze, wenn die Gesichter der Mädchen nicht gewesen wären. Die Gesichter ... Das war schon bemerkenswert.

Der junge Mann faltete einen Ausdruck im DinA 2-Format auseinander, auf dem die Straßen der Innenstadt ein blasses Netz bildeten. Begrenzt war das Areal durch die Stadtautobahn, die einen fast perfekten Kreis bildete, wie eine Schlange, die sich am eigenen Ende wieder in den Schwanz beißt. In der Mitte der Karte ein schwarzes Kreuz, das von den Häusern, in denen die verschwundenen Mädchen gelebt hatten, wie von Satelliten umkreist wurde. Die Trabanten und ihr Fixstern, der ein schwarzes Loch in der Mitte ihres Universums war. In verschiedenen Farben waren die Routen eingemalt, die die Mädchen wahrscheinlich oder möglicherweise gegangen waren, bevor der Erdboden sie verschluckt hatte.

Kommissar Bruns Seelenruhe begann sich allmählich aufzulösen. Die nervöse Hektik seiner Besucher war ansteckend und das behagte ihm nicht. Die junge Frau wippte so nervenaufreibend mit dem Fuß, dass er sich zu einer widerwilligen Eile genötigt fühlte. Die ganze Geschichte klang so absurd, dass sie sich kein halbwegs mit Verstand gesegneter Mensch ausdenken würde, um die Polizei grundlos damit zu behelligen. Er drehte sich zu seinem Bildschirm und gab nacheinander die Namen der vermissten Mädchen ein.

„Natürlich sind nur die neueren Fälle abrufbar …“, murmelte er. „Die Vermisstenfälle Hauschildt, Öztürk und Driemann habe ich vor mir. Samt verschiedener Bilder der Mädchen. Keines von ihnen ist wieder aufgetaucht. Es ist in der Tat erstaunlich …“

Er drehte den Bildschirm ein wenig.

„Schauen sie, eine gewisse Ähnlichkeit im Erscheinungsbild ist tatsächlich vorhanden …“

„Eine *gewisse* Ähnlichkeit?“ Benedikte vergaß ihre Zurückhaltung. „Das ist die Untertreibung des Jahres! Sie sind sich doch alle wie aus dem Gesicht geschnitten!“

Delius legte ihr die Hand auf den Arm, um sie zu beruhigen, und seltsamerweise fühlte Benedikte nicht den Drang, ihn wegzustoßen.

„Lassen Sie uns bitte sachlich bleiben. Die älteren Fälle sind von hier aus leider nicht abrufbar. Ich müsste sie in den Akten nachschlagen, was im Moment wohl zu langwierig wäre … – Haben sie ein Foto von ihrer verschwundenen Freundin dabei?“

„Ja.“ Benedikte kramte in ihrer Tasche. Von Ritas Nachtschränkchen hatte sie eine gerahmte Aufnahme genommen, die Rita mit ihrer Großmutter in einem paradiesähnlichen Garten mit vielen Obstbäumen zeigte.

„Ein Porträt habe ich leider nicht. Aber auch so können sie erkennen, dass sie der gleiche Typ ist!“ Sie blickte dem Kommissar direkt ins Gesicht, als wolle sie den Moment der Erleuchtung darin entdecken.

Kommissar Bruns hatte sich im Laufe seiner langen Dienstzeit ein perfektes Pokerface angeeignet. Er kratzte sich allerdings am linken Ohrläppchen, was bei ihm ein Zeichen steigender Unruhe war. Abermals studierte er den Plan. Es war so unwahrscheinlich, dass ein und derselbe Serientäter fünfzig Jahre lang agierte, dass es ihm geradezu Widerwillen bereitete, dem Gedanken weiter nachzugehen. Es war das Zögern vor einem dicken Brocken, von dem man wusste, dass man ihn gleich stemmen und bis über die Ziellinie tragen musste.

Benediktes Handy war schrill, aus pinkfarbenem Plexi und winzig wie ein Puppenspielzeug, doch der kleine Bildschirm war von überzeugender Leistungsfähigkeit. Sie drückte den Wiedergabeknopf und nacheinander erschienen ein halbes Dutzend Bilder von Ritas Balkon, die sie dort vor einer knappen Stunde gemacht hatte. Ihre Finger zitterten vor schlecht unterdrückter Nervosität.

„Hier! Sehen sie ganzen Blumen? Sagen sie mir nicht, dass die der Wind dorthin geweht hat! So was macht doch nur ein Verrückter und ich habe auch schon gesagt, dass es nicht das erste Mal war … Sehen sie die tote Katze?“

Sie hielt ihm das Handy so dicht unter die Nase, dass er um ein Haar unwillig ihre Hand beiseite gedrückt hätte. Dann jedoch stockte er so plötzlich, wie nur der Blitz der Erkenntnis es bewirkt haben konnte. Sein Mund wurde trocken. Das war kein Scherz. Niemand konnte das wissen.

Er holte nochmals die drei Fälle Hauschild, Öztürk und Driemann auf seinen Bildschirm. Er täuschte sich nicht. Vorhin hatte er die Umstände der Fälle nur überflogen. Doch dieses Detail war zu ungewöhnlich gewesen, um es zu übersehen. Sowohl im Fall Hauschildt als auch im Fall Öztürk waren Familienmitglieder nach seltsamen Vorkommnissen oder ungewöhnlichen Beobachtungen, die mit dem Verschwinden der Mädchen im Zusammenhang stehen konnten, gefragt worden. Sie hatten Haufen von Blüten und Federn erwähnt, die zusammen mit anderem Abfall vor der Tür, beziehungsweise in der Einfahrt, aufgetaucht waren. Bei den Öztürks hatte eine tote Katze im Hausflur gelegen, zusammen mit einer Menge abgerissener Blüten von Stiefmütterchen und Tulpen. Ein Foto gab es davon nicht. Gülcan war zu dem Zeitpunkt noch nicht verschwunden gewesen und niemand hatte dem Vorfall tiefere Bedeutung beigemessen.

Bei Familie Hauschildt war von drei toten Singvögeln die Rede, die auf Blumen gebettet auf dem Fensterbrett vorm Küchenfenster gelegen hatten. Herr Hauschildt hatte das als eine Warnung mit politischem Hintergrund aufgefasst, denn im Stadtrat war er ein ziemlich bunter Hund, der Kontroversen nicht aus dem Weg zu gehen pflegte. Er hatte ein Foto gemacht, um Beweise zu sammeln, falls sich so etwas wiederholen sollte. Die Familie Öztürk hingegen erinnerte sich an die Katze erst im Nachhinein, als sie zu den Umständen von Gülcans Verschwinden befragt wurde. Die ermittelnden Beamten ordneten die Geschichte mit der toten Katze dem Bereich fremdenfeindlicher Äußerungen der metaphorischen Form zu.

In der Akte über Vanessa Driemann waren keine solchen Vorfälle verzeichnet. Aber der Fall war anders gelagert, denn Vanessa hatte keinen Wohnsitz in Oldenburg gehabt und war mehrmals in der Woche gependelt.

Bruns nahm das Handy und betrachtete das winzige digitale Stillleben, das auf dem Display leuchtete. Ein sonderbarer, kleiner Altar, auf dem Blumen und Tod sich die Hand reichten. Diese Dinge waren in der Zeitung nie erwähnt worden. Nein, das konnte niemand wissen. Niemand, der nicht die alten Protokolle kannte oder diese morbiden, kleinen Fanale der Vergänglichkeit selbst angerichtet hatte …

Mit seiner Zögerlichkeit hatte es ein jähes Ende. Bruns nahm seinen Telefonhörer ab und bat zwei Kollegen zu sich. Abrupt stand er auf und griff nach seiner Jacke.

„So, dann werden wir jetzt in die Wohnung ihrer Freundin fahren und uns die Sache einmal ansehen."

Rita saß gegen die kühle Mauer gelehnt. Schon sehr lange hatte sie sich nicht mehr bewegt. Über eine Stunde. Vielleicht auch über zwei Stunden. Ihr Gefühl für Zeit war längst verflogen. Sie schaute auch nicht mehr auf die Uhr. Kalk- und Salpeterteilchen rieselten auf sie herab. Die Geräusche an der Tür zerrten an ihren Nerven. Das Ding da draußen hatte angefangen, die Tür stärker zu bearbeiten, als wolle es mit seinen eigenen Fingernägeln zu ihr durchdringen. Es hatte ein Messer aufgetrieben und versuchte den Spalt unter der Tür zu vergrößern, bis es irgendwann würde hindurchkriechen können. Da es wendig war wie eine Schlange, die sich durch engste Öffnungen zwängt, würde es ihm wahrscheinlich noch im Laufe des Tages gelingen. Ein unermüdlicher Arbeiter, der sein Ziel vor Augen hatte und den Schweiß der Arbeit als Trank der Vorfreunde erlebte.

Nur einmal beugte Rita sich leicht zur Seite und spähte um die Ecke. Unter dem Türspalt schob sich in diesem Moment eine graue Hand hindurch, spinnenfingrig und dürr, wie die Klaue eines großen Insekts. Die Tür war dick, doch das Holz morsch. Die Arbeit machte gute Fortschritte. Munter gurrte die Taube und maunzte das Kätzchen. Zwischendurch lockte er sie immer wieder … *kommkommkomm* … mit zuckersüßer Stimme, die ihr das Paradies auf Erden versprach.

Rita überlegte fieberhaft. Das Wasser in der Plastikflasche war muffig und abgestanden. Ihr war heiß. Das Kratzen und Schaben wurde immer freudiger und energischer. Welcher Tag war heute? … *Montag* … Es war tatsächlich schon Montag. Der dritte Tag. Montagmorgen …

der Zug … Der Zug musste längst weg sein, und Benedikte würde vor Wut schäumen, weil sie ihn verpasst hatten. Vielleicht war das ihre Rettung. Benedikte setzte sicher alles daran, sie ausfindig zu machen, um ihr den Kopf abzureißen. Vielleicht rief sie bei ihren Eltern an. Dann würde sie erfahren, dass Rita dort gar nicht aufgetaucht war, und vielleicht zu überlegen anfangen … *vielleicht* … Ja, vielleicht würde Benedikte das tun.

Mit einem kleinen Stock berührte Kommissar Bruns das tote Kätzchen und stocherte in dem Blütenhaufen. Dann machte er einen großen Schritt über das Blumengebinde hinweg auf den Balkon.

„Und das hier? Ist das auch neu?“, fragte er und deutete auf die Außenmauer. Benedikte trat zu ihm und schaute hoch. Die Wand rings um den Türrahmen war beschmiert.

„Wir haben den Balkon heute früh nicht betreten. Das sehe ich zum ersten Mal!“, rief sie angewidert. Sie konnte ein Würgen kaum unterdrücken.

In den Fäkalienbrei waren weiße und gelbe Blüten gedrückt, ein abstoßendes Kunstwerk. Kommissar Bruns griff nach seinem Telefon und forderte die Spurensicherung an. Dann besprach er sich mit seinen beiden Kollegen.

„Wir fahren einen Sondereinsatz. Das Gebäude in der Grafenstraße ist groß und wenn sich jemand darin verschanzt hat, brauchen wir Leute. Ich denke, wir haben keine Zeit zu verlieren.“ Zwei Minuten später telefonierte er abermals mit seiner Zentrale.

Wieder hörte das Kratzen auf. Hastig wie eine große Spinne hatte der Gnom seinen Posten verlassen. Er huschte zur nächsten Wasserstelle – einer Pfütze, die sich unter einem der vielen zerbrochenen Fenster gebildet hatte. Dort ließ er sich auf die mageren Knie nieder und schlürfte gierig. Die Arbeit machte durstig. Das Wasser war brackig und schmeckte nach Erde. Er leckte über den Zementboden, der immer ein wenig salzig war, von den Ausspülungen der alten Steine auf dem Hof, vielleicht auch vom Urin der Ratten. Das machte für ihn keinen Unterschied. Was zählte, war das prickelnde Salz, die Mineralien, die ihn vital machten. Er lebte auf diese Weise schon fast eine Ewigkeit.

Halbherzig nahm Rita wahr, dass das Schaben aufgehört hatte. Es vergingen einige Minuten, bevor sie ihrer Wahrnehmung traute. Er war nicht da. Die Quelle des Gestanks hatte sich ein Stück zurückgezogen. In ihrem müden Verstand nahm eine winzige Möglichkeit Form an. Wenn sie sich jetzt erhob und den Standort wechselte, würde er nicht mehr wissen, wo im Raum sie sich befand. Er würde glauben, dass sie noch immer in der Ecke säße, den Kopf auf die Knie gelegt und ihrem Schicksal hoffnungslos ergeben. Das musste sie nutzen. Rasch ergriff sie eine der schmalen Latten, die in der Ecke lagen. An einem Ende waren drei lange Nägel hindurchgeschlagen. Vielleicht war es einmal ein Regal gewesen, das ein dilettantischer Zimmermann so simpel wie möglich zusammengehämmert hatte. Die Nägel waren rostig und spitz. Das war immerhin etwas. Besser als nichts. Damit konnte sie ganz ordentlich zuschlagen. Leise bewegte sie sich zur Tür hin. Links neben der Tür stand ein primitiv gefertigter, hölzerner Schemel. Sie setzte sich leise darauf und zog die Füße hoch. Wenn er durch den Türspalt schaute, würde er sie nicht sehen. Und wenn er noch mal seine widerliche Hand hindurchstreckte, würde sie mit aller Kraft zuschlagen …

Die Polizei rückte an. Es war eine leise, unscheinbare Aktion, mit Zivilfahrzeugen, die wie beiläufig am Straßenrand einen Parkplatz suchten. Zwei Herrchen führten ihre Schäferhunde Gassi und ließen sie an den Ecken des Hauses schnüffeln. Alles, was grünweiß war oder nach Uniform aussah, hielt sich fünfzig Meter weiter hinter der nächsten Straßenecke bereit, um bei Bedarf in wenigen Sekunden zur Stelle zu sein. Das graue Haus lag friedlich in der Sonne, die inzwischen schon sehr hoch stand. Es sah so harmlos aus, als würde es schlafen. Die Fenster waren leer, vertrocknete Höhlen, in denen kein Funke mehr blitzte. Es war so still, dass man den unermüdlichen Staub beinahe rieseln hörte.

Kommissar Bruns gab ein kleines Handzeichen, als grüße er einen Bekannten auf der anderen Straßenseite, und einer der Hundeführer bewegte sich in den schmalen Gang hinein, der zur die Rückseite des Gebäudes führte.

Das graue Ding hatte wieder angefangen zu graben und zu schaben. Rita starrte zu Boden, das eckige Holz so fest in der Hand, dass die Knöchel schmerzten. Hinter ihrer Stirn hämmerte es. Ihr ganzer Körper tat weh vor Anspannung. Manchmal blitzte in dem Türspalt die scharfe Messerspitze auf, dann wieder sah sie ein paar knochige Finger. Sie musste einen günstigen Moment abwarten. Vielleicht würde es nur einen einzigen geben. Sie durfte ihn nicht versäumen. Sie wollte ihm die Nägel direkt in den Handrücken schlagen. Sie sollten ihn durchbohren. Alles andere würde seine Wirkung verfehlen. Sie musste ihn gleich beim ersten Schlag wirklich verletzen. Sonst würde er einfach nur einen Satz zurück machen und sich etwas anderes einfallen lassen. Er würde sie einfach aushungern oder so lange dursten lassen, bis sie verrückt wurde …

Am Hauptportal kam leise Hektik auf. Das dicke Schloss, nun schwarz geölt und glänzend, war geöffnet worden, völlig geräuschlos und ohne Gegenwehr. Dennoch ließ die Tür sich nicht aufdrücken. Von innen war ein starker Riegel vorgeschoben und hielt die Stellung. Gewalt schien das probateste Mittel zu sein. An einen Einstieg durch die Kellerfenster war nicht zu denken. Das Entfernen der Gitter würde zu lange dauern. Außerdem musste der Zugriff schnell und massiv erfolgen, und nicht indem die Männer sich einer nach dem anderen durch die engen Nischen zwängten.

Die Hunde begannen unruhig zu werden. Sie hatten Witterung aufgenommen von etwas, dass ihnen Angst machte und gleichzeitig ihren Jagd- und Beißinstinkt weckte, den sie normalerweise so gut kontrollierten. Katzen und Ratten. Das ganze Haus wimmelte davon, lebende und tote. Und dann war da noch etwas anderes zwischen all dem Gestank nach Unrat und fadem Staub: etwas Undefinierbares, Abstoßendes, Unheimliches, das bewirkte, dass sich die Haare an ihren feinen Ohren aufstellten und ihnen der Speichel verstärkt über die Lefzen triefte. Ein lebendiges Ding, das nach Aas stank, wie etwas Morsches, Faulendes, fast schon Verwesendes, das sich sehr schnell hin und her bewegte, das durch die langen Gänge huschte und sich dann an einer Stelle im Keller stark körperlich zu engagieren begann, denn ein urinähnlicher Schweißgeruch breitete sich aus und schwappte in Wellen dort durch die Fenster, wo die Scheiben zerbrochen waren …

Die Hunde jaulten leise und zerrten an den Leinen. Kommissar Bruns wurde ungeduldig, denn es entstand zuviel Bewegung und die Geräuschkulisse überstieg den Pegel der Unauffälligkeit. Er gab ein Zeichen.

Das alte Raubtier schniefte und sog die Luft ein. Wahrscheinlich hatte es sie gerochen. Es witterte, dass sie sich nicht mehr in ihrer Ecke befand, sondern viel näher. Ganz in seiner Nähe. Wahrscheinlich hatte es seinen Kopf seitlich auf den Boden gepresst und reckte die Nase in den Spalt. Vielleicht konnte es erahnen, wo sie war. Rita erstarrte. Ganz langsam schob sich eine Hand unter der Tür durch und tastete nach dem Stuhl. Er würde eines der Beine umfassen und sie mitsamt des klapprigen Holzgestells zu Fall bringen …

Sie hob die Latte mit beiden Händen hoch und ließ das Ende mit aller Kraft auf die Klaue niederfallen. Die Nägel durchbohrten die graue Haut und das trockene Fleisch. Rita konnte sie förmlich auf der Innenfläche wieder austreten sehen. Das Ding kreischte wie am Spieß. Am liebsten hätte sie sich die Ohren zugehalten, doch sie durfte die Latte nicht loslassen. Sie glitt von dem Stuhl, stellte einen Fuß auf das eckige Holz und trat mit ihrem ganzen Gewicht zu. Endlich begann auch Blut zu fließen. Übelkeit stieg in ihr auf. Die durchbohrte Hand wurde gewaltsam zu Boden gepresst. Das Ding schrie und schrie, doch sie ließ sich nicht beirren. Es war kein Mensch mehr, darum musste sie es auch nicht wie einen Menschen behandeln. Es hatte lange aufgehört, Mensch zu sein … Sie dachte an die unsägliche Kammer unter dem Dachboden, an die toten Mädchen. Wenn irgendjemand solche Behandlung verdiente, dann dieses Ding!

Die durchbohrte Hand unter ihren Füßen zuckte und eine dunkle Lache breitete sich auf dem feuchten Boden aus. Das Blut war tranig und roch übel, als habe der Besitzer der Hand sich zeitlebens von Unrat und Abfällen ernährt. Rita schluckte und versuchte, den Geruch nicht einzuatmen. Gleichzeitig bemerkte sie, dass es vor ihren

Augen zu flimmern begann, und die dunklen Partikel in ihrem Blickfeld verdichteten sich. Ihr Kreislauf war dabei, sich endgültig zu verabschieden. Das Letzte, was sie wahrnahm, war die zweite Hand, die unter der Tür durchgekrochen kam und nach ihrem Knöchel griff. Dann wurde alles schwarz.

Im gleichen Moment, in dem Kommissar Bruns seine Hand hob und das Zeichen gab, drang ein Kreischen durch die Kellerfenster, so schrill, dass die Hunde laut zu jammern begannen. Bruns' Gesichtszüge spannten sich. Ein Rammbock donnerte gegen das Portal, das beim dritten Anlauf endlich nachgab und splitternd zerbarst. Plötzlich war die ganze Straße grünweiß wie bei einem Fußballspiel, blaublinkendes Licht quoll um die Ecken wie ein sprudelnder Fluss und eine Welle von Einsatzanzügen flutete die dunklen Hallen des Gebäudes. Die Verbindungstür, die in den Keller führte, stand weit offen. Donnernd stießen die Männer jede Tür des langen Flurs auf und sprangen mit gezogenen Waffen hinein, bis sie an eine Tür gerieten, die verriegelt war. Auf dem Boden lag ein großes Messer inmitten eines beachtlichen Haufens von Holzspänen. Jemand hatte versucht, sich durch die Tür durchzugraben. Direkt unter dem Spalt war auf dem Boden eine dunkle, stark verwischte Blutlache zu sehen. Eine tropfende Spur führte den Flur entlang ins Dämmerlicht.

Einer der Beamten ließ sich auf die Knie nieder und lugte unter der Tür hindurch. Rita kam langsam wieder zu sich. Ihr Knöchel brannte. Fast hätte die Klaue ihn gebrochen. Lange Kratzer peinigten sie bis aufs Blut. Dann bemerkte sie, dass der Unheimliche verschwunden war. Stattdessen sprach eine menschliche Stimme zu ihr. Eine menschliche Hand war unter der Tür sehen. Sie brauchte einen Moment, ehe sie die neue Situation begriff. Das Donnern der Portaltür und die vielen Schritte auf dem Flur hatte sie nur ganz am Rande des Bewusstseins mitbekommen, wie in einem hartnäckigen Traum, der sich mit klebrigen Fasern weigerte, der Realität zu weichen. Das Ding hatte ihren Knöchel umfasst und mit unglaublicher Kraft zugedrückt … sie war gefallen und dann … *nichts mehr* …

„Ist alles in Ordnung? Geht es Ihnen gut?", fragte die Stimme unter der Tür, und als sie genauer schaute, erblickte sie ein Paar blaue Menschenaugen.

„Ja, es geht so …" Ihre Stimme zitterte wie Herbstlaub.

„Können Sie aufstehen? Können Sie die Tür von innen öffnen? Sonst werden wie sie jetzt aufbrechen."

„Nicht nötig, es geht schon", murmelte Rita. Ihre Knie waren weich und sie stützte sich an der Wand ab, um nicht einzuknicken. Es dauerte eine endlose Minute, bis sie den hölzernen Riegel entfernt hatte.

Der Polizeibeamte fasste sie beim Arm und geleitete sie langsam den Flur entlang. Sie war schmutzig und staubig, ihre Kleider fleckig und verdreckt, und sie konnte sich selbst nicht mehr riechen. Spinnweben und Kalkstaub verunzierten ihr langes Haar, das struppig wie eine Pferdemähne ihren Kopf umstand. An ihren Händen klebten Spritzer dunklen Blutes und sie wünschte sich nichts sehnlicher als eine endlos lange, reinigende Dusche, um die Spuren des grauen Monstrums fortzuspülen.

Draußen schien die Sonne und der Himmel war so blau, wie sie ihn zuletzt in ihrer frühen Kindheit gesehen hatte. Ein Rettungswagen nahm sie in Empfang. Sie bestand darauf, dass zuerst die Kratzer an ihrem Knöchel desinfiziert wurden, mit einem Mittel, dass so ätzend war, dass ihr erneut Tränen in die Augen traten. Aber sie wollte jede Möglichkeit ausschließen, sich mit irgendwelchen widerlichen Erregern infiziert zu haben und sich vielleicht bald selbst in eine staubige Katze, eine dürre Spinne oder eine tote Taube zu verwandeln.

Als sie Ritas schmutzig-zitronengelbe Jacke erkannte, riss Benedikte, welche die ganze Zeit mit Delius in einem Hauseingang ausgeharrt hatte, sich los. Delius kam mit zwei Schritten Abstand hinter ihr her. Etwas hilflos stand er da und sah gerührt aus. Benedikte nahm Rita in den Arm und war klug genug, einfach nur zu schweigen.

Es kamen so viele. Sie wollten ihn holen. Er musste sich verstecken. Und vor allen Dingen musste er seine Königinnen schützen. Niemand durfte sie jemals berühren. Niemand durfte sie jemals mit dem Blick seiner Augen beschmutzen, ihnen zu nahe treten. Er war bereit, sie mit seinem Leben zu verteidigen. Er zückte seine Waffen, er wetzte seine Krallen und fletschte seine Zähne. Er war ein großer Kämpfer, und die Größe und Bedeutung seiner Aufgabe machte ihn stark. Der Mut der Verzweiflung wiegt mehr als tausend Armeen und die Kraft der Liebe versetzt Berge.

20

Das Haus ächzte unter den Bewegungen der Männer. Langsam arbeiteten sie sich nach oben vor, sicherten sich an jeder Ecke ab, schauten in jedes der vielen Zimmer der verschiedenen Stockwerke. Doch alles war totenstill. Unter den hohen Decken staute sich unbewegtes Dämmerlicht. Staubpartikel tanzten in dünnen Sonnenstrahlen, die den Weg durch die Fenster fanden. Schnell wurde klar, dass auf den Etagen nichts zu finden war. Das Geheimnis lag ganz oben unter dem Dach.

Die Treppe, die das letzte Stück hinaufführte, war schmal und machte einen Bogen, ähnlich einer halbherzigen Wendeltreppe. Die Stufen waren morsch. Dunkle Flecken auf dem Holz verrieten, dass es regelmäßig durchregnete. In kleinen Lücken zwischen den Dachziegeln leuchtete hier und da ein Stückchen des himmlischen Edelsteins. Wäre der furchtbare Gestank nicht gewesen, hätte dieser Dachboden durchaus etwas Gewinnendes haben können. Ein schauerlich-schöner Ort für Romantiker, in dessen Ritzen blaue Blumen wuchsen und der vor allem ein Geheimnis barg, welches das Zentrum des Hauses bildete. Es war die Berechtigung seiner Existenz. Es war der Sinn seines Seins, das Diadem seines Hauptes, der es weit über jedes gewöhnliche Bauwerk erhob.

Automatisch begannen die Männer flacher zu atmen. Einem langjährig erfahrenen Beamten des Sonderdienstes wurde so übel, dass er umkehrte und sich einen Moment lang auf die unterste Stufe der Treppe setzte. Es war nicht nur die Zusammensetzung der Luft an sich, in der Staub und Moder sich mit Kot, Urin, Krankheitserregern und dem süßlichen Duft von Verwesung mischten. Es war alles zusammen, das Konglomerat unzähliger Alpträume, die in den Ritzen saßen und der grauen Kathedrale ihre Aura verliehen. Die gelebte Todesangst, in jedem Balken und jeder Diele gespeichert, war so präsent, dass sie fast Gestalt annahm. Unaussprechliche Beklemmung herrschte. Fast glaubte man, Blutlachen am Boden zu sehen, doch es waren nur dunkle Flecken von der Feuchtigkeit. Die Spinnweben in den Ecken erschienen wie glänzendes Mädchenhaar, das sich sanft bewegte, und die Lichtflecken in den Balken wie blankgeputzte Totenschädel. Leid und

Schmerz tropften von den Wänden. Tödliches Entsetzen stand wie ein dünnhäutiges Wesen im Raum, den stummen Mund in Verzweiflung weit aufgerissen. Unter dem Dach waren alte Schreie gefangen, die in leiser werdendem Echo immer noch wiederklangen. Oder waren es nur die Schwingen der aufflatternden Tauben im Gebälk? Am Ende des Raumes erhob sich ein wehrhafter Wall, eine Mauer aus Brettern und alten Kartons. Der Gestank wurde dichter. Er schnürte die Luft in der Kehle ab. Das war das Nest, das Zentrum, das Unaussprechliche. Langsam gingen die Männer darauf zu, so geräuschlos wie möglich. Ein Eingang war zwischen all dem Gerümpel nicht zu erkennen. Der Graumacher hatte sich zurückgezogen und die Tür verschlossen, die Grabkammer der Königinnen von innen versiegelt. Er hatte sich eingemauert mit einem Wust aus altem Holz, Pappe und Kartons. Ein fragiles Flickwerk, das mit ein paar gezielten Fußtritten zum Einsturz gebracht werden konnte.

Die Beamten betrachteten es aufmerksam. Einer gab ein Zeichen und wies auf eine Stelle, die wenig solide erschien. Ein Kollege wagte sich vor und bewegte vorsichtig eines der Bretter. Ein Teil der Mauer begann zu wanken. Er fasste ein zweites Brett. Mit einem Ruck riss er beide gleichzeitig heraus. Ein Berg von Unrat polterte zu Boden, verursachte eine Staubwolke, die auf den Schleimhäuten kratzte, und setzte einen dicken Schwall von Pestilenz frei. Das Tor hatte sich geöffnet. Im gleichen Augenblick sauste den Männern mit furchterregender Geschwindigkeit ein menschenartiges Ding entgegen, unglaublich behände, wie eine große, graue Spinne, die dem Ersten, der ihr in die Quere kam, an den Hals sprang, ihre Krallen in sein Gesicht rammte und ihre Zähne in die weiche Kehle schlug. Der Mann ging zu Boden. Der graue

Affe – oder wie auch immer man das Wesen nennen wollte – machte einen großen Satz, klammerte sich an einen der schrägen Balken, kletterte rasch ein paar Meter weiter und sprang einen weiteren Polizisten an.

Da es unmöglich war, von der Schusswaffe Gebrauch zu machen, ohne den Kollegen zu verletzen, warfen sich drei Beamte mit aller Kraft auf das Knäuel am Boden, das aus dem sich verzweifelt wehrenden Mann und dem grauen Ding bestand, welches sich mit Klauen und Zähnen wehrte, um sich schlug und trat wie ein Besessener, wie ein leibhaftiger Dämon, der den finsteren Visionen des Alten Testaments entsprungen zu sein schien, mit einem fürchterlichen Maul, stinkend wie der Eingang zur Hölle, spuckend, geifernd und zähnefletschend, mit schwärenbedeckter Haut und grindigem Ausschlag, mit Haaren wie Spinnweben und Augen wie glühenden Kohlen, kreischend und schreiend wie die Seelen der Verdammten im Fegefeuer.

Die Männer packten das Ding, ihren eigenen Ekel unterdrückend, drehten ihm einen Arm um, dessen Hand furchtbar zugerichtet war und wieder zu bluten begann. Mit einem letzten Aufschrei riss es sich erneut los und flüchtete in die hinterste Ecke des Dachbodens, wo es sich hinhockte und dann ganz, ganz still verhielt. Es machte den Rücken rund, legte den Kopf zwischen seine Knie wie ein sanftes Vöglein, das schlafen will. Vielleicht sahen sie ihn nicht, wenn er sich nicht bewegte. Vielleicht rochen sie ihn nicht, wenn er nicht mehr atmete. Er war eingekreist, die Waffen auf ihn gerichtet, Schlagstöcke erhoben, sein Weg zuende.

Der *Graumacher* schloss seine Augen und verfiel in eine Starre, so wie eine Fledermaus im Winter, so wie ein

Siebenschläfer, der erst wieder erwacht, wenn die Tage schöner werden. Er zog sich ganz in sich zurück, hockte sich still nieder, machte seinen Rücken krumm, legte den Kopf auf die Knie und die Hände über den Kopf. Er schloss die Augen und flog davon, ins Traumland, in das große Land der Dunkelheit, wo seine starren Königinnen auf ihn warteten. Er schrie nicht mehr, er pfiff nicht mehr, fast hörte er auf zu atmen. Sein Herzschlag wurde immer stiller, pulsierte nur noch ganz flach. Er war auf dem Weg, er machte sich fort, merkte nicht einmal mehr, wie die Eindringlinge ihn packten und davontrugen.

21

Die Kammer der Königinnen war nur schwer zu verdauen. Eine ganze Woche blieb das Gebäude samt Hof und Zufahrt abgesperrt. Ein rot-weißes Baustellenband sorgte für Abstand. Die Spurensicherung rückte mit einem ganzen Mannschaftsbus an und arbeitete sich akribisch vom Keller bis zum Dachboden empor. Neun Tragbahren verließen das Haus durch das große Portal. Die mumifizierten Körper wurden umgehend in die Gerichtsmedizin gebracht, wo sie von allen Seiten – von innen wie von außen – untersucht und durchleuchtet wurden. Man öffnete sie, entnahm Proben ihres getrockneten Fleisches, schaute in versteinerte Augen und analysierte ihr Leben und ihre Leiden.

Die Zeitungen überboten sich gegenseitig mit Schlagzeilen. Die Polizei war umsichtig genug darauf zu achten, dass kein Journalist sich in dem Trubel in das Gebäude schlich, um hinterher mit reißerischen und widerwärtigen Fotos aufzuwarten. Ein großer Teil der schlimmsten und abstoßendsten Einzelheiten drang nicht an die Öffentlichkeit. Das würde bei der Verhandlung noch früh genug geschehen – wenn es zu einer Verhandlung kam. Der Fall war schwer einzuschätzen.

Der *Graumacher* – so hatte man ihn getauft – schien mit keinen Worten zu beschreiben und mit keinen Maßstäben zu messen zu sein. Die Psychologen würden sich an ihm die Zähne ausbeißen, ebenso wie die erfahrensten Polizeibeamten in ihren Verhören. Er passte in kein Schema. Ein Blatt, das sich stets besonders nachdrücklich um das so genannte gesunde Volksempfinden verdient machte, stellte mit populistischem Eifer sogar seine *conditio humana* – seine menschliche Natur an sich – in Frage und faselte stattdessen etwas von einem Nachtmahr und einem fleischgewordenen Alptraum.

Benedikte, sonst immer ehrgeizig bis auf die Knochen, schrieb kein Wort über die ganze Sache, obwohl sie doch direkt an der Quelle saß und es ihr, als Freundin und Vertrauter des überlebenden Opfers, sicher leicht gefallen wäre, einige unsägliche Einzelheiten herauszukitzeln. Sie wollte sich einen Namen machen, aber nicht auf diese Weise, und hob nur gleichgültig die Schultern, als einige Kollegen ihr nahelegten, die Story zu ihrem Sprungbrett zu machen.

Rita blieb nur eine Nacht im Krankenhaus, zur Beobachtung und um ihre Kratzer und Abschürfungen versorgen zu lassen. Körperlich war sie erstaunlich gut davongekommen. Nichts, das nicht heilen würde. Nachdem sie von der Polizei ein halbes Dutzend Mal zu allen Einzelheiten befragt worden war, verfrachteten Benedikte und Delius sie persönlich zu ihrer Großmutter ins Alte Land, wo sie sich von dem Schrecken und den Strapazen erholen sollte.

Nach drei Tagen tauchte sie wieder in Oldenburg auf, ohne auf das verständnislose Kopfschütteln ihrer Freunde zu achten, und erklärte, die viele gute Luft würde bei ihr Depressionen auslösen. Sie brauche Beschäftigung, um das Geschehene zu verdauen. Es blieb ihnen nichts übrig, als sie gewähren zu lassen und Benedikte musste mit Engelszungen auf sie einreden, um sie dazu zu bewegen, wenigstens noch für ein paar Tage mit an die See zu fahren.

Ende August schlief Rita zum ersten Mal wieder eine Nacht ruhig durch, ohne schweißgebadet hochzuschrecken oder die Nachttischlampe anschalten zu müssen. Es war ein langer Weg. Ihre Wohnung wollte sie nicht aufgeben, denn sie liebte die Freiheit und wohnte eigentlich sehr gern alleine. Und da Benedikte nicht dauerhaft bei ihr einziehen konnte, entschloss sie sich, eine vierbeinige Seele aufzunehmen – eine Katze allerdings nicht, von denen hatte sie in ihren Alpträumen zu viele gesehen, und ihr Maunzen und Miauen würde sie zeitlebens an das graue Haus erinnern.
Aus dem Tierheim schleppte sie stattdessen einen Hund nach Hause: struppig, mottenzerfressen und schwarzweiß gescheckt wie eine Kuh. Rita verpasste der bedauernswerten und geschundenen Kreatur den Namen Rosemarie. Sie pflegte, päppelte und bemutterte das Tier, bis die Wunden in ihrer eigenen Seele zu heilen begannen, und brachte ihm bei, im Büro artig unter ihrem Schreibtisch zu liegen. Sie bemühte sich mit aller Kraft, alles zu vergessen, vor allem jenen allerschlimmsten Moment, von dem sie lange Zeit nicht zugeben wollte, dass es ihn gegeben hatte: Der endlos lange Augenblick irgendwann gegen Ende des zweiten Tages, in dem sie ganz ernsthaft daran gedacht hatte, ihr Taschenmesser zu nehmen und in eine andere Welt zu

entfliehen, weil sie keine Hoffnung mehr gesehen hatte.

Das Archiv erschien ihr nun gar nicht mehr schrecklich, sondern heimisch und sicher, und sie fand Gefallen daran, in den Akten zu wühlen und mit Delius über die sinnvolle Erstellung von Netzwerken und digitalen Archiven zu fachsimpeln. Meistens gesellte sich am Nachmittag Benedikte zu ihnen und versorgte sie mit Butterkuchen und Quarkschnecken aus ihrer nie endenden Gasthofserie.

Der Sommer verabschiedete sich in diesem Jahr früh und bereits im September gab es kühle Tage. Rita weinte ihm keine Träne nach.

22

„An seiner Täterschaft gibt es keinen Zweifel. Die Leichen sind geradezu übersät von seiner DNA. Haare, Hautschuppen, abgekaute Fingernägel, Speichelspuren, Urin, Kot … Alles was sie wollen."
Die Untersuchungen waren endlich abgeschlossen und Kommissar Bruns beugte sich tief über die endlos vielen Seiten des Berichts. Ihm gegenüber saß Dr. Hellwege, der langjährige Leiter der städtischen Gerichtsmedizin.

„Anhand der uns vorliegenden Kenntnisse über die seit 1950 vermissten Frauen ist es uns gelungen, sechs der neun Leichen definitiv zu identifizieren."

Der majestätische Plural war ihm in Fleisch und Blut übergegangen, obwohl er die meisten Untersuchungen alleine durchgeführt hatte, lediglich unter Zuhilfenahme einiger Handreichungen verschiedener Kollegen. Dr. Hellwege war selbst die größte Koryphäe.

„Die zeitliche Reihenfolge der Todesfälle war relativ

leicht zu bestimmen, anhand der großenteils deutlich unterschiedlichen Verwesungs- bzw. Mumifizierungsstadien. Bei dreien der jüngeren Fälle – das sind Vanessa Driemann, Gülcan Öztürk und Petra Hauschild – waren Verwandte noch in der Lage, persönliche Besitztümer, die wir an den Leichen gefunden haben –also Ringe, Kettchen, eine Türkisbrosche etc. – konkret zu identifizieren. In diesen drei Fällen sowie in den Fällen von Annette Montez, Dagmar Kloth und Monika Stellmacher war es überdies möglich, anhand von gentechnischen Abgleichen mit noch lebenden Verwandten jeden Zweifel über die Identität auszuschließen. Es gab keinerlei Schwierigkeiten, an Proben zu gelangen."

Dr. Hellwege schaute kurz auf. „Der Sohn von Monika Stellmacher, ein vierundvierzigjähriger Lehrer, konnte es gar nicht abwarten. Er hat sich sein ganzes Leben mit dem ungeklärten Verschwinden seiner Mutter beschäftigt, an die er persönlich nicht die geringste Erinnerung hat."

„Ich gebe zu, dass dieser Fall mir sehr an die Nieren geht …"

Der Kommissar hatte sich einen Kaffee eingeschenkt, schaufelte vier Teelöffel Zucker hinein und brachte die Tasse mit einem Riesenschwapp Sahne zum Überlaufen. Er hatte in diesem Moment das Bedürfnis nach viel Süße und Milde, denn die anmutigen Gesichter der verschwundenen Mädchen aus den alten Karteien und die Erinnerung an die vertrockneten Mumien auf dem staubigen Dachboden lagen ihm schwer im Magen und ließen immer wieder bittere Luftblasen hochsteigen.

„Wenn ich bedenke, dass meiner Enkeltochter so etwas passieren würde – ich wüsste nicht, was ich täte … Sie ist gerade zwölf und will Balletttänzerin werden. Eine ganz große Ballerina!"

„Ja, sie hatten sicher alle ihre Pläne, große und kleine …“ Dr. Hellwege hatte sich abgewöhnt, sentimental zu sein.

„Fahren wir fort“, sagte er und lugte über den Rand seiner Zweistärkenbrille. „Bei der 1956 verschwundenen Mathilde Harmsen hatten wir weniger Glück. Von ihr haben wir keine lebenden Verwandten mehr gefunden. Aber selbstverständlich ist der relativ einheitliche Phänotypus der Mädchen auch auf sie zutreffend: lange, dunkle Haare. Im Fall der Leiche, die wir jetzt als Mathilde Harmsen bezeichnen, ist das Haar tatsächlich hüftlang, so wie es in der damaligen Vermisstenanzeige angegeben wurde. Außerdem konnten auch die noch auf der Leiche befindlichen Kleidungsreste ziemlich zweifelsfrei den damals genannten Kleidungsstücken der Vermissten zugeordnet werden: Ein dünnes, rotweißes Baumwollkleid, eine Strickjacke und weiße Sandalen. Es gibt also wenige Unsicherheiten.

In einem anderen Fall sind wir dagegen gar nicht weitergekommen: Eines der toten Mädchen, das ich vom Zustand der Leiche her zeitlich zwischen den Vermisstenfällen Öztürk und Driemann einordnen möchte, taucht in keiner Vermisstenakte auf. Zwischen diesen beiden Fällen würden sonst elf Jahre liegen, ein sehr langer Zeitraum. Es ist also durchaus wahrscheinlich, dass er in der Zwischenzeit noch mal zugeschlagen hat. Auch dieses Opfer hatte lange, dunkle Haare. Vielleicht hat sie niemand vermisst. Wer weiß, woher sie kam.“

„Das ist bedauerlich, aber natürlich möglich.“ Kommissar Bruns wiegte seinen Kopf wie ein trauriger Bernhardiner. „Eine jugendliche Streunerin, die von Zuhause ausgerissen ist und zufällig in Oldenburg hängenblieb.“

„Oder eine junge Ausländerin“, fügte Dr. Hellwege hinzu. „Vielleicht eine Kaukasierin oder Südamerikanerin, die zum Arbeiten herkam, hier aber keine Familie hatte. Das könnte ebenfalls hinkommen. Ich glaube nicht, dass wir es noch herausfinden werden."

Bruns seufzte und verging sich abermals an der Zuckerdose. „Ja, es ist wirklich ein Jammer. Ihre sterblichen Überreste müssen wohl anonym beigesetzt werden."

„Die Letzte, die uns jetzt noch fehlt, ist gleichzeitig die älteste Leiche. Ich persönlich habe keinen Zweifel, dass es sich um Mariana Reinhard handelt, von der die Aufzeichnungen unter dieser Tischplatte stammen. Ich habe das Zeug gelesen, fürchterlich … – Lebende Blutsverwandte haben wir in diesem Fall ebenfalls nicht mehr gefunden, was nicht verwunderlich ist. Es kann durchaus sein, dass von ihrer leiblichen Verwandtschaft niemand den Krieg überlebt hat. Bei ihr konnte ich zahlreiche Verletzungen feststellen, die mit den Beschreibungen aus diesem ‚Tagebuch' übereinstimmen. Da sind die stark in Mitleidenschaft gezogenen Hände, wie von einem jahrelangen, immer gleichförmigen Werkzeuggebrauch. Der furchtbare Zustand der Beine, besonders auf der rechten Seite. Es ist gut vorstellbar, dass sie mehrere Jahre eine Kette oder Metallmanschette um den Knöchel getragen hat, was immer wieder zu Entzündungen führte. Ferner habe ich mehrere Rippenbrüche und eine Teilfraktur der Wirbelsäule festgestellt, wobei ich mich allerdings nicht definitiv festlegen möchte, ob diese zu Lebzeiten oder post mortem eingetreten sind."

„War das die Todesursache?"

„Da bin ich mir nicht ganz sicher. Es kann sein, dass die Schädigung der Wirbelsäule binnen weniger Minuten zum Tod geführt hat. Es kann aber auch sein, dass das Mädchen noch längere Zeit weiterlebte, sofern man diesen Zustand als Leben bezeichnen will. Wahrscheinlicher ist aber, dass sie erstickt wurde, vielleicht um ihrem Leiden ein Ende zu machen. Die Nase schien mir sehr eingedrückt, als habe ein großes Gewicht gleichmäßig darauf eingewirkt. Auf diese Todesursache werde ich auch bei den anderen noch zu sprechen kommen. Das eindeutigste Identifizierungsmerkmal ist aber ein anderes: Bei der Untersuchung des Hals- und Rachenraumes habe ich festgestellt, dass dem Mädchen die Stimmbänder glatt durchtrennt wurden, wahrscheinlich mehrere Jahre vor ihrem Tod, denn die Wunden an sich waren gut verheilt … – Nein, ich habe keinen Zweifel, dass es sich um Mariana Reinhard handelt."

Beide schwiegen einen Moment. Kommissar Bruns aus tiefempfundenen Entsetzen und stiller Betrübnis, Dr. Hellwege, um noch einmal in seinem Ordner zu blättern.

„Kommen wir zu den Todesursachen der anderen …"

„Haben sie Übereinstimmungen feststellen können? Gibt es ein so etwas wie ein einheitliches Handlungsmuster?"

„Ja, allerdings. Fünf von ihnen sind erstickt worden, ohne Verursachung anderer Verletzungen. Es mag ein paar Kratzer oder blaue Flecken gegeben haben, aber das ist nicht mehr feststellbar. Wahrscheinlich wurde ihnen ein Kissen oder eine Decke aufs Gesicht gepresst. Bei einer der Toten …" Er blätterte wieder. „Hier, bei Petra Hauschildt war die Nase ebenfalls stark eingedrückt, ebenso wie bei Mariana Reinhard. Er muss mit seinem ganzen Gewicht zugedrückt haben. Bei dieser Leiche fehlte außerdem der kleine Finger der linken Hand. Abgerissen oder abgebissen, würde ich sagen. Vielleicht hat er ihn gefressen, denn er wurde nirgendwo gefunden.

Drei der Mädchen sind nicht durch Ersticken gestorben. Vanessa Driemann hat sich offensichtlich so heftig dagegen gewehrt, dass er seine Hände zu Hilfe nehmen musste und sie letztendlich erwürgte. Dagmar Kloth starb an einem Genickbruch – vielleicht fiel sie hin, als er sie auf der Straße überwältigte oder sie versuchte aus dem Haus zu fliehen und stürzte dabei die Treppe hinunter, da gibt es verschiedene Möglichkeiten … Und die namenlose Unbekannte wurde mit einem stumpfen Gegenstand erschlagen. Ihr Schädel weist eine eindeutige Fraktur auf. Nichtsdestotrotz legte er auch ihr später noch ein Kissen aufs Gesicht, denn auch ihre Nase wurde auf die gleiche Weise eingedrückt. Das Ersticken scheint für ihn eindeutig die bevorzugte Art gewesen zu sein, seine Opfer zu töten. Eine eher sanfte Methode, wenn ich es so nennen darf. Wie eine große, fortdauernde Umarmung."

„Ich könnte kotzen", sagte Kommissar Bruns, und Dr. Hellwege pflichtete ihm bei.

„Ich wollte auch nicht andeuten, dass es an der Gesinnung des Täters irgendetwas zu beschönigen gäbe. Nur er selbst wird seine Taten womöglich als eine Art großartigen Liebesakt erlebt haben."

„Ich will es nicht hören …", sagte der Kommissar müde und erhob sich. „Vielen Dank für Ihre ausführlichen Erläuterungen, Hellwege."

„Wird es irgendwelche Konsequenzen geben? Ich meine, in Anbetracht dieser ganzen Vermisstenfälle, die so lange unter Spinnweben vor sich hingeschlummert haben?"

„Konsequenzen, ja. Die wird es geben. Aber nur bescheiden, still und leise, wie immer. Frau Toski – sie wissen schon, das ist die junge Frau, die entführt wurde – hat sich angeboten, ab dem nächsten Frühjahr im Rahmen eines Praktikums unsere alten Vermisstenfälle zu digitalisieren, damit sie nicht vom Zahn der Zeit zernagt werden und zu

Staub zerfallen. Sie hat etwas von einem Netzwerk für den gesamten Bereich Weser-Ems erzählt. Eine sehr lobenswerte Idee, ich bin ganz angetan! Ich glaube, sie liebäugelt mit einem Wechsel von der schreibenden Zunft in unser Metier."

„Und sie, Kommissar?"

„Ich werde jetzt diesem Ungeheuer einen Besuch abstatten, wie jeden Tag, und darauf warten, dass es etwas anderes von sich gibt als sinnloses Gebrabbel, auch wie jeden Tag. Und dann gehe ich nach Hause und trinke ein ganzes Sechserpack Bier!"

Die enge Zelle nahm ihm den Atem. Er brauchte weite Flure und hohe Räume. Er brauchte die anheimelnde Wärme der Dunkelheit, das Flattern der Tauben über seinem Kopf und den Flügelschlag der Fledermäuse in der Nacht. Sie hatten ihm alles genommen. Er schlug mit dem Kopf gegen die Wand und schrie in höchsten Tönen. Der Graue, der Herrscher der Nacht, war gebrochen. Alles hatte man ihm genommen, alles. Das Liebste hatte man ihm aus dem Herzen gerissen. Wie sehr hatte er sie alle geliebt!

23

Seit sieben langen Wochen hockte er in seiner Zelle, ohne ein Wort zu sagen, ohne einen anderen Laut von sich zu geben als ein nervtötendes, schrilles Kreischen, jedes Mal wenn ihm jemand zu nahe kam. Es war nichts aus ihm herauszubekommen. Erst als Kommissar Bruns den Einfall hatte, den greisen und weißbärtigen Polizeipsychologen gegen eine angenehme, junge Psychologin auszutauschen, kam man einen Schritt weiter. Wenn *sie* den

Raum betrat, reckte der Graue seine Nase in die Luft, um ihren Duft zu erhaschen, und wenn sich *ihre* ruhige Stimme erhob, gluckste er zufrieden. Endlich war die Möglichkeit gekommen, ihn einer Art von Befragung zu unterziehen, die zumindest ein paar Grunderkenntnisse bringen sollte, denn bis jetzt war man sich noch nicht einmal über seine Identität im Klaren.

Man führte ihn in Bruns' Büro. Er befand sich noch immer in Polizeigewahrsam, denn das eigentlich zuständige Landeskrankenhaus hatte sich bis jetzt überfordert gefühlt, ihn aufzunehmen. Die dunkelhaarige Psychologin ging ein paar Schritte vor ihm her und er folgte ihr freudig. Er war uralt und gleichzeitig so wendig und flink wie eine Eidechse. Er ging leichtfüßig wie eine junge Ziege. Und wie ein alter Ziegenbock stank er noch immer, einerlei, wie oft man ihn geduscht und gebadet hatte, denn sein Gestank kam von innen, als seien all seine Organe und sein ganzes Innenleben längst abgestorben und faulten vor sich hin wie alte Schlachtabfälle.

Der Raum war abgedunkelt, denn der Arzt hatte bestätigt, dass die Augen des Graumachers kein helles Licht mehr vertrugen. Zu lange hatte er in der Nacht gelebt. Auf dem Stuhl wollte er nicht Platz nehmen. Irritiert schaute er sich um, dann schüttelte er die Hände ab, die ihn mit Widerwillen hielten, sprang mit einem Satz auf den halbhohen Aktenschrank zu und erklomm ihn. Mucksmäuschenstill kauerte er sich hin, ganz geduckt, wie eine Katze, die von einem erhöhten Platz aus ihr Umfeld belauerte.

„Lassen Sie ihn …", flüsterte die Psychologin. „Wenn er sich dort oben ruhig verhält, ist alles in Ordnung. Wenn er sich dort sicherer fühlt, erhöht sich die Wahrscheinlichkeit, dass wir etwas aus ihm herausbekommen."

Es dauerte lange. Nach zwei Stunden war er bereit,

nach einem Stück Brot mit Schinken zu angeln, das man ihm unter die Nase hielt. Er wisperte und raunte wie der Wind in dürren Zweigen. Das Tonband lief die ganze Zeit. Laute wie das Gurren von Tauben und das Pfeifen von Ratten, die keinen Sinn ergaben, füllten die Luft. Alle hielten den Atem an, um ihn zu verstehen. Dass es kein normales Verhör sein würde, hatte inzwischen jeder begriffen. Man konnte ihn nicht drängen, man konnte ihn nicht zwingen, dann würde er sogleich wieder in eine Starre verfallen wie ein geschlagenes Tier.

„Wie heißen Sie?“

Die Stimme der Psychologin war warm und ruhig.

„Wie heißen Sie?“

Der Graumacher raschelte mit seinen Kleidern und raufte sich lange die Haare, als wolle er die Gedanken in seinem Kopf zurechtrücken.

„Wie heißen Sie?“

Er schaute ihr nicht in die Augen, so wie er niemandem in die Augen schaute. Interessiert blickte er auf den Boden herab und folgte der Spur einer Ameise, die er entdeckt hatte. Mehrmals krächzte er stumpf, was aber durchaus als positiver Versuch der Kommunikation gewertet werden konnte. Seine Stimme war ungeübt, seine Artikulation verschliffen. Die Ratten und Katzen, mit denen er sich in den letzten fünfzig Jahren unterhalten hatte, waren nicht anspruchsvoll gewesen. Die Zeit hatte seinen Wortschatz mürbe gemacht und seine Fähigkeit zu komplizierten Gedankenkonstruktionen aufgeweicht. Dialoge gehörten für ihn zu einem lang verschütteten Erfahrungsbereich, und es bedurfte einer Portion Geduld, bis brauchbare Reaktionen kamen.

„Wie heißen Sie?“, fragte die Psychologin erneut, ohne jede Überreizung in der mütterlichen Stimme.

„Karlchen …“ Sein Flüstern klang wie das Rascheln trockener Blätter im Wind.

„Karl Morgenstern? Der Sohn von Dr. Heinrich Morgenstern?“

„Karlchen … Sohn von Papa. Ganz allein …“ Er hustete und spuckte.

„Wenn sie Karlchen genannt werden möchten, dann werde ich sie so ansprechen.“

Alle hatten sich auf die Stühle im Raum verteilt, damit keine unnötige Bewegung die Aufmerksamkeit des vertrockneten Wesens auf sich lenkte. Die Psychologin hatte auf einem Stuhl in der Mitte Platz genommen, direkt unter der Deckenlampe, und unterdrückte ihr eigenes Zittern. Sollte er sich auf sie stürzen, wären zwanzig Mann zur Stelle. Doch er schaute und schaute sie nur an mit seinen starren Vogelaugen, witterte ihr blumiges Deodorant, ihren köstlichen Schweiß, roch das Shampoo, mit dem sie sich am Morgen die Haare gewaschen hatte. Er wurde ganz ruhig und schaukelte nur leicht hin und her, wie eine Eule, die mit wiegenden Kopfbewegungen ihre Beute fixiert.

„Karlchen …“

Ihre Stimme, die seinen Namen aussprach, entzückte ihn, und die graue Fratze, die vor undenkbar langer Zeit ein menschliches Gesicht gewesen war, verzog sich zu einem äffischen Grinsen.

„Wir waren sehr erstaunt, Sie zu finden, Karlchen. Man sagte uns, Sie wären in Amerika verschollen.“

„Nicht Amerika … zu weit weg … Angst … wiedergekommen …“

Seine Stimme knisterte wie altes Papier. Die Wände und die Stufen in dem großen Haus hatten ihn niemals einer Antwort gewürdigt, und seine Selbstgespräche hatten ganze Universen gefüllt. Natürlich hatte er auch mit den Königinnen gesprochen, ebenfalls recht einseitige Konversationen, in denen er sich nach ihrem Befinden erkundigte, ihnen Lieder sang und ihnen phantastische Dinge erzählte, die entfernt an die Märchen der Brüder Grimm erinnert hatten.

„Bei Papa geblieben, zuhause …"

„Das ist verständlich, dass Sie lieber bei Ihrem Vater bleiben wollten. Wir alle können Sie gut verstehen. Schließlich ist es Ihr Elternhaus. Sie sind also nicht lange fortgewesen?"

„Nicht lange, nicht lange … mit der Eisenbahn nach Bremerhaven … *tschuktschuktschuk* …"

Er imitierte die Geräusche der Dampflok.

„Das war sehr weit … so viele Menschen, so viele Züge …" Mit offenem Mund starrte er an die weiße Wand, denn im Geiste saß er wieder in dem alten Eisenbahnwaggon.

„Sie haben Recht, Karlchen, auf Bahnhöfen geht es laut her. Was haben sie denn in Bremerhaven gemacht?"

„Zwei, drei Nächte … oder vier … da waren Frauen."

Er kicherte wie eine Elster.

„Die sind nett gewesen … fast so schön wie Mariana …"

„Und dann?"

Seine Sätze schlingerten noch, aber sein Verstand gewann an Habilität zurück.

„Kein Geld mehr … nicht aufgepasst … da war es aus meiner Tasche … verschwunden… wollte wieder nach Hause … zu Fuß … nur mit meinen Füßen, ganz weit laufen … einmal, zweimal, hat ein Wagen mich mitgenommen … einmal, zweimal … immer nur ein kleines Stück …"

„Das war ein weiter Weg, Karlchen."

„Ja, ein weiter Weg … es war so kalt … ganz wunde Füße … ein weiter Weg …"

„Und Ihr Vater? Hat er sich gefreut, Sie wiederzusehen?"

„Papa … er hat mich nicht gesehen … hab mich versteckt … solche Angst vor ihm … große Angst …"

Bei dem Wort *Angst* regte sich in den stumpfen Augen zum ersten Mal ein Funke. Es schien das tiefste der Gefühle zu sein, an das er sich erinnerte, und sein Verstand blieb eine Weile daran hängen. Die Psychologin half ihm ein wenig auf die Sprünge und verfiel nun auf die vertrautere Anrede *du*.

„Wovor hattest du Angst, Karlchen?"

„Papa … er wollte mich nicht mehr zu Hause haben … wollte nicht, dass ich Mariana ansehe … Ich sollte weg, weg, ganz weit weg … hat mich weggeschickt. Es war ein Tag … da sagte er zu mir, dass ich nach Amerika gehen soll, eine Arbeit finden … ein Umschlag in seiner Hand, wie ein Briefumschlag … er gab ihn mir …"

„Was war in dem Umschlag?"

„Fahrkarte, für ein Schiff … *tut tut tuuut* … für ein Schiff …"

„Ein Schiffsticket nach Amerika?"

„Weit weg… weit weg von Mariana…"

„Es war doch gut von deinem Vater, dir eine solche Möglichkeit zu geben. Oder nicht, Karlchen?"

„War nicht gut!"

Die Stimme der grauen Fledermaus auf dem Aktenschrank wurde schrill. Die Anstrengung der Lautstärke ließ ihn Rotz und Galle spucken. Flüsternd fuhr er fort:

„Papa wollte mit Mariana alleine sein … das war alles … wollte mich nicht mehr da haben …"

„Und er hat nicht gewusst, dass du zurückgekommen bist?"

„Papa … er hat mich nicht gesehen … ich war schlauer als er … meine Schritte waren ganz leise, ganz leise … Papa wollte immer, dass ich leise bin … kann leise gehen wie eine Katze, wie eine Maus, wie eine Ameise …“

„Leise wie ein Mäuschen warst du. Und wo hat das Mäuschen sich versteckt?“

„Da, wo Papa nicht hinging … auf dem Dachboden, bei den Tauben …“

Die Psychologin nickte. „Der Dachboden ist groß, viel Platz für eine kleine Maus. Ein ganzes Königreich.“

Seine Stimme wurde bereits heiser. Er brauchte lange Unterbrechungen und spuckte und zischte, um weiterreden zu können. Sein Atem ging pfeifend. Doch sprechen wollte er. Nun war der Damm einmal gebrochen und es gab nichts mehr, das die schmutzigbraunen Fluten hätte aufhalten können.

„Was hast du dann gemacht, Karlchen?“

„Die Maus war ganz leise… manchmal ist sie zu Marianas Tür gegangen … hat den Riegel geöffnet … in der Nacht …“

Wieder ein Kichern. Die schönen, dunklen Augen der Psychologin spornten ihn an, den Strom nicht versiegen zu lassen.

„Mariana … da war sie … ich habe ihr Haar gekämmt, dann lächelte sie … manchmal habe ich ihr auch vorgelesen … von der Hexe und den Kindern im Wald … von der Prinzessin hinter der Rosenhecke … aber nur ganz leise …“

„Da haben wir also Mariana … Wer war Mariana, Karlchen?“

„… die Mitte der Welt!“

„Beschreibe sie bitte, wenn du dich an sie erinnern kannst.“

In seine Augen trat ein kleines Leuchten, wie ein erloschener Stern im Universum der Erinnerung, der noch einmal aufblitzt.

„Ihr Haar … wie die Mähne eines schwarzen Pferdes … lang und weich, weich wie Seide, wie Seide …“

Sein ungeübter Verstand suchte nach Worten, die ausreichten, um Marianas Haar zu beschreiben, und keines schien ihm ausreichend. Seine Augen irrten durch den Raum, um an verschiedenen schwarzen Dingen hängen zu bleiben, seine Stimme wurde zu einem hastigen Wispern.

„Schwarz wie Schuhcreme, glänzend in der Sonne … schwarz wie Tinte auf dem Papier, aber noch viel schwärzer … schwarz, ganz schwarz, wie der Himmel in der Nacht…“

„War sie schön?“

Er schnaufte, als wäre diese Frage nicht nur ein Zeichen von Dummheit, sondern blasphemische Ignoranz.

„Schön! Die Schönste von allen! So schön wie die Nacht, ihre Haut, so weich und zart, wie Samt … ihr Duft wie eine Blume, wie eine Rose … ihre Augen wie lebendige Kohlen, mit einem Glühen, das stärker war als die Kälte im Winter … ihre Hände wie kleine, weiße Vögel…“

So etwas wie Feuchtigkeit trat in die starren Augen des staubgrauen Wesens. Der Beamte am Schreibtisch notierte es in seinem Protokoll.

„Ihre armen Hände … so klein, so blutig … Habe sie geküsst, wenn sie blutig waren … hab darauf geweint … um sie abzuwaschen …“

Trotz des Schmerzes, der aus den Worten sprach, wurde seine Stimme eine schrille halbe Oktave heller.

„Warum waren ihre Hände blutig, Karlchen?“

Die Frage der Psychologin holte ihn ins Jammertal zurück. Aus seinem Blick sprach dunkle Bestürzung.

„Vom Arbeiten … wenn sie mit dem großen Nagel in die Wand geritzt hat …"

„Warum hat sie das getan?"

„Weil sie so traurig war … weil sie zu ihrer Mama und ihrem Papa wollte …"

„Dein Vater hat sie nicht gehen lassen?"

„Nein. Er konnte nicht ohne sie leben … ich konnte auch nicht ohne sie leben, aber ich habe ihr niemals wehgetan …"

„Dein Vater hat ihr also wehgetan?"

Das eulenhafte Wiegen verstärkte sich, als wolle er zum Sturzflug ansetzen. Die uniformierten Beamten in den Ecken spannten die Muskeln.

„Er hat ihr immer wehgetan … Sie hat soviel geweint … bis sie keine Tränen mehr hatte …"

„Hat er sie geschlagen?"

„Nein, andere Dinge … und Papa hat immer gesagt, dass er sie totmachen muss, wenn sie wegläuft."

„Seit wann war Mariana bei euch im Haus?"

„Schon lange … lange, lange … ich war noch klein, als sie kam … ich glaube neun Jahre … meine Mami war im Winter gestorben und im Sommer kam Mariana …"

„Warum kam sie zu euch?"

„Sie musste sich verstecken. Es war doch Krieg."

„Warum musste sie sich verstecken?"

„Weil sie anders war … weil sie schwarze Haare hatte … weil sie so schön war … weil alle auf ihre Schönheit neidisch waren und ihr Böses tun wollten …"

„Hat das dein Vater gesagt?"

„Papa hat gesagt, dass wir sie beschützen müssen … dass niemand wissen darf, dass Mariana bei uns ist …"

„Er wird die genauen Gründe nicht gekannt haben, aus denen sie zu ihnen ins Haus kam“, bemerkte Kommissar Bruns leise. „Er war ein kleiner Junge. Machen Sie an einem anderen Punkt weiter.“

„Was hat dein Vater mit Mariana getan?“

„Sie ans Bett gefesselt ... mit einer langen Kette ... Ihr Bein tat so weh, sie hat so viel geweint, immerzu ...“

„Die Kette war um den Fuß gelegt?“

„Ja, um ihren kleinen Fuß ... sie wollte doch tanzen mit ihren kleinen Füßen ... ihr Bein wurde krank ... sie konnte nur noch humpeln ... hüpf, hüpf ... wie eine Krähe ... auf einem Bein ... Papa hat gesagt: Das muss sein ... damit Mariana keine Dummheiten macht ... damit sie nicht versucht, durch die Türen zu schlüpfen ... damit die Menschen draußen ihr nichts antun ... Mariana wusste nicht, wie böse die Welt draußen ist ...“

„Hat dein Vater die Ketten niemals abgenommen, Karlchen?“

Im Geiste war der Graue an die Stelle zurückgekehrt, über die er sprach. Ganz starr saß er da, in sich zusammengesunken, als müsse er jedes Wort mühsam aus großer Tiefe hervorholen und mit den Bildern seiner Erinnerung verknüpfen.

„Hat er ihr die Ketten niemals abgenommen?“ Die Psychologin insistierte an der Stelle.

„Ja ... um die Wunden zu behandeln ... dann hat er das Bein verbunden und die Kette wieder angelegt.“

„Hat Mariana viel mit dir gesprochen?“

„Sie konnte nicht sprechen. Papa hat es mir erklärt ... ihr Hals war entzündet und da musste er sie operieren ... *schnipp, schnipp* ... mit dem scharfen Messer ... um ihr Leben zu retten ... aber sprechen konnte sie dann nicht mehr.“

„Vorher hat sie gesprochen?“

„Ja, vorher hat sie mit mir gesprochen.“

„Und nach der Operation nicht mehr?“

„Sie hat noch mit mir gesprochen, aber nicht mehr mit Worten. Sie hat mit ihren Augen gesprochen und mit ihren Händen.“

„Was hat sie gesagt, Karlchen?“

„Dass sie fort wollte.“

„Warst du nicht traurig, als du das hörtest? Sie wollte fortgehen und dich verlassen, nachdem deine Mami dich doch schon verlassen hatte.“

Seine Stimme schwoll schmerzhaft an. „Meine Mami hat mich nicht verlassen! Sie ist immer bei mir … sie schaut auf mich herab …“

„Aber du warst doch traurig, dass Mariana gehen wollte?“

„Nein, ich war nicht traurig … Mariana … hatte versprochen, mich mitzunehmen … mit zu ihren Eltern … sie hätte mich niemals alleine gelassen … “

„Wie hat sie dir das versprochen, Karlchen? Sie konnte doch nicht mehr reden.“

„Mit den Augen … mit dem Blick hat sie es versprochen … sie hätte mich niemals alleine gelassen …“

Er hustete und trank gierig von dem Wasser, das man ihm in einer Plastikflasche hinaufreichte. Seine geschwollenen Stimmbänder schmerzten immer stärker.

„War die Fessel mit einem Schloss befestigt?“

„Ja, mit einem kleinen Schloss …“

„Und die Schlüssel, Karlchen? Wer hatte die Schlüssel?“

„Papa. Er hatte die Schlüssel. Er trug sie immer bei sich, in seiner Jacke.“

„Und er hat die Kette niemals geöffnet?“

„Ich weiß nicht mehr …“

„Hast du Marianas Kette geöffnet, Karlchen?“

Er schaute irritiert, suchte nach irgendeinem Punkt, auf den er seine rastlosen Augen fixieren konnte.

„Nein, das durfte ich nicht ...“

„Aber hast du es nicht trotzdem einmal getan, Karlchen? Dein Vater ist nicht hier, er kann dich nicht mehr strafen. Du kannst es mir also ruhig sagen.“

Der Graue schaute verschlagen drein, als müsse er in seinem schweren Kopf erst die guten und die schlechten Überraschungen gegeneinander abwägen, die auf ihn herniederprasseln konnten. Er zögerte.

„Nur ein einziges Mal ... wirklich, nur ein einziges Mal ...“

„Und was geschah dann?“

„Sie hat sehr geweint, weil ihr Bein so wehtat ... stumm hat sie geweint ... ihre Augen waren so traurig ... Sie nahm meine Hände und schrie mit ihren Augen, dass ich ihr helfen soll. Ich konnte es nicht mehr sehen. Ihr Blick tat mir so weh ... *hier*...“

Das fürchterliche graue Ding bewegte seine Krallen in der Gegend, wo man bei einem Menschen das Herz vermuten würde.

„Ich habe Papas Schlüssel genommen, er hat nichts gemerkt ... Hab ihn Mariana gegeben ... Mariana war doch die Mitte der Welt ... nur ihretwegen war ich zurückgekommen, nur ihretwegen lebte die Maus auf dem Dachboden ... alles nur für sie ...“

„Und dann, Karlchen?“

Er hustete wieder. Sein Atem ging schwer und pfeifend, aber er machte keine Anstalten, von dem Schrank herunterzukommen. Im Gegenteil, als einer der Beamten eine unvorsichtige Bewegung machte, begann er zu quieken wie eine Katze, die man stranguliert. Die Psychologin machte eine beschwichtigende Geste. Niemand sollte sich rühren.

„Sie hat den Schlüssel genommen und in ihr Hemd gesteckt. Sie wollte warten, bis es dunkel war. Sie wollte mich mitnehmen …"

„Hat sie ihr Wort gehalten?"

Er schaute ins Leere.

„Ich weiß nicht mehr, weiß es nicht mehr … ich wollte zu ihr … sie hatte ihre Fesseln … schon gelöst … Da war lautes Gepolter. Papa war gekommen, um sie in der Nacht zu besuchen. Das tat er manchmal. Da hat er sie erwischt. Sie war schon am Fenster … sie versuchte, zwischen den Stäben hindurchzukommen … Einen Stab konnte man herausnehmen, das wusste Papa nicht …"

„Das hat er nicht gewusst?"

„Nein. Ich habe immer Silberpapier um die Stäbe gewickelt, damit Mariana es schön hat … auch um ihr Bett, überall, ganz viel Silberpapier … es hat den Stab festgehalten, ganz lange Zeit … nichts war zu sehen …"

„Was tat dein Vater?"

„Er riss Mariana am Arm. Er warf sie auf den Boden, auf den harten Boden … sie war so zart, so schwach wie eine Blume, die zerbricht … Papa nahm einen Eisenstab und schlug ihr auf den Rücken … immer wieder, immer wieder … mit seiner ganzen Kraft … Mariana konnte ja nicht schreien … Immer wieder schlug Papa sie, so verzweifelt war er, weil sie versucht hatte, ihn zu verlassen … weil sie es wirklich versucht hatte … Er hatte solche Angst um sie …"

„Aber der Krieg musste doch längst vorbei gewesen sein."

„Ja, der Krieg war längst vorbei. Aber trotzdem durfte sie nicht fortgehen … Als Papa sie noch einmal schlug, wurde sie ganz schlaff, wie eine kleine, tote Katze … Ich hab viele tote Katzen gesehen … aber Mariana war nicht tot … ihre Augen lebten noch …“

“Hast du ihr nicht geholfen?“

„Doch, ich hab ihr geholfen … ich hab Papa gestoßen … Papa fiel hin, die Eisenstange fiel zu Boden … Ich hab sie genommen und auf seinen Kopf geschlagen … *bum bum bum* … bis er sich nicht mehr bewegt hat … Ich hab ihn totgemacht.“

„Was hast du dann mit ihm getan?“

„Nichts. Gar nichts. Ein paar Tage so liegen lassen. Dann hab ich ihn in den Kohlenkeller gezogen und die Kohlen auf ihn gelegt. Da haben ihn die Ratten gefressen, ja, sie haben ihn gefressen, das hab ich gesehen …“

„Und Mariana?“

„Mariana … sie konnte nicht mehr aufstehen. Den Kopf und die Hände konnte sie noch bewegen, die Beine nicht mehr. Er hatte sie entzwei gebrochen … Hab versucht, ihr zu helfen, die ganze Nacht … den ganzen Tag … noch eine Nacht … Aber ich konnte nichts tun. Ihre Augen waren verrückt geworden. Sie konnte nicht mit dem Mund schreien. Sie schrie mit den Augen.“

„Er hat ihr die Wirbelsäule zertrümmert“, flüsterte Kommissar Bruns. „Sie muss unendlich gelitten haben …“

Die Psychologin brachte ihn mit einem strengen Blick zum Schweigen.

„Und dann, Karlchen?“

„Dann hat sie die Hände zusammengelegt. *So* …“

Das Ding faltete seine Klauen und drehte mit schiefem Nacken den Blick nach oben.

„So wie man betet … aber nicht zur Muttergottes wollte sie beten … die konnte ihr nicht helfen … zu mir hat sie gebetet, damit ich mache, dass ihre Schmerzen aufhören …

Ihre Augen haben sich in meinen Kopf gebohrt wie Nägel, wie scharfe, spitze Nägel … Dann hab ich ein Kissen in die Hand genommen und sie hat gelächelt … Ich hab das Kissen auf ihr Gesicht gelegt und sie ganz fest gedrückt, bis ihre Hände sich nicht mehr bewegt haben …"

„Ist sie auch auf dem Dachboden?"

„Ja, sie ist auch dort."

„Bei den anderen?"

„Ja, bei den andern."

„Wie können wir sie erkennen?"

„An ihren Haaren, wie eine Pferdemähne … das schwärzeste Haar von allen, glänzend, weich wie Seide, wie Seide … ich hab sie gekämmt … ich hab gut für sie gesorgt …keine Ratte hat sie angerührt, keine Fliege hat sich auf ihr Gesicht gesetzt … Sie hat nie wieder geweint. Ich hab die ganze Zeit auf sie aufgepasst …"

Er röchelte ein wenig, als begännen die aufquellenden Stimmbänder ihn innerlich zu strangulieren. Wie Schlangen waren sie, die ihn würgen wollten.

„Wie alt warst du, als das geschah?", fragte die Psychologin.

„Ich glaube, vierzehn Jahre, aber genau weiß ich es nicht mehr …"

„Und all die anderen?"

„Ich wollte nicht alleine sein …"

Seine Stimme zerbrach, zerbarst wie klirrendes Glas, vielleicht von der schmerzhaften Überanstrengung, vielleicht aber auch vor Entsetzen, seine eigene Stimme diese Dinge aussprechen zu hören. Er würgte stumm. Seine toten Glasmurmelaugen schauten ins Leere. Ganz langsam sank er vornüber. Niemand konnte so schnell reagieren. Mit dem Kopf voran kippte er vom Schrank und klatschte stumpf auf. Er fühlte es nicht mehr. Er war schon tot, ehe er den Boden erreichte, so stinkend, dass niemand ihn berühren mochte. Schließlich überwand sich die beherzte Psychologin und fühlte nach seinem Puls.

„Exitus …"

Er wartete auf das Licht, von dem er hatte erzählen hören. Er wartete auf seine Mami, die ihn in die Arme schließen würde. Doch auch seine Mami hatte sich längst von ihm abgewandt, und jedes Licht war erloschen. Das Grau vor seinen Augen wurde undurchdringlicher. Wild ruderte er mit den Armen, als versuche er in den kalten Fluten, die über ihn hereinbrachen, zu schwimmen, was die Umherstehenden jedoch nur noch als kurzes Muskelzucken wahrnahmen.

Dann war endlich Ruhe, Ruhe … Die letzten Blitze im abgestumpften Hirn erloschen und das ewige Grau wurde Schwarz.

24

Vom Verhör war Rita natürlich ausgeschlossen. Nach und nach erfuhr sie einige Details. Den Blick ins Innerste der Königinnenkammer hatte das Schicksal ihr zum Glück erspart, wofür sie sehr dankbar war. Die Einzelheiten, die sie später aus zweiter Hand erfuhr, waren schlimm genug. Ihr Entschluss stand fest. Wenn im nächsten Frühjahr das Volontariat zu Ende ging, würde sie die Sparte wechseln. Sie wollte in den Polizeidienst gehen und eine Laufbahn bei der Kriminalpolizei beginnen. Unter der Hand hatte sie zwar noch keine feste Zusage, aber doch ein aufmunterndes Nicken bekommen, als sie Kommissar Bruns ihre

Absicht mitgeteilt hatte. Er würde sich für ihre Aufnahme einsetzen.

Benedikte blieb standhaft in ihrem Vorhaben, Journalistin zu werden. Es war der Beruf, für den sie geboren war. Selbst die Aussicht, die Wintermonate im Archiv verbringen zu müssen, konnte sie nicht abschrecken.

Friedhelm Delius schloss sein Studium ab und suchte nach einem ergiebigen Thema für seine Doktorarbeit. Er würde in allen Archiven der Welt zuhause sein, fleißig wie eine Biene und fasziniert vom Charme vergilbter Buchseiten.

Im November wurde das graue Haus abgerissen. Die Stadt hatte sich endlich ihrer Pflichten erinnert und nach den grausigen Entdeckungen des Sommers wollte sie sich des unglückseligen Klotzes ein für alle Mal entledigen. Innerhalb von fünf Tagen walzten Bagger das ganze Grundstück nieder und transportierten den Schutt ab. Die Fläche wurde eingeebnet und verschwand unter einem schnell zurechtgeteerten Parkplatz, sehr zur Freude der Anlieger. Irgendwann einmal sollte hier ein modisches Multicenter mit Shoppingzone, Wellnessbereich, exklusiven Bars und kleinen Cafés entstehen.

Rita hatte einen Hunderter auf den Tisch gelegt und noch eine Flasche Korn dazu, damit einer der Baggerführer den Granitblock mit Marianas Vermächtnis heil aus der Erde holte. Nach Einbruch der Dunkelheit bretterte der Bagger mit erhobener Schaufel durch die Wallanlagen und legte das Relikt so vorsichtig wie möglich in dem schmalen Grünstreifen unter Ritas Balkon ab. Im Frühjahr pflanzte sie ein paar Vergissmeinnichte ringsherum und ein winterhartes Tränendes Herz. Mehr konnte sie nicht tun.

Viel war von Mariana nicht geblieben. Nur ihre seelenlose, getrocknete Mumie auf dem Dachboden des grauen Hauses und ihr gepeinigter Aufschrei, den sie in Stein geritzt hatte. Wahrscheinlich hätte sie auch mit ihren Fingernägeln noch weitergekratzt, wenn sie nicht unterbrochen worden wäre.

Wenn meine Stimme erlischt und meine Klage verstummt, dann wird der Stein für mich weiter klagen, in alle Ewigkeit, so wie nur ein Stein es kann …

Ein leichter Regen setzte ein und auf dem grauen Stein sammelten sich die Tropfen und rannen wie blanke Tränen an den Seiten hinab. *Saxa loquuntur*[1]. Wenn Steine reden können, dann können sie vielleicht auch weinen.

***

[1]*Saxa loquuntur.* Lat.: die Steine sprechen. Losung der Steindrucker, die der neutestamentlichen Quelle, Lukas 19, 40 entlehnt ist: „Jesus antwortete: Ich sage euch, wenn diese (die Menschen) schweigen, dann werden die Steine sprechen.“

Unsere Bücher im Internet:
www.pendragon.de

Originalausgabe
Veröffentlicht im Pendragon Verlag
Günther Butkus, Bielefeld 2008

Lektorat: Günther Butkus, Markus Eberwein
Umschlag & Herstellung: Uta Zeißler
Foto Umschlag: Renate Niemann
Satz: Pendragon Verlag auf Macintosh
Gesetzt aus der Adobe Garamond
978-3-86532-081-0
Printed in Germany